清新的野外

CONTENTS

CONTENTS

第一部　自然札記

從開闊的、長滿葉片的樹林朝著這暗淡、沉寂、怪異神秘的小樹叢的轉變是非常顯著的，猶如從街道進入神廟的轉變。我們在這裡停頓片刻，吃午餐，用那從青苔中湧出來的一小股泉水來盥洗，讓自己恢復精神……

第一章　泉

「我要對你們顯示最好的泉水。」——《暴風雨》

一個人在西部生活了二十五年後，回到他在東部的出生地，他說，他最渴望看到的故園之物就是泉水。世事倥傯，許許多多的人與事都不再熟稔，但他至少會發現故里的泉水跟從前一樣，沒有什麼改變，只要他在泉水旁小站片刻，彷彿就回到了少年時代。他可能不會去注視他父母的面龐，而是去注視泉水——那泉水曾經映照過他父母和他自己的面龐，因此，他會很天真地把自己臉上的笑容想像成老人的笑容。

在這裡，在這片泉水稀少的鄉間土地上，他曾經為自己的未來抓鬮。我深信，他離開故園後，那流經鄉間老宅門廊前的泉水白白帶走了許多時光；如今，泉水賜予他的幻想和記憶，喚醒了他內心中最初的全部渴望和此刻的一絲悔意。

他還記得那條小徑嗎？就是那通向泉水的小徑——確實，所有小路中，泉水小徑最能引人聯想。

當他在那裡散步，他似乎知道這條小徑的盡頭有某種好運在等待他。這是一條被人們的過度來往磨損了的小徑，因為它是一直是上山下山的必經通道，不過，也依然是所有小徑中最容易行走的：當我們走向泉水，就忘記了疲勞；而當我們轉身離開泉水，也帶走了一身輕鬆。那些大汗淋漓的勞動者離開田野後，轉而踏上這小徑，讓泉水的叮咚樂音伴他們回家；那些整天都快樂無憂的少男少女，曾經多少次提著水罐或水桶，從這水流中汲取他們的歡樂生活的源泉，愉快地奔走在這條小徑上；而那些鋪展著濃蔭的樹木，它們佇立在小徑旁，迎接過這道泉水的奇妙誕生！

在林中或山邊，沿小徑而行，你肯定就會找到一道泉水；所有動物日日夜夜都走那條路，不久就踏出了一條小徑。

一道泉水總是一片風景的諸多要素中最不可或缺的；實際上，它是風景的眼睛，通常會有一塊突出的岩石聳立在它上面，猶如它那高貴的眉頭；不然就會有一棵樹佇立在泉水邊，成爲它的另一個標誌——聰明老練的開拓者能從遠處一眼就認出它來，而那棵樹飄送出一絲涼意和清新，讓泉水更加清冽。收穫者坐在樹蔭下吃午飯，眺望田野，感受著顫動的空氣。

星期天，逍遙的漫步者禁不住在此停下來，懶洋洋地坐著讀書，或者在涼爽的噴泉中洗手洗臉。採草莓的少女提著籃子朝這邊走來，也在綠色的樹蔭中停頓片刻。耕耘者扔下耕犁，邁出大步接近這讓生命不斷更新的源泉；同時，他的那幾頭耕牛因無法跟過來，看著他的背影，眼裡充滿渴望。是的，牛群也愛在這裡避暑，鳥兒則來這裡飲水、洗濯、梳妝打扮。

實際上，一道泉水往往便是野地中一片綠洲的締造者。它是一個富於創造力、能夠不斷生成的中心。它吸引了大自然中的一切——草叢、青苔、花朵與大樹。散步者發現它，野營者尋求它，開拓者在它附近搭建自己的棚屋或房子。

當定居者或擅自占地者找到了一道好泉水，那麼，他就找到了一個開始生活的好地方，他就找到了他要在這個世界上去追尋的眾多源泉之一。他首先要找到一個朝南和朝東的方位，因爲事實上，水並不傾向於流往北方，那些山谷多半朝向另一邊——確切地說，那樣他就找到了有益於健康的生活方式，因爲在水流動之處，熱病就不會持續。泉水讓他生活在合適的地方，在山谷之外，離山頂也很遠。

當約翰•溫思羅普（John Winthrop）① 決定在如今聳立著波士頓城的地點上建立合適的定居地時，他主要是受到了流淌在那裡的豐富的優質泉水的吸引。那嬰兒般的城市就誕生於這股湧泉。

在泉水湧出的地方，似乎有一種永恆的春季，一種始終更新的清涼和綠意。草木鬱鬱蔥蔥，地面濕潤，從不乾燥，並且冬暖夏涼，溫度平衡適中。在三月或四月，豔綠色的泉水淙淙流淌著，此時周圍的原野還是一派褐色的凋零的景象；進入秋天，儘管初雪覆蓋了泉水，它們依然還露出綠色的生機。因此，路邊的每一道噴泉都是青春和生命之泉。這就是古老寓言所啓示的終極意義。

間歇泉很淺，沒有穩固的源頭，變化無常。可是一道終年不絕的泉水與之不同的是，它的流徑很明確，它的水源常年不斷，因此，它是一個多麼深刻而美麗的象徵符號！實際上，大自然中，沒有比泉水更偉大和更具普遍性的象徵符號了，任何其他象徵符號都不具有如此廣泛的用途。

在某些地形構造中，比如在深深埋藏的地層中，要找到泉水似乎會頗費周章——大片的岩石爲它堆積而起，它可能在岩縫中找到一條小小的出路。有時，它是一根涓涓的銀線，從一片佈滿縫隙和傷疤的懸崖流下。然後，那層積的岩石再次猶如剛揭開的蓋子，水從下面流了出來。要不然，它就從原野的一個深深的酒窩裡無聲地溜走。偶爾，它在山谷中冒出來，彷彿是被周圍的山岡擠出來的。

無疑，很多泉水可以在大河與湖泊的底部找到出口。在那裡，同泉水最親近的莫過於魚類，魚類很可能發現泉水，而且把泉水擴大。鱒魚當然就能這樣做。如果你發現泉水從底部注入小溪，或者從附近的岸邊流進小溪；那麼，它就很可能是鱒魚出沒的地點。秋天，它們把產下的卵存放在那裡，冬天時在那裡暖和鼻子，夏天，則在那裡乘涼。

在一條被過度捕撈的古老溪流中，我見過一個鱒魚部落中的長者，七八條大傢伙聚集在此處；一些男孩發現了牠們，就拿來袋子把牠們全都給裝進去帶走了。在另一處，三條大鱒魚瞭解而且蔑視漁夫們的伎倆，就把牠們的居所構築在林邊的一個深洞裡面，一道泉水流進它淺淺的穴口。在仲夏，牠們慣於從安全的隱蔽處游出來，那龐大的軀體在水下游動，看上去只有幾英寸。

一個青年曾經多次用鉤子來探測這些鱒魚的隱藏處，卻總是徒勞無功。有一天，他恰好帶著步槍來到這裡，就接連把這三條鱒魚都給射殺了——這些鱒魚死於子彈在水面引起的震盪。

據我們所知，海洋本身擁有豐富的泉水，分佈在很多地方，新鮮的水猶如穿過岩石那樣，穿過沉重的鹽分浮升起來，向水面的船隻供應淡水。在佛羅里達州海岸之外，人們發現了很多諸如此類的海底泉水，它們很可能就是消失在那個州的落水洞中的溪流與河流的出口。

那些不懂科學的人有一種可笑的觀念，他們總認為泉水直接受到大海的哺乳，或者認為大地深處遍佈著一些連接上某種隱秘的巨大水庫的靜脈和動脈。可是，當科學轉變了這種觀念，在空氣中找到了聯繫，揭示出總水道實際上存在於雲層中，揭示出大自然的水力系統的強大引擎其實是太陽，這個事實就更加富有詩意了，難道不是嗎？這是很多例子當中的一例，科學對轉變一些觀念很有幫助，同時也並沒有削弱人們的想像力。

山岡是巨大的海綿，沒有並且也不能保持那沉積在它們上面的水，而是讓水在它的底部進行過濾。這就造成了海洋劫奪大地的方式：各種鹽分、鉀鹽、酸檸檬、氧化鎂和很多其他礦物元素隨之流入了大海。我們發現，某些古老的地形隆起的地區，那些長期暴露在雨水沖刷之下的鄉間，往往最缺乏那些構成人類和動物骨架的有益物質，麥子在那裡也生長得不好。在那裡出生和發育的人們的骨頭很脆弱，因為在他們出生之前，構成他們身體的重要物質已經流失很久了。現在這種地區的水沒有礦鹽，沒有礦物質，對生活在其間的生物的健康自然沒有多少好處。

在美國，所有巨大的自然盆地中，那些沒有被人發現的巨大泉水，多半被限制在中部和南部的那些州的石灰岩地區，包括維吉尼亞州的山谷及其通往肯塔基州、田納西州、阿拉巴馬州北部、喬治亞州和佛羅里達州的山間地帶。穿過這個地帶，到處都發現有巨大的洞穴和地下河流；這裡的水就像巨大的鼴鼠那樣工作，把大地的基礎腐蝕成了蜂窩狀。它們在山岡下面有巨大的通道，充斥著碳酸氣的水彷彿長著鋒利的牙齒，消化力也強大有效，石灰岩無法長久地抵抗它。謝爾曼將軍（Sherman）②的士兵曾經講到阿拉巴馬州北部的一道怪物般的泉水以及一條從大地胸懷中跳出來的大河；又講到過另一道位於岩石中的大深坑底部的泉水，它在地面下繼續向前流動。

佛羅里達州有很多這種特徵的泉水，遍佈著那具有呼吸孔的地下大溪流。在一些地方，水升起來，流滿很深的碗狀凹地的底部；在另一些地方，水穿過圓形的自然井孔流出來；如果用繩子把一隻水桶垂下去，只要一鬆手，水桶就會被急流沖走。

佛羅里達州的某些泉水也許是世界上最大的，它們提供的空間和深度，足以讓汽船開進去並且掉頭轉向。據說，綠洞泉（Green Cove Spring）就像一道反轉的多級瀑布，一級級透明的小瀑布向上疾流著，而不是穿過空氣落下來。密西西比州北部也有一兩道這種龐大的泉水，龐大得好像要讓整個大陸都必須來哺乳它們。

謝南多亞山谷（Valley of the Shenandoah）因為巨大的泉水而聞名於世。溫徹斯特鎮（Winchester）是一個擁有數千居民的小鎮，那唯一的一道泉水成為這裡豐富的水源，它是從附近更高一些的地面上湧出來的。這個地區的其他一些泉水，則提供了能推轉水磨的罕見水力。在哈里森堡（Harrisonburg）這個遠在山谷上面的鄉鎮，一圈圓柱上支撐著一個低低的裝飾性圓頂；它在法院所在之處的廣場邊上吸引了我，我驚訝地發現它遮蔽著一道巨大的泉水。這道泉水足以澆灌好幾個鎮。有一列下行的石階通往這道位於大石盆底部的泉水，讓人得以把水桶垂下去汲水。亞里斯多德把他的國家的某些泉水稱為「社會的黏合劑」，因為年輕人常常來到那裡聚會、唱歌、交談；我毫不懷疑這泉水也有同樣重要的社會功能。

在德克薩斯州的聖安東尼奧（San Antonio），有一道著名的泉水，它被佛里德里克・勞・奧姆斯台德（Frederick Law Olmsted）③描繪過。這位優秀的旅行者說：「整個河流以一種閃爍的迸發從地下噴湧而起，帶著更小一些的泉水的所有附屬物——青苔、鵝卵石、葉簇、隱蔽處等等。人們無法抗拒它的誘惑，它超越了你對泉水可能做出的想像。」

在紐約州西部，同樣豐富而壯觀的是卡列多尼亞泉（Caledonia），或其他泉群，它們分娩出一條佈滿白色鵝卵石的透明溪流，數桿④寬，兩三英尺深，以每秒八十桶的流量流動，鱒魚在裡面生活。那些鱒魚甚至在冬天也很肥胖，而且為數眾多。

英國最大的泉水叫做聖威尼弗雷德泉（Well of St.Winifred），在霍利韋爾（Holywell），它每秒的流量少於三桶。最近，我在去辦事的路上拐出正路，走了數英里，專程去拜訪了紐澤西州瓦倫郡（Warren County）著名的鱒魚泉。這道泉水的流量約為每分鐘一千加侖，冬夏兩季的溫度始終保持在五十度。它就在那似乎是由眾多相似的泉水匯集成的穆斯科乃康溪（Musconetcong

Creek）附近。

在我去探訪的那個焦乾悶熱的夏日，我發現自己走了那麼遠，去觀看那麼多泉水從地下湧出來是相當值得的。我有了義大利文藝復興時期的詩人彼特拉克少年時代的感受，那時，他初次看見一道著名的泉水，立即說出了這樣的話：「如果我是這樣一道噴泉的主人，那麼我最喜歡的就只可能是它，而不是城市中別的更美的東西。」

一棵巨大橡樹探出腰來，俯身在這道泉水上面，投下濃重的陰影。我看見泉水並不是冒出來的，而是直接急速噴湧出來，猶如一個攜帶著重要消息的信使，彷彿它的地下水道距離很長，直接而又寬鬆。這樣流出來的泉水有一根脊椎骨，一個隆起的脊骨般的中心，它暗示著這種元素中，暗藏有某種壓力和推力。

在一個人的後院或前院，或者在他的房子附近的任何地方，他難道不會為這樣一道泉水做出一點什麼事情來嗎？如果他不能把泉水引到他的房前，那麼，就會把房子搬到泉水邊。這泉水值得用各種藝術和裝飾來進行描繪。它會灌溉一個人的心靈和性格，還將灌溉他的大片土地。然後，這個人可能會擁有一個水中仙子來為他拌乳、為他鋸木；然後，他可能會「看見他的家務雜活全都被眾神攬了下來」，正如愛默生（Emerson）⑤所說的那樣，或者也可能是由山林仙女來將其完成了。

我知道有一個人的家坐落在風景如畫的侯薩托尼克河（the Housatonic）的一條支谷上，一道泉水流過房子的牆基。房子主人就出生在泉水邊，因為深深迷戀著這道伴隨他長大的泉水，他難以忘懷，所以才一直留在這裡。

他無法捨棄同泉水的聯繫，他說當他俯視泉水，那種自己是兩棲動物的情感就油然而生。一排長長的石階從後面的門廊通往下面的泉水，一棵榆樹高高聳起，展開枝條來遮蔽它。那泉水像穿過過濾網那樣，穿過白沙和礫石湧出來，充滿一個寬闊的池塘；那是主人為這道泉水開闢的，佈置得很巧妙。因此，只要你一看見那漫出的水流，你就毫不懷疑這裡的泉水豐富無比。

這道泉水雖然沒有推動水磨，卻非常有助於這一家人的許多家務——在夏天，它有冷凍食品的功能；在冬天，它則是防止霜凍的保護層。總之，它一年四季都令人心情愉悅。鱒魚從威布圖克河（Weebutook River）游上來居住在那裡，隨著時日的增長，漸漸馴化了。如果你誘惑這些鱒魚，牠們就會從你的手上攫食一小團黃油，或者在你的指尖上毫無忌憚地搜索。

這裡波光粼粼，是天然的貯藏食物處，始終被水蕩滌著。蘋果存放在哪裡？黃油、牛奶、牛排、西瓜存放在哪裡？存放在泉水裡面，一隻又一隻巨大的桶式罐頭儲存著這些居家生活的必需品。泉水有防腐、換氣和淨化的功能，彷彿是一張有益於健康的餐桌。它的這些出乎意料的眾多用途，無疑是非常令人愉快的，僕人和上帝在它身上融為一體。

四十頭乳牛的乳汁裝進牛奶桶，浸泡在這泉水裡面冷卻；儘管水滿溢到了邊沿，也沒有一滴水浸入罐頭。它絲毫不受炎熱或寒冷、乾旱或雨水的影響。它被引流到鬆軟的沙上，然而不曾流失，就像建在堅固的岩石上的房子那樣持久。

有一條小溪穿過深槽從十英里外的山岡上流下來，而這道泉水顯然同小溪有著某種聯繫；因為有一次，當小溪被阻攔起來築渠時，泉水就顯得極度躁動不安，彷彿是潛伏在其中的山林仙女突然驚恐不已，激起一陣陣騷亂。

在這個國家的某些地區，當房子附近沒有泉水的時候，農夫就得非常淘神費力地從樹林中或者別的什麼地方引來一股泉水。他們先在松樹和白楊木頭上鑽孔，然後放到一條壕溝裡面，泉水就被牽引到了一個被他們渴望的地點。古代波斯人有一條法律，那就是：任何以這種方式把泉水傳送到以前不曾澆灌過的土地上的人，都會享有國家賦予的各種豁免權，而其他人是不能享受這些豁免權的。

丘陵和多山的鄉間並不總是富藏優質泉水。當地層垂直或者有巨大的傾斜度時，水就不是聚集在大脈絡中，而是在它沉降的時候被大地容納了，然後在岩石頂端的地面上慢慢滲出來。由於這個緣故，在紐約州，一個最著名的牧草地和奶製品地區的泉水供應貧乏，每條小溪都始於泥沼或草沼，優質的水只能通過開掘來採集。

在山頂或山頂附近發現有泉水的周邊地帶，往往有著非常吸引人的魅力，那裡的泉水非常細小，因此消失在碎石間，從未流到山谷中。每個獵人和登山者都能這樣告訴你，這種泉水冰冷得讓喉嚨疼痛！通常在他們向頂峰最後衝刺的時候，這種泉水不同尋常地成為獵人的享用品。我不知道狐狸和其他野生動物是否會貪飲這種享用，可是牠們的追逐者卻很喜歡停在那裡歇息或吃午飯。

在夏天，登山者發出一聲叫喊，對這泉水歡呼；因爲它總是給人驚奇，讓陷入沉悶的精神振作起來。山谷中的泉水是一首田園詩，然而，山上的泉水則真正是抒情的一筆，它傳遞溫和的激情。正如喀什米爾的土著要向自己的噴泉致意那樣，登山者也會把山上的泉水都稱爲「奇蹟」。

一個人在夏天散步時，是什麼秘密的誘惑吸引他去一一觸摸路上的所有泉水，在每道泉水前小憩片刻，彷彿他可能會在那裡發現他所追尋的東西？我本人也如喀什米爾土著一般，幾乎不能不向一道泉水致意就經它而去——它彷佛是我最經常去頂禮膜拜的神龕。

如果我發現一道泉水被樹葉弄髒或遭到牛群踐踏，那麼，我就會盡可能把它清理乾淨，像信徒那樣重建聖人的破碎影像。儘管那時我碰巧不想到那裡去飲水，我也喜歡看見一道清冽的噴泉；我可能想在下次經過時去飲水，我也知道不久後就會有某個旅行者，或小母牛，或產乳的乳牛可能前去飲水。

對泉水來說，樹葉的命運是比較奇怪的：它們從遠處飄入泉水，從小樹叢或者樹林飄到泉水裡面，積雪一般把泉水覆蓋起來。十一月下旬，我清理出了一道泉水，發現了一隻青蛙冬眠在底部的樹葉中，那裡是牠的越冬場所；牠全身黝黑，四處疾衝，舉止困惑，猶如一個從睡眠中被突然喚醒的人。

只有泉水或噴泉才更適合於雕像，尤其是在公園或者經過改善的場地上。在這裡，人們似乎在期盼看見雕像和彎曲的形態。古羅馬雄辯家塞內加（Seneca）說：「在一道泉水升起或一條河流動之處，我們應該築起祭壇來獻祭。」

上面我已經說到了獵人的泉水。至於旅行者的泉水，則往往是小杯狀或碟子狀的噴泉，出現在小徑邊的低岸上；收穫者的泉水在田野中，在一棵寬闊地展開的樹下；情侶的泉水在山岡下的小道旁，岩石和灌木叢爲它形成美麗的屏障；隱士的泉水在林中的湖邊；漁夫的泉水在河邊；礦工在山巒的臟腑中找到屬於他的泉水；士兵的泉水在他能灌滿水壺的任何地方；小男孩提著水桶去裝水之處的泉水，在上山或下山的一條長路邊，剛剛被一隻青蛙或鼹鼠攪渾，男孩不得不等到它沉澱下來；還有送奶員的泉水，從不枯竭，它的水猶如乳汁，不透明——有時它是從白堊懸崖上流出來的，只有這一種泉水含有無機鹽，而其他所有泉水都不含礦鹽。

這個主題當然也有另一面——奇妙，不要說是奇蹟。如果我要提到旅行者或其他人描寫的所有古怪或地獄般的泉水——硫磺泉、泥淖泉、酸泉、肥皂泉、蘇打泉、吹拂的泉、噴射的泉、離地獄不到一英里的沸騰的泉、隨潮水起伏的泉；還有古羅馬建築師維脫魯維（Vitruvius）提到過一種泉水，人喝了後，嗓子能發出不尋常的高音；古希臘傳記作家普魯塔克（Plutarch）講述過的一種泉水則帶有酒味，傳說中，酒神誕生之後，就立即在那道泉水裡面洗濯；古希臘歷史學家希羅多德（Herodotus）這位智者相信有一種「太陽之泉」，在黎明時溫暖，正午時冷卻，子夜時灼熱；義大利聖菲利波（San Filippo）的泉水構築起了一堵超過半英里長、數百英尺厚的石灰質的牆；喀什米爾的當地人相信，他們的著名泉水，就是自己的女人的清秀的源泉——如果我要沿著這個方向把這個主題追溯下去，那麼我可以說，它就會把我引入那比我目前所探尋的泉水更深和更難以置信的泉水中去。

古羅馬普林尼（Pliny）在給朋友信裡，描述了位於勞倫丁別墅附近流淌的一道泉水：「它發源於鄰近的山中，在岩石中間奔流，被別墅的主人接引到宴會廳裡，短暫停留後，就從那裡流進拉里安湖。這道泉水特別古怪：它每天漲落三次，很有規律，水量的增加和減少都清楚可見，極為有趣。那泉水極其清涼，你在旁邊坐下，看見它漸漸起伏。當泉水乾枯時，如果有一隻戒指或別的東西放在底部，泉水就會漸漸流進來，起初輕輕地沖擊著，一直到完全遮蓋了底部，然後它再次漸漸退卻。如果你等得夠久的話，那麼你就可能會連續三次看見它交替著上漲和退落。」

普林尼對這個現象提供了四五種解釋，可是，很可能除了第四個解釋，其他的都離題太遠：「就是有某個水庫把這些泉水容納在大地的臟腑中，當它準備蓄滿，就導致了溪流更加緩慢地流淌，水量也更少；可是當它聚集到應有的水量時，它就再次充溢，以它通常的力量奔流起來。」

世界各地有好些這種間歇泉，它們也許都要用虹吸原理來解釋。

在古希臘詩人特奧克里托斯（Theocritus）的《田園詩》中，頻頻出現了泉水的暗示。正是在一道山泉邊，卡斯托耳和波呂丟刻斯遭遇了那個流氓阿密科斯：「他們從一座山上窺視一片寬闊的野生樹林，在一片光滑的懸崖下面，發現了一道永遠流淌的、純潔的泉水，下面的鵝卵石似乎就像來自地心深處的水晶或白銀；那附近生長著高大的松樹、白楊、懸鈴木和柏樹，頂端長滿葉子，點綴著芳香的花朵，毛茸茸的蜜蜂在愉快地工作……」

或者是關於許拉斯的故事，那個金棕色頭髮的男孩，他到泉邊去取水給大力神赫拉克勒斯和健壯的特拉蒙吃晚飯，被那些著了迷的山林仙女抓住，淹死在裡面了。那道泉水顯然是草沼或牧場泉，它在「低低展開的地點，周圍長著很多燈心草（Rush）、淺藍色白屈菜（Swallow Wort）、綠色孔雀草（Maidenhair），還有開花的荷蘭芹（Parsley），而匍匐冰草（Couchgrass）穿過草沼四處延伸。」

赫拉克勒斯手裡握著棍棒，穿過那沼澤，用最大的聲音叫喊「許拉斯」；他聽見一個微弱的聲音從水中傳來，那就是許拉斯在回應——而許拉斯自此以一隻小青蛙的形態在草沼泉中呼喚不止。

這些田園詩的風味和暗示就像純潔的泉水。也許，這就是現代讀者在初次閱讀時多半感到失望的原因了。它們就像大多數古代詩歌那樣，顯得不太重要、刻板和乏味；但這主要是因爲我們到達了源泉，它跟今天這種僅僅在人爲的戶內影響下形成的思想發生了抵觸。如今，文學之河比古代要豐富完整和寬闊得多，有急流，有逆流，有多種多樣奇特的時期；可是那最爲原始的源泉還是永遠都在我們的身後。爲了在藝術中更新樸質的泉水，我們依然必須回到古希臘詩歌。

【注釋】

①英屬北美康乃狄克殖民地總督。

②美國南北戰爭時期的聯邦軍隊將領，曾任陸軍司令（1820～1891）。

③美國園林建築師（1822～1903）。

④一種長度單位，一桿等於五點五碼或十六點五英尺。

⑤十九世紀美國超驗主義作家、詩人。

第二章　斑點鱒魚

上文涉及了有關機警的鱒魚的傳說，將作爲插曲，插入這一章和接下來的某些章節裡面。我們將獲知鱒魚身上的那些深色水紋線的更多意義以及牠們身上金色和銀色斑點、深而模糊的彩虹色調的重要性。我們將理解鱒魚如何用這些令人驚奇的色調來回報那些相信牠的人們的目光。當然了，那些在偏僻荒野中尋找牠們的人相當清楚，沿途獲得的將是各樣的厭煩和鬱悶——濕淋淋、寒冷、不得休息的同時，還得面對那巨大、蠻荒、不屈的自然。可是真正的垂釣者卻更有遠見，從來沒有因爲他所遭受的一切而感到挫折之傷。

從少年時代起，我就成了尋找鱒魚的人；在以這種找魚爲目的的所有探險中，我都把眾多、甚至超過我的魚簍所能承載的鱒魚帶回家。實際上，在我的成熟歲月裡，較之於任何其他方式，我發現正是因爲我穿過故鄉的溪流去尋找鱒魚，才更深地融入了自然之中，離鳥兒和野獸更近。

尋找鱒魚成爲一個極好的行動藉口，它把我確定在正確的路線上，打發我度過了那麼多的閒逸時光。因此，漁夫有一種沒有危害的、專心致志的神態；他是無所畏懼的流浪者，把自己同樹林和陰影融爲一體。他所有的方法都是溫和而間接的。他把自己的時間安排在那蜿蜒的、孤獨的溪流上；而溪流的脈搏推動他前行。他坐在瀑布腳下，隔絕並隱藏在瀑布的巨大音量裡面。飛禽知道他對自己沒有企圖，走獸明白他的心思在小溪裡。他的熱情錘煉他，使自己順從於他在其中行走的風景。

因此他多麼熟悉溪流！他像稱呼自己的女人那樣來稱呼它；他向它求愛，跟它待在一起，直到他瞭解它的那些最隱蔽的秘密。在那裡，它穿過他的思想而流淌，勝於穿過它自己的岸而流淌；他感受得到每塊沙洲和巨礫的侵蝕之處和突出之處。在溪流加深之處，他的意圖就加深；在它成爲淺灘之處，他就變得冷漠。他知道怎樣去解釋溪流的每一道目光和每一個酒窩，他會有很多天都魂牽夢繞於溪流的美。

我確信自己並沒過分讚美鱒魚溪的魅力——它接受了充足的泉水，每一滴水都明亮而純潔，彷彿是山林仙女將它裝在水晶高腳杯中，從它的源頭一直帶了過來，涼爽得像是從一條冰川下面孵化出來的。當來自城市的渾身發熱、骯髒而又疲憊不堪的避難者一看見鱒魚溪，就預感到要將它變成自己的胸懷，讓它穿過自己的身體而流淌；他那攪亂的思想會變得清澈，頭腦中亂糟糟的沉積物全都會被沖走！他接下來要去做的最好的事情，就是沿著鱒魚溪岸漫步，放棄自己，以感應泉水。如果他足以專心閱讀鱒魚溪的話，那麼，他就會在一定程度上將它接納到自己的腦海和心靈之中，體驗這溪流有益的幫助。

鱒魚溪穿過我的童年所熟悉的每一道山谷。我越過它們，常常在上學和放學的路上受到它們誘惑，因此耽擱了時間。漫長夏天的正午時分，我們在這些鱒魚溪裡沐浴，摸索那些藏在岸邊岩石下面的鱒魚。實際上，假日給予我們空閒時間，允許我們到玫瑰小溪（Rose's Brook）上去垂釣，或者走上哈德斯克拉布爾山（Hardscrabble），或者在米克凹地（Meeker's Hollow）裡面流連；從早到晚旅行一天，穿過牧草地、牧場和山毛櫸林，到那羞怯的、清澈的溪流所流往的任何地方去。

這漸漸發展成了一種多麼有益的愛好！一種強烈而原始的渴望，那越過山岡時對採摘野草莓產生的渴望，有增無減。當我們只能有幾小時，也許是從農場上或花園裡的工作中擠出來的幾小時，我們就到附近那發源於父親土地上的小溪邊玩樂。當自己能支配半天時間，就走到接近一英里之外去垂釣；那兒有很多鐵杉，有一道閒蕩的、沉思的、被圓木頭阻擋的溪流，其深處幽暗，瀰漫著清香。

行走的人很機警，睜大了眼睛前行，不時被突然飛起來的鷓鴣（Partridge）或俯衝下來的鷸（Snipe）呼嘯的翅膀所驚擾。他穿過灌木和荊棘，可能在被伐倒的樹幹間找到一條便捷好走的通道，穿過一些糾纏的植物，把他的鉤子小心翼翼地垂放到寂靜的池塘裡面；或者站在某條高而昏暗的林蔭道上，觀察他的魚線在青苔覆蓋的巨礫中間漂進漂出。

我最初嘗試遠足時，就常常走到這些鐵杉林邊沿，但很少到裡面去，很少走到離溪流的稍遠的、位於兩棵大樹腳下的池潭之處。從這個地點，我能回顧那陽光明媚的原野，牛群在那裡吃草，遠處則是一派幽暗和神秘；鱒魚是黑色的，而對於我幼稚的想像力來說，沉寂和陰影比鱒魚還要黑。

可是後來，我漸漸屈服於這種迷惑，每次探險時都要穿過樹林，越走越遠，直到完全揭開那神秘的心臟地帶的秘密。在我作爲垂釣者的經歷所度過的第二年或第三年，我就穿過了樹林，穿過了更遠的牧場和牧草地，又穿過了另一片狹長的鐵杉林，來到了鱒魚小溪同這道山谷中的主要溪流匯合之處。

六月，我對鱒魚的狂熱情緒越發高漲起來，當一個吉日到來的時候，我就旅行到幾英里之外的另一條溪流。它是從一個相對新近建立的定居地流下來的，這是一條湍急的山溪。年輕垂釣者要在這條非常迷人的溪流垂釣需要克服很多難題。它有兩道鋸木坊攔起的水壩，一級級漂亮的瀑布，一層層岩石——它們遮蔽著東菲比霸鶲（Phoebe Bird）那青苔覆蓋的巢穴。總體上來說，這是一個荒蕪的並且令人生畏的地區。

然而，一條牧草地的小溪總是最令人喜愛的。鱒魚喜歡牧草地，牠們的食物在那裡無疑更加豐富，良好的隱蔽處通常也更多。一旦你遇見一片牧草地，小溪的特徵就變了：它流淌得更遠，埋藏得更深；它爲了享受高高的涼爽之岸而逗留著，半隱藏在這些岸之下；它喜歡柳樹，更確切地說，是柳樹喜歡它，爲它遮擋太陽的照射；懸垂的草叢使奔流的泉水更涼爽，岸上更開闊之處的沉甸甸的草地，也沒有被牛群的鋒利之蹄鏟掉。因此，那裡有刺歌雀（Bobolink）、歐椋鳥（Starling）和草地鷚（Meadow Lark），這些鳥兒一向是對垂釣者最感興趣的觀眾；還有驢蹄草（Marsh Marigold）、毛莨（Buttercup），或者斑點百合（Spotted Lily），有經驗的垂釣者總是很感興趣地觀察它們。

實際上，在垂釣者的路線上，一塊塊牧草地猶如他自己生活中的幸福經歷，或者猶如他所閱讀的詩篇的美好詩節。在一些淺灘，牛群在小溪裡驚動魚兒，弄髒它們的泉水，破壞它們在岸下面的隱蔽處。最好的是，林地往往與牧場交替著出現：小溪喜歡在大樹的根部下面掘洞，跳過一根俯臥的樹幹之後，挖掘出一個池塘，停留在一塊青苔覆蓋的突出岩石腳下，讓冰冷的水滴從上面滴下來。

垂釣者都知道，障礙物或干擾物的阻擋，通常使小溪形成深潭；這就是他理想中的小溪——流淌在起伏不平的溪床中，不斷地左衝右突，遭遇到岩石的抵擋或暗礁和樹木的伏擊，又被懸崖阻礙。可是，它遲早要在某片牧草地的岸邊的岩石下歇息，在某個橋下積累，最後形成一個相對靜深的回水凼，那裡到處都有高大的榆樹為它蔽蔭。

不過，並不是每個垂釣者都知道這樣一個秘密，那就是無論你使用什麼誘餌，蟲子、蚱蜢、蠐螬或者蒼蠅，你總是必須要把一種東西放在你的魚鉤上面，那就是你的心：當你用心給你的魚鉤放上誘餌時，魚兒總是要來咬的，牠們會跟著誘餌從水中跳躍起來；牠們喜歡咬的就是這一小口誘餌，而不是任何其他東西。

我見過天生的垂釣者（**我祖父就是一位**）使用這樣的誘餌，他在不可能的日子裡，從最不可能的水域中釣起了的一串貴重的鱒魚。他如此隱蔽而溫和地使用魚鉤，就那樣探尋著，悄悄接近鱒魚，準確地預測出了牠們的所在地。如果牠們不熱情，那麼他就幽默地逗弄牠們，似乎在牠們身邊偷偷走動；如果牠們嬉戲和賣弄，那麼，他就會讓自己的情緒適合於鱒魚的情緒；如果牠們變得老實，那麼，他就會在遊戲的中途就把牠們釣上來。

他非常耐心，考慮周詳，完全地致力於讓處於上鉤臨界點的鱒魚興奮起來。他的努力是那麼成功——當然，他的心都集中在他的魚鉤上面，那也是一顆溫柔的、誘惑魚兒上鉤的心，就像每個垂釣者的心一樣。他會多麼精細地測量距離！他會多麼敏捷地躲避懸垂的樹枝或灌木，在恰當的地點扔出魚線！當然，這需要有一種情感的衝動，還要非常親近那根魚線才行。但是，如果你的心是石頭或者是空莢殼，那麼，把它放在你的魚鉤上面是毫無用處的——它不會引誘魚兒，誘餌必須是鮮活的。

實際上，煥發的青春心態對於成功的垂釣者也是必不可少的；一種超凡脫俗的精神和準備就緒的狀態，能讓你避免急功近利的念頭，投身於一種前景美好的事業。像沃爾頓（Walton）①說的那樣，垂釣者如同詩人，是天生的而不是後天形成的，而且他內心確有很多詩人的素質，是他自己的天賦的犧牲品：那些荒野的溪流魂牽夢繞於他的內心，讓他避開枯燥的事物，逃向那些溪流；在某種程度上，是泉水把自己永恆的青春傳授給了他……

的確如此，我的祖父在八十歲的時候，還會像所有男孩那樣熱情地操起魚竿，充滿年輕人的活力，走向那些可愛的溪流。對於我這個年輕人的雙腿來說，要跟上他的步伐常常是一個考驗，尤其是在回來的路上。

沒有哪個詩人真正擺脫了要在塵世間成功的勃勃雄心。為此，讓我們來詮釋丁尼生（Tennyson）②吧：

健壯的鱒魚對於他是瑣碎的分享品，
冒泡的水波也比金錢還要昂貴。

我感覺他向我展示出了一種財富，哪怕它並不實存於這個世界上。在垂釣鱒魚的季節裡，他釣到了很多鱒魚，我懷疑房子裡是否有足夠的食用油可以用來煎炸那些鱒魚。可是他可以告訴你，他在福格山谷（Valley Forge）釣鱒魚時情況更糟；因為在那裡，只能在煤炭下面的灰燼中烤炙鱒魚或者任何其他魚——但烤得非常好吃。

他具有沃爾頓所要求的那種可愛的寧靜和沉思，此外，還很誠懇。實際上，在很多方式上，他都跟加利利（Galilee）漁夫相似，而那些加利利漁夫被稱作是人類的垂釣者。他是怎樣閱讀《聖經》的呢？他的每個毛孔都在《聖經》上面張開，我甚至常常懷疑他是在打瞌睡。他放下書本，僅僅是為了去操起魚竿；而垂釣的時候，他從不打瞌睡！

特拉華河（the Delaware）是我們的次要河流之一，卻是鱒魚所特別熱愛的一條溪流。它所有那些發源於偏遠的山泉中的支流，以及後來又匯集為一體的狹長而廣大的水域，即使是在被夏天的太陽曬暖以後，也令人愜意，潔淨得猶如從草叢上聚集的露水。在它的眾多支流中，哈得遜河自身又有兩條發源於山腰上的溪流，即龍多特溪（the Rondout）和埃斯普斯溪（the Esopus）。

這些溪流上漲起來，會比特拉華河的水流要湍急得多。可是，龍多特溪是世界上最好的鱒魚溪之一，在這條溪流到達目的地之前，它還跟充滿瘴氣的沃基爾溪（the Wallkill）離奇地匯合。

在這些溪流發源的同一個山巢中，還有美麗得令人稱奇的內弗辛克溪（the Neversink）和比佛基爾溪（the Beaverkill）；不過，它們分別流向了南邊和西邊，最後還是注入了特拉華河。站在我故鄉的山岡上，我能看見那凹地中哺育著這些溪流的儲水量異常豐富的群山；可直到多年之後，我才作爲垂釣者回來，向它們致意。

一八六九年，在一些朋友的陪伴下，我初次熟悉了內弗辛克溪。我們走上大英根山谷（the Big Ingin），驚奇於它所擁有的豐富的冰冷泉水和一望無際的大片山邊林木。大約在下午時分，我們在雨中越過山嶺的頂端，出人意料地遇到了內弗辛克溪。這是一條相當大的鱒魚溪，它是那些看上去是黑色的山溪當中的一條——每個野外宿營者都能感覺到，那冰冷的泉水滋養在濃重的樹蔭中，彷彿是一層又一層厚厚的青苔分娩出了那些不見天日的溪流。

那裡的鱒魚黝黑得猶如溪流一般，野性十足。牠們從岸邊的岩石下面疾游而去，或者帶著魚鉤俯衝到幽暗的深處——沉寂和陰影不可分割的一部分，到處都覆蓋著青苔。當漁夫沿著溪床從石頭跳到石頭、從突岩跳到突岩，他的步伐是無聲的。這些石頭多麼涼爽！

漁夫仰望那幽暗的、沉寂的峽谷，聽見水的聲音，看見那倒下的腐朽樹幹猶如橋一般連接著溪流兩岸，不免會想起他兒時就夢想過的那有關猛獸出沒的所有幻象——蹲伏的貓科動物部落；尤其是，如果在夜幕快降臨或黑暗已經在樹林中加深時，牠們就精神飽滿地來到腦海，讓他更小心翼翼地、機警地前進，與同伴說話時也不自禁地壓低了嗓門。

我們在這道幽深莫測的溪流中垂釣了大約一個小時，收穫了約一百條黑乎乎的鱒魚。我到處看見野鴿子遺棄的巢穴，有時一棵樹上就有六個巢穴。在洪水連根拔起的一棵黃樺（Yellow Birch）上，好些鳥巢還沒脫落下來，小小的嫩枝構成的平臺和架子排列得很鬆散；在險惡的天氣裡，它們對鳥蛋和幼鳥保護很少或者根本無法提供保護。

雨再度下了起來，我們被迫在一棵香脂樹（Balsam）下面躲避。當雨小了起來，我們繼續前行，朝我們的一個同伴搭建起來的營地走去。走了不到一英里，我們就看見一道炊煙穿過滴水的樹木掙扎著升起來。大家剛站在一堆熊熊大火四周，身體還沒暖過來，雨又下了起來，非常猛烈地穿過樹林傾盆而下。

因為曾經有人對我們說到過，在這小溪下面更遠的幾英里之處，有一間樹皮棚屋；我們就只好頂著暴雨，排成行軍隊列朝那個地方急趕。當我們來到那個地點，只看見一個伐木者剝樹皮的場地，它的中心有一間木頭搭建成的小房子，朝著已經崩裂了似的天空揚起它那光禿禿的屋椽，既沒有地板也沒有屋頂——第一眼看去，它的吸引力還不及曠野的樹林。然而，畢竟有一塊木隔板佇立在那兒，我們還是決定用它在房子東邊搭建起一個粗糙的門廊；因為如果搭建得好的話，那麼它就能提供足夠的空間，讓我們在這臨時的門廊下面吃飯，並全都睡在下面。

果然，我們很快完成了手工活，並升起了一堆篝火。四周的景色突然因此而變得生動如畫，尤其是在我們使用煎鍋煮咖啡的時候。咖啡的香味同野外的林中空氣混合在一起，讓人一時忘掉了剛才的淒苦。黃昏時，我們又砍倒了一棵香脂樹，用它的枝梢做床——雖然它不太柔軟，可是很芳香；但鐵杉更好，因為它的針葉更軟，枝條也更有彈性。

夜裡下過兩場驟雨，可是雨量還不足以幫助我們找出臨時屋頂上的漏洞。第二天，連續幾場驟雨落下來，我們才發現上面的漏洞。驟雨在大約下午兩點鐘開始。中午之前天氣晴朗，我們又前往附近的溪流，把近三百條鱒魚帶回了營地。可是在把牠們的鱗片剝去一半之前，或者在煎炸第一鍋鱒魚之前，風從西南方向吹來，雨就又開始驟然落下，從陣雨到穩定的傾盆大雨的轉變過程讓人無法覺察。

我們亂擠成一團，僵直地站在遮蓋物下面。那堆篝火一度勇敢地抗爭，但它的中心只剩下一堆沉重的炭體和燃燒了一半的木頭，無奈地釋放出最後幾縷怨恨的火舌。正在燉煨的魚很快就在黃色湯汁中漂浮，說實話，那湯汁看起來非常開胃。而臨時的遮蓋物此時已漏洞百出，我們不得不隨時轉換躲雨的地方，但很快就再也沒有位置可供選擇。水在木板下側流下來，滴進我們的脖子，在我們的帽沿上形成水窪。最後，我們的槍、野獸夾子和食物，我們的麵包和魚、鹽巴和糖、豬肉和黃油都共享了這種落湯雞的命運。

奔流在我們營地後面的泉水上漲得如此迅速——那些被匆忙地留在溪流岸上的鱒魚現在相當舒適自在，因爲牠們已重歸於水中。兩個多小時過後，更大的洪水沖了下來。大約四點鐘，我們的另一名耽於垂釣的同伴奧維爾出現了。他渾身濕透，一副狼狽的樣子；一小串鱒魚在他提著的繩子盡頭懸晃著，牠們在雨中幾乎不知道自己離開了最適合牠們的元素——水。

可是，他帶來了令人振奮的好消息：他到了小溪下面的兩三英里處，看見了一幢木頭建築物——他不知道是房子還是廄棚，可是屋頂明顯良好——這足以誘惑我們馬上離開目前這個住地。我們沿著一條古老的林中路前行，沒過多久，水就上漲到了我們膝蓋。樹林中到處都氾濫著洪水。

洪流咆哮著急沖而下，一路泛起泡沫——我想它的流量比平常至少增加了五十倍。而每一條細溝和小泉都猶如磨輪尾部的水流那樣奔流著，水卻並不渾濁，只是有一種濃重的咖啡色，那是因爲對樹木的臨時浸泡所致。當我們觀看那些脫離了溪床猖獗而行的水流時，我們想，接下來的幾天裡都不會有鱒魚了！

在我們艱難地掙扎著前進了約半個小時之後，道路轉向左邊，一堵山牆出現在小溪附近的一塊佈滿殘樁的林間空地上。這並不證明這樣一個地方就是詩人喜歡注視與沉思之處；要相信它曾經是山林仙女或森林眾神最寵愛的勝地，需要比我們當中任何人都更有一種具備英勇氣質的想像力。

這裡散發出濃烈的馬和牛的味道，剝樹皮的人曾把他們的馱隊拴在那裡，馬在一邊，牛在另一邊，大力士神赫拉克勒斯（Hercules）從來也沒有來清洗過這些廄棚。可是棚屋頂上有一個乾燥的閣樓，裡面有一些稻草；儘管有雨水和小蚊子，我們至少可以在那裡睡上一覺。

雙層木板以一個非常尖銳的角度佇立著，把山牆隔開；讓我們可以在其間點燃下面由廢乾草與泥肥組成的混合物，以便用它散發出來的煙霧來保護我們免遭蚊子的侵襲。同時，一個叫吉姆的夥伴將附近一棵俯臥的楓樹幹分割成三段，再把它們滾動到那間棚屋前面，點燃了一堆篝火。

火焰戰勝了潮濕，很快就閃發出一片明亮的光來，照亮四周，甚至把溫暖和光亮散發到了那黑暗的廄棚之中。我滿意地解下背包，接受了這個地點。巧的是，雨也停了，太陽第一次在樹林後面探出頭來照耀我們。目前有足夠的鱒魚供我們享用，我在一個牛廄中吃了第一餐之後，就從一架用糙木搭成的小橋上溜躂出去，看憤怒的內弗辛克溪迅疾流過。

才不多一會兒，但溪水退落已經跟它不久前上漲一樣迅速，看起來，第二天我們好像就可以再次垂釣了。因此，那天夜裡我們比前一夜睡得要好，儘管還是有兩個煩人的因素——山牆邊散發出的煙霧和閣樓上的寒冷。不過，當翌日燦爛的白晝破曉而出，我立即就投入到內弗辛克溪裡面，這使我的感覺再次好了起來。使我們驚訝而滿意的是，這條小溪只比下雨之前漲高了一點。那天早晨，我們在營地附近捕到了一些我們所見過的最好的鱒魚。

我們在老廄棚又逗留了一天一夜，可以蹲在外面的地面上吃飯。現在地面已相當乾燥了。這一天的某些時間裡，我在樹林周圍溜躂，仰望著鳥兒當中熟悉的種類，也像往常一樣期盼著看見某些新的鳥類。夠奇怪的是，這裡最豐富的鳥類，正是那些我在大多數其他地區很少看到的鳥，比如小小的水鶺（Water Wagtail）、晨綠尾地鶯（Morning Ground Warbler）和黃腹啄木鳥（Yellow Bellied Woodpecker），而後者似乎頗為廣泛分佈在這個地區的樹林中。

那天夜裡，小蚊子在我們身上舉行盛大的狂歡節。我們在天最光亮的時候沒有垂釣，因為我們更想在日落之後去好好垂釣一番。因此在六點到七點之間，我和愛倫分頭出發，一個人溯流而上，另一個人則順流而下。

周遭的景色十分迷人，太陽從樹林後面照射出巨大的光輪，一種罕見的美瀰漫在大氣之中。可是一路上的種種小折磨卻不斷增加，潛伏在每一團糾纏的植物和密叢中。在一個不經意的時刻，我脫下鞋子和襪子在水中涉行，以便取回一條從我的繩子上意外滑脫的上好鱒魚——牠正隨波逐流，無助地漂浮著。

可這瞬間耽擱也使蚊蚋有時間聚集起來，在我還沒有給一隻腳完全穿好鞋襪之前，就被黑壓壓的一片蚊蚋籠罩了。牠們落在我的手上、脖子上和臉上，發出極小的尖聲，充滿我的耳朵，在我身上到處叮咬。我不得不立即逃回老廄棚，回到那友好的煙熏裡面去。

正當我到達從棚屋通往小溪的小徑上之際，我的那位同伴也處於同樣糟糕的境地——他的帽子又破又皺，面色血紅，臉和額頭上有大塊的汗跡，並且局部腫脹；言語也處於高度激動之中，彷彿他剛剛撞上了馬蜂窩。

那天傍晚早些時候，那種我們自己還可以忍受的煙霧和濃煙，已不足以保護我們抵禦那來自蚊蚋的嚴重騷擾；可是後來，我們的情況卻得到了緩解。

大約十點鐘，當我們站在營地周圍，夜空中出現了一陣短暫然而醒目的北極光，這使我們大為驚訝。那些淺色的、幽靈般的磁性光浪，在我們頭頂上空的小小空間相互追逐。第一眼看去，它們好像並沒有照亮林梢，而我獲得的「明亮的林梢」這個印象卻栩栩如生，彷彿它就是內弗辛克溪的一個名副其實的幽靈。在這個怪誕般的奇景後，天空猶如一塊巨大的白色簾子，在搖晃和顫動。

在我們爬上閣樓躺下睡覺之後，另一場歷險降臨到我們身上。這次是一批新來的討厭的傢伙出現在我們的營地，牠們就是這老廄棚的地方守護神，被狩獵者稱為「煩躁的豪豬」。我們不得不謹慎地準備好我們的夾子與獵槍，以防備這些我們在黑暗中看不真切的渾身長刺的夜行者。

躺了約半個小時，我正處於睡眠的門檻上，準備好穿過那扇幽閉之門而進入夢境；就在那時，我聽到外面某處傳來了一種古怪的聲音——我在這些樹林中度過的每一夜都聽到過的那種聲音，不僅是在這次探險中，而且在以前的多次探險中也聽見過。因為我熟悉其他普通動物有可能發出的聲音，我認定是那豪豬前進過程中發出的聲音——一種既可能是咬嚙某種堅硬乾燥的物質時發出的聲音，也可能是牙齒本身的磨銼聲，同時還伴隨著刺耳的呼嚕聲。

奧維爾也聽到了，他用肘部支撐起身體，問：「那是什麼？」

我說：「就是那種被獵人們稱爲『箭豬』的東西。」

「真的嗎？」

「一點不假。」

「牠爲什麼要發出那種聲音？」

我回答：「這是牠詛咒我們篝火的一種方式，我昨夜也聽見了。」

我的同伴顯出鼓起勇氣的樣子，詢問道：「你猜牠在哪裡？」

「不遠，離我們的篝火也許有十五碼或二十碼，那裡是陰影開始變得濃重之處。」

奧維爾匆匆穿上褲子，摸到我的槍，片刻後，就穿過地板上的小口消失在下面。我不想跟他去，可是感到這場騷擾令人煩悶無比。他找準那個聲音傳來的方向，在粗糙崎嶇的地面上摸索著前進。

當他到達火光無法照亮的地方，就用槍尖刺戳每個可疑的物體。不久，他就刺戳到一個猶如大石頭的淺灰色物體；他吃了一驚，因爲那個物體移動著離開了。他就對著這個東西開了槍；儘管如此，那東西卻比先前更加努力，試圖逃走。

我躺著傾聽，緊接著上一槍的回音，又傳來了一連串左輪手槍激昂的射擊聲。我這才趕緊爬起來，來不及穿鞋戴帽就匆匆趕下去，想知道究竟發生了什麼事。我看見奧維爾用槍口奮力阻擋一個不確切的物體，牠正在試圖逃走，爬到黑暗之中。發現我光著腳，他就大聲說：「當心，這周圍到處都是豪豬的剛毛！」

剛毛就在那裡——他幾乎用子彈和槍托打掉了那可憐的動物背上的所有剛毛。很明顯，我的槍已完全不能使用了；當他用槍托打擊他的犧牲品時，槍的推彈桿已經破裂了。劃燃一根火柴，可以看得見——從左輪手槍射出的幾顆子彈擊中了那隻動物的頭部，一下子就讓牠跑不動了。

這是一隻加拿大大豪豬——一隻莊重的灰色老豪豬；我要說的是，牠有三英寸長的脊梁，有二十磅重。這隻動物的體形很像花白旱獺，也就是說，牠沉重像袋狀一般。牠的鼻子比花白旱獺的鼻子要鈍一些，四肢更強壯，尾巴更寬更重。實際上，牠的尾巴很像棍棒，無疑豪豬能夠用它來施以猛烈打擊。

一個曾經跟我交談過的老獵人認爲，豪豬的尾巴還有助於牠平常的攀登。豪豬是根深蒂固的嚙齒類動物，大多數時間出沒在樹林中，喜歡啃嚙樹皮。冬天，一隻豪豬把一棵鐵杉樹作爲牠的居所，在那裡不停咬嚙，直到那棵樹變得無比光禿。

豪豬的身體發出一種特殊的、令人厭惡的氣味。儘管如此，對於獵人來說，牠仍是很有吸引力的獵物。如果大自然的生存鏈構成就是一種動物捕獵在牠之下的另一種動物，那麼實際上，可憐的魔鬼若從豪豬身上咬上一口之後，就必不會再咬第二口。豹子和山貓曾經嘗試過咬牠，可是常常咬了第一口就終止了——後來，攻擊者死了或者奄奄一息。

豪豬的腦袋則像山蘿蔔那樣膨脹起來，令別的生物畏懼的剛毛在四周突起。一隻明白這種情態的狗，會圍繞著豪豬用計策、耍花招，直到牠找到機會把豪豬掀翻在地；那時，狗就能抓住豪豬那沒有剛毛的腹部。愛倫曾經很困惑，他想瞭解久別的朋友怎樣擁抱，因爲一旦擁抱就讓人聯想起那些隨意放下或揚起的剛毛。

第二天早晨，過於潮濕的空氣預示著有雨。可是我們對眼下這個令人愉快的住地已經心滿意足了，因此而高高興興地收拾起我們的野獸夾子離開。在我們到達林中空曠地之前，雨開始落下來，懶散的、單調的毛毛細雨下個不停，直到下午才停止。

那片林中空地是最近才形成的，多半是由剝樹皮的人所爲。夏天，他們在山中到處剝樹皮；冬天，他們在自己的商店中工作，建造木瓦。比斯基特溪（Biscuit Brook）從西邊流到這裡——這是條六英里或八英里長的湍急而美好的鱒魚溪，鹿群出沒於鱒魚溪在山中的源頭周圍。在溪岸上，我們發現了一個老伐木人的房子，它的主人給我們指明了我們計劃穿越的地區的情況。

我們詢問：「越過內弗辛克溪，進入比佛基特溪的源頭的道路很難走嗎？」

「對於我並不難，我能在最黑暗的夜裡走這條路。不過我可以指引你們，那樣你們就能很順利地找到道路。朝內弗辛克溪下面走大約一英里，你們就到了海法爾溪（Highfall Brook），也就是第一條從右邊流下來的溪流。沿著它上行約三英里，就到達了吉姆・里德的棚屋。然後再越過溪流，在左岸上，沿山邊向上面走上好一陣，你們就會找到一條林中路——它是這下面的一個傢伙修建的，那個傢伙在去年冬天從山頂偷走了一些樹木頭，從積雪上把它們拖了出來。當道路在山上最初傾斜的時候，就開始向下行走，朝左邊前進，那樣，你們就可以在日落前到達比佛基特溪。」

那時是下午兩點過了，因爲這段距離是這些讓人敬畏的獵人所說的六英里或八英里，而事實上，讓我們走完全程極可能得花上一整天，因此就決定等到第二天早晨再走。比佛基特溪向西流，內弗辛克溪向南流，我產生了一種致命的擔心，害怕被糾纏在處於這兩個角度之間的群山或山谷中。

此外，我還樂於能再有一次（**最後的**）機會來向內弗辛克溪的魚類部族致以我的敬意。這個地點是我所見過的最佳鱒魚溪之一。它沒有閃爍的泡沫，溪床如此清澈，沒有任何沉澱物和雜質，因此，它有一種全新的外貌，彷彿是剛剛才出自於造物主之手。那天下午，我踏著它的邊緣前行，朝上面走了一英里，部分時間是在齊膝深的水中涉行。我僅用了一條鱒魚的鰭作誘餌，把魚鉤投擲到對岸。

鱒魚是真正的食肉動物，牠們毫不猶豫，相互攻擊時不分勝負不肯罷休。我的一個朋友說過，他住地附近的泉水中有好多條鱒魚。有一天，一條雌性大鱒魚吞下了牠的一位雄性朋友，那條雄鱒魚的體積幾乎是雌性大鱒魚的三分之一；那條雌性大鱒魚四處游蕩了兩天，雄性鱒魚的尾巴還突出在牠嘴邊！一隻魚眼也可以做誘餌，當然，魚的肛門附近的鰭還是更好。

這裡的一個土著人曾告訴我說，每當他希望捕捉大鱒魚的時候（**我判定他從未釣到過——我自己就從未釣到過**），他通常把杜父魚（Bullhead）或者鱸魚（Dart），一種一英寸半或者兩英寸長的小魚掛在鉤子上來作誘餌，把它放在岸邊的鵝卵石淺灘上。當鱒魚受到驚動時，它就從一處迅速衝刺到另一處。他說，「把那個東西放在你的魚鉤上面，如果小溪裡有大魚，牠就必定要來咬這個誘餌。」可是不容易找到鱸魚。我推斷，大魚把牠們都吃光了；因此，最容易、最方便的就是用魚鰭來做我們的誘餌。

那天夜裡，我們謝絕了定居者的殷勤留宿，在比斯基特溪岸上的一個荒廢的木瓦商店裡展開毯子，在潮濕的地面上宿營。一個角落裡堆積著新木瓦。這個地方有一根喉嚨巨大的煙囪，連接著一個巨大壁爐。周圍是如此潮濕和寒冷，以致每次我們給這個壁爐餵上一塊木材時，它似乎都叫喊著──「還要！」

我貪婪地喝著那天早晨美味的牛奶，在連續吃了四天的魚之後，它顯得格外可口，甜美的氣味在我的舌頭上留連不去。黃昏時，我們接待了一個誠實的、飽經風霜的過路人，他在我們門前停下來，似乎表示要繼續匆匆趕路；結果卻在這裡停了一小時，對我們講述他在這裡的群山中獵鹿和獵熊的歷險。

第二天，我們在定居者的房子中補充了麵包和鹹豬肉貯存之後，於正午時分抵達了里德的棚屋──一幢臨時建築，這個樹皮批發商把它搭建起來用以寄宿，還供他的那些幹活的幫手搭夥。里德不在家，因此我們繼續上路，根據我們先前得到的指導，盡可能走上那條近路。

我們越過小溪，在山邊奮力爬上去，穿過倒下的、被剝皮的鐵杉形成的眾多羈絆，進入上面的密林，開始焦慮地四處尋找那條林中路。我和同伴起初看不見它的蹤跡，可是我們知道，有一條在冬天裡開闢的臨時林中路，那時地面上很可能有兩三英尺的積雪。可是在夏天，它卻只留下最細微的指示物，肉眼難以發現。我們更加仔細地尋找，在各處留下記號；我們避開了大樹，僅僅用斧子劈砍樹苗和下層的灌木，讓那些灌木在離地面幾英尺之處裂開。

我們一直保持著警惕，沿著這條臨時道路走到山頂附近。可是，當看著它要傾斜到另一邊時，路徑卻完全消失了。我們找到了某些黑莓樹樁，一雙孤獨的雪靴乾燥地高懸在一根枝條上，可是我們看不見附近有人活動的更多蹤跡。當我們在這裡休息之際，一對隱夜鶇（Hermit Thrush）中的一隻歌唱著，牠的嗓音具有某種因器官缺陷而帶來的令人悲傷的氣質，幾聲有限的不成調的音符，讓人感到這個地方的孤寂。

這是我第二次觀察到鳴禽的樂器中有某種明顯的器官缺陷；第一次觀察到的是一隻刺歌雀（Bobolink）——牠在半空中翱翔，盡可能鼓起喉嚨，卻只能發出一些不連貫的音符。在每個例子中，喉嚨有缺陷的鳥兒跟喉嚨有缺陷的人形成了鮮明對比——相形之下，人多半默不做聲；而鳥卻顯然爲自己驕傲，很滿足於自己的表演，一如聲音正常的鳥兒那樣。

花時間來仔細查對了我攜帶的一隻攜帶型羅盤之後，我們決定了行走路線，堅持向西行。我們非常緩慢地逐步下山——儘管在不同的地方顯露出了一些熊和鹿的蹤跡，可是我們沒能親眼看見一隻活生生的動物。

大約下午四點鐘，我們終於到達了一條向西流動的溪流。向比佛基特溪歡呼！果然，這裡有豐富的鱒魚，牠們很快就浮出來咬魚鉤；可是我們得繼續趕路，計劃在大約六點鐘找到營地。這裡有很多迷人的地方，這邊的岸上，那邊的岸上，到處都讓我們留連駐足。直到我們終於找到一個光滑乾燥之處，香脂樹和鐵杉遮蔽著它，小溪則圍繞著這小塊平地轉了一個彎——真是一個非常完美的宿營地！我們立即就解開了背包。

通過抓鬮，我的同伴爲過夜去伐木或作其他準備，而我就像最成功的垂釣者，得到的任務是爲晚餐和早餐供應鱒魚。我將怎樣來描述那條具有所有山溪特徵的野性而美麗的溪流？當我在那些樹林間的沉沉暮色中看見它時，它穩定而平坦地流淌著，發出靜謐而似乎有很多種嗓音的喃喃低語，感到了它生動而又幽深的魅力。同時，我也感到了一種完美的孤獨，體會到了文明人在與荒野的如此遼闊的沉寂發生接觸時，那種奇異和微妙的感動。

這裡的鱒魚像林鱒（Wood Trout）一樣，相當黝黑，動輒就熱切地咬住誘餌。我沿溪而行，直到漸漸濃重的陰影警告我轉身回去。當我接近營地，火光透過樹林照耀，驅散遠處的陰暗，卻照得我的眼睛看不見腳下的障礙物。我摸索著回到營地，得知一個同伴在用斧子砍樹時，不慎砍傷了自己，在脛骨留下一道難看的深深傷口，我的心情頓時沉重了起來。可是，很快我們就開始感謝那肯定是黏附在斧刃上的香脂樹液的癒合功效，也要加倍感謝奧維爾在離家前爲自己準備的橡皮膏藥——同伴的那條受傷的腿，在那一夜和第二天都恢復得很快，沒有帶來太大的麻煩。

那天夜裡，我們有了第一次舒適的宿營方式——睡在地面上，上面只有樹木的遮蔽——從很多方面來說，這是我們在樹林中度過的最令人愉快的一夜。天氣完美，駐地也完美，我們第一次遠離了蚊蚋和煙霧。對於野外宿營者，他們最能接受的就是樹林和水那樣的純潔之物，人類遺留的任何雜物都會破壞景色的完美。然而我願意承認，在我們穿過這些樹林之前，斧子砍下的印記是一道受人歡迎的風景。

第二天我們繼續趕路，我們沿著比佛基特溪的左岸前進，以便遇見一條從北邊流入的溪流，那就是那一天行軍的目的地——香脂樹湖（Balsam Lake）的出口。從我們的營地到那個湖泊的距離不可能超過六英里；可是沒有路徑和嚮導，我們前行就緩慢多了。爬上岸邊，深入峽谷，在沼澤地周圍迂迴前進，穿過被眾多倒下的腐木堵塞的樹林，這樣一來，似乎已是那段距離的兩倍了。

當我們出現在那被稱爲「貴格派教友林中空地」時，已是下午。我在九年多以前到過那片地面，它在湖泊南邊約兩英里處。從這個地點，我們找到了一條坎坷難行的小路，它引導我們來到一處驟然隆起的地面上，然後穿過一片樹林，看見了那明亮閃爍的水波。

每次接近這些山中小湖，我總是被各種延伸的地形所打動。攀爬越過陡峭的一段之後，我就會到達那些凹地或自然盆地裡的湖泊邊緣，它們大多處於山邊或在山的頂端；可我沒有那樣做，當我完成了攀登之後，我會在它們不遠處的一片似乎也輕輕波動著的林地前駐足。大約半個小時之後，我才會離開林地，前往湖邊。而那個湖泊躺在這山間凹地裡，猶如躺在人類手掌上的一滴水珠。

香脂樹湖是橢圓形的，幾乎不到半英里長、四分之一英里寬，卻顯露出如畫的美景，有一片深灰色鐵杉在它的源頭周圍覆蓋著山谷，群山在遠處矗立。我們在湖邊發現了一幢用粗樹枝搭建成的房子，它的設施很充分，門前還泊有一艘帶槳的獨木舟以及一些漂浮著的木頭。我划著獨木舟，沿著樹蔭交繞的湖岸前行，那裡的鱒魚不停地跳出水面來吞吃一種黑色蒼蠅。在微風的掩護下，那些蒼蠅在水面上群集著跳舞。蚊蚋也在那裡群集，當牠們飛來捕獵我時，我正在捕獵那些捕獵蒼蠅的鱒魚。我用湖水不停地打濕我的手、臉和脖子，讓牠們無法制伏我。

鱒魚多半在靠近岸邊的一兩英尺處跳躍，那裡的水只有幾英寸深。淺水裡的魚失去了自己的驕傲，在那裡，牠們只能在水面上抬起頭，牠們大張著嘴巴，以最虛弱的方式往後退。一條鱒魚在這種環境中，只能跳向空中數英尺，而在平靜、穩定的大片水域，牠們會跳躍到十五英尺高的瀑布和水壩上面去。

我們第一次能夠有效地利用蒼蠅，在這個湖泊裡盡情地垂釣鱒魚。這是一種最令人愉快的方式：你坐在獨木舟頭沿岸前行，左右拋擲你的魚線，毫不害怕魚線糾纏到灌木或枝條上去；蚊蟲傷害不到你，而鱒魚似乎卻很樂意讓你釣起來。

湖裡有兩種鱒魚──把牠們稱為銀鱒和金鱒很合適；除了顏色，前者更纖細。我們從湖口開始，在靠近湖泊東邊的地方，一直朝著它的源頭工作，在那裡，我們常常捕捉到銀鱒魚。牠們在陽光下如同銀棒一樣閃耀，牠們的側邊和腹部確實白得就像新鑄的白銀。

我們接近源頭之際，尤其是在我們接近一個被某種生長在湖泊更深處的水草所佔據的空間之際，金鱒魚就會開始咬鉤──牠們的腹部有一種明亮的金色，延伸到牠們的鰭上，則變成了深橘黃色。當我們回到出發的地方，我們的小船底部裝滿了這些混雜的明亮形體，以至於我們至今不會忘記這難得一見的景象。

我們把牠們擺成一排排的，研究著牠們不同的色彩和色調。我久久看著牠們，而牠們也樂意來取悅我的目光。看吧，牠們的尺寸幾乎一致，絕大多數長度在八英寸到十英寸之間，而一種貴金屬和寶石的色澤則從牠們整齊的側邊反映出來。那魚肉是深鮭魚色；通常來說，溪紅點鮭（Brock Trout）的色澤要淺得多。

我們在這裡還遇見了來自米爾溪（Mill Brook）的一些獵人和漁夫──他們告訴我們說，鱒魚在湖泊裡要大得多，儘管湖裡的鱒魚的數量遠不如以前那樣多了。溪紅點鮭直到變得稀有時才長大。我僅僅是在長期過度捕撈的溪流中，才捕到了十六英寸長的溪紅點鮭。

在湖泊周圍有無數豪豬，牠們一點也不怕人。有一天夜裡，我在粗樹枝搭成的火爐形狀的房子裡面熱得難熬，被迫從裡面退出來，在不遠的一邊空地裏著毯子躺下。就在破曉時，某種東西把我給弄醒了。我抬起頭一看，一隻豪豬把牠的前爪放在我的屁股上——牠顯然還沒有我那樣驚訝。我正想探究牠為什麼這個時候在這裡；牠卻用牠的尾巴拍打我，在我的毯子上留下三四根剛毛，然後就蹦跳到山岡下面，消失在灌木叢中。

作為鳥兒的觀察者，我當然很注意每件跟鳥兒有關的古怪事情。因此，一天下午，當我們站在營火周圍眺望湖泊時，唯有我看見了水中的一些騷動——被附近的樹枝半隱藏著，彷彿就像小小的游泳者努力向岸邊掙扎所激起的一些騷動。我划著獨木舟匆匆趕過去營救，發現了一隻精疲力竭的黃腰林鶯（Yellow Rumped Warbler），依附在一根懸垂到水中的嫩枝上。我把這隻濕透而無助的鳥兒帶到營地，放進一個籃子，掛起來晾乾。

一兩個小時後，我就聽到牠在這個「監獄」中振翅；我為了更好地觀察這幸運的「囚徒」，就小心翼翼地抬起蓋子來——就在那一瞬間，牠疾飛而出，消失了。我對牠是怎樣掉到水裡的疑惑不解。我只能猜測牠是一隻幼鳥，牠的飛行距離從未超過一個池塘，看見映照在那下面的雲層和藍天如此完美，就認為那是通往又一片夏天原野的遼闊通道或大門，也許還是通往熱帶的捷徑，所以就讓自己惹上了麻煩。

我還看見了紅雀（Redbird），牠看上去也特別愉快，在湖面的一根枯枝上歇落片刻，恰好有一縷落日的光芒照在牠的身上。雖然牠只是一個純粹的深紅色小點，可是牠在那陰沉黑暗的背景上卻多麼明亮！

就這樣，我體驗了到林中去垂釣鱒魚的普通旅行的種種樂趣。對此沒有經驗的人，坐在屋裡想著這些事情，想著詩人歌唱過的、傳奇小說作家寫過的一切，也許會忍不住立即動身前往。當他們試圖去實現他們的夢想時，其實很容易產生一種失望感：因為他們期盼進入森林中的鱒魚樂園、涼爽的隱蔽處、歡笑的小溪、如畫的景色和香脂睡椅；可是相反，他們卻發現迎接他們的是饑餓、苦雨、蚊蚋、骯髒、被打斷的休息、庸俗的嚮導和臭哄哄的醃豬肉——他們多半看不見充滿樂趣之處。可是那些以正確的心態去探索的人則不會失望，他們會找到這種生活的樂趣——儘管很辛苦，可總是要比作家們所描寫的要好得多。

【注釋】

①英國作家（1593～1683），以其描寫釣魚之樂和技巧的《高明的垂釣者》一書尤爲著名。

②丁尼生（1809～1892），英國桂冠詩人。

第三章　狐狸

對於狐狸，我已經說過不少了，可即便是用一整個章節來描繪牠，對牠來說也只有一半的公平。

在所有長著毛皮的動物中，也許狐狸是唯一可以加以引用、闡述的例證：牠不僅沒被消滅，而且在面對種種消滅牠的方法時，牠的數量實際上還有所增加。相形之下，河狸（Beaver）在最初的定居者能看見牠們之前就消失了；即使是水貂（Mink）和貂（Marten），如今在牠們曾經到處出沒之處也已極爲罕見，或者根本看不見了。

但是狐狸卻從文明化的進程中殘存了下來，如今在某些地區，牠無疑比大革命時代還要豐富。至少有半個世紀，狐狸因爲牠的毛皮，而幾乎成爲人們紛紛爭求的動物。在許多地區的山上，人們都不難發現狐狸的蹤跡；因此牠就被頻繁地捕獵，落入圈套，受到伏擊，在敵意中被視爲獵物而追逐，遭到人們用合法和不合法的手段來對待。然而，似乎還沒有什麼危險使這種動物陷入滅絕的境地。

人們曾普遍認爲，只需要一隻獵犬的吠叫，就足以驅趕和嚇唬每隻來自鄉間的狐狸。可是並非如此：一隻獵犬的吠叫不可能傳遍群山，響徹每一個偏僻的角落和每一條小道；並且，我必須要說的是，獵犬越多，狐狸就越多。

夏天，我在紐約州的一個多山地區度過了一個月。從最初定居起，那裡的紅狐（Red Fox）就成了獵人們使用圈套和獵槍來追逐的獵物。我居住的那幢房子有兩隻獵狐犬，半英里之外的一個鄰居有第三隻獵狐犬，鎮區裡面還有很多——獵狐季節到來時，牠們也被充分利用起來。上面提到的這三隻獵狐犬，在牠們主人的陪伴下，常常到最近那些地區的山上去舉行盛大的圍獵狂歡。

一個又一個冬天，很多狐狸在這些狩獵者面前倒下了；在我來訪前的一個季節，僅僅是在一道小山嶺上，就有廿五隻狐狸遭到了射殺。然而，周圍的狐狸並沒有因此而減少，只是牠們不像以前那樣大膽了；只有在夜裡，牠們才來到離房子和沒被拴住的機警獵犬只有幾桿的範圍內，劫奪家禽。

一天早晨，人們發現一隻肥大的鵝失去了頭顱，其他部分被弄得血肉模糊。兩隻獵犬都不見了，直到接近夜晚才回來——據推測，牠們打斷了列那狐（Reynard）①的盛宴，此外，還對牠進行了一陣窮追猛打。可是第二天夜裡，那狐狸又捲土重來，這次牠叼走了一隻鵝並全身而退。幾個夜晚之後，牠又來了——這一次肯定是帶著牠的同夥一起來的，因為據說那天早晨，有三隻碩大的鵝失蹤了。現在，這些笨頭鵝通過點頭來傳遞周圍有危險的訊息，每天夜裡，牠們都緊靠著房子棲息。

有一窩火雞，母火雞被拴在離房子後面幾桿遠的樹上，成為狐狸的下一個攻擊對象。像往常一樣，那捕食的傢伙是在後半夜來的。我恰好醒了，聽到無助的火雞在用極度沉重的聲音叫喚「奎特」、「奎特」。一個睡在我樓上的人——似乎好幾個夜晚都在擔心他的火雞的安全，因此一隻耳朵醒著睡覺——也聽到了這個聲音，憑直覺就立即推測出了叫聲的原因。

我聽見窗戶打開，聽見一個聲音在召喚狗。一陣怒吼的犬吠使列那狐慌忙逃走了。但母火雞的下場已經跟先前那些鵝一樣——這母火雞被主人用繩子拴著無法逃走，因此遭到了狐狸的攻擊——牠奄奄一息躺著，翅膀展開，被咬得遍體鱗傷，羽毛蓬亂。而幼火雞棲息在附近籬笆上排成一排，牠們在最初的報警時就逃跑了。

火雞保留了很多野性本能，跟我們的任何其他家禽相比，牠最不易被捕捉。一旦有哪怕是最輕微的危險跡象出現，牠們就起飛逃走。在我說到的這個地區，人們常常在早晨發現火雞棲息在牠們不習慣去的地方，比如棲息在穀倉和乾草棚頂上，或者蘋果樹端。牠們的尾巴展開，舉止顯得很激動。只是偶爾會有一隻火雞失去尾巴，那是因為狐狸僅僅成功地咬走了一口管羽——這是很尋常的。但對被拴起來的火雞來說，境況就不一樣了。

這一窩幼火雞成大後，羽毛逐漸豐滿，牠們奔走到離房子很遠的地方去尋找蚱蜢。在這樣的時候，牠們全部變得警惕而多疑。有一天，一隻很像狐狸的狗陪伴我越過一片田野；我遇見了一窩長到三分之一大小的幼火雞，牠們在一片樹林那邊的牧草場上吃東西。牠們突然看見那隻狗，看也沒看我，就立即施展出野生獵物的敏捷飛向空中。老火雞棲息在樹端上，彷彿要監視那假想的敵人，幼火雞則掠過樹林飛回家去了。

一隻雜種狗陪伴著上面提到的那兩隻獵狐犬，這隻雜種狗的任務是照看農場，可是牠卻常常以逃避這單調的工作來獲得各種樂趣。就像小學男生經常蹺課那樣，牠一貫自己單獨進行愉快的狩獵——我想牠僅僅是為了取樂而已。列那狐到來，從這幾隻狗的鼻子底下偷走了那些鵝，我在很大程度上懷疑那是一種嘲弄或報復。

有一天早晨，狗們離開了，直到第二天下午才回來；牠們整天整夜追趕狐狸，獵犬每次跳躍都吠叫，雜種狗則沉默而頑強。當這三隻狗回來時，牠們走得都非常吃力，腳受了傷，有些僵直，顯得憔悴而饑餓。之後的一兩天，牠們都躺在狗舍附近，似乎害怕動彈。偷獵是牠們的「戲耍」，是牠們的「狂歡」；當然，牠們要從這種遊戲的後遺症中恢復過來肯定需要時日。

一些老獵人認為狐狸像獵犬一樣喜歡追逐，尤其是當獵犬慢跑的時候，牠也會放慢速度。狐狸會等待獵犬，會坐下來聆聽，或者四處嬉戲，一次次增添牠的痕跡，彷彿牠就喜歡招來追逐者。這讓人感到牠有些淘氣，也讓人困惑不解。

然而，狐狸並不總是能承受這種好玩的事：在一隻迅疾的狗前面，或者在深深的積雪中，或者在濕淋淋的雨地裡，牠的尾巴會變得沉甸甸的，這時，牠就必須全力以赴地飛速奔跑。牠把「躲藏起來」作為牠所求助的最後手段。有時，牠求助於各種方法來徹底誤導和躲避那些追逐牠的狗，牠會在淺溪底部或柵欄上行走。

我聽說過一樁被久久緊逼的狐狸的例子：牠逃到柵欄上，走了一段距離後，就跳向一邊的一截空洞樹樁上，讓自己藏在那舒適的空腔裡面。這個策略成功了，狗丟失了狐狸的蹤跡；可是走近的獵人碰巧經過那截樹樁，就把狐狸堵在裡面——狡猾的狐狸沒有獲得牠所期望的效果。

另一次，狐狸逃到公路上，極度小心而準確地走進雪橇道，那被擦得光亮的堅冰沒有留下狐狸的一絲足跡，氣味也無疑比在粗糙路面上要小得多——說不定這個傢伙還考慮過，在獵犬趕到之前，恰好有另一輛雪橇駛來，那樣就完全擦掉了牠的一切蹤跡。

奧杜邦②告訴我們：某一隻狐狸，在被獵犬驚動的時候，總是設法在某個地點逃避獵犬的追蹤（**如果可能的話，更加狡猾的獵人就在那個地方把自己隱蔽起來，以發現狐狸的詭計**）。不久，狐狸就沿路而來，跳到一邊，爬到一棵離地面幾英尺的倒下的樹幹上，把自己隱藏在頂端。幾分鐘後，獵犬就走近了；牠們熱切地經過了此處，多走了好一段距離，甚至於走得更遠，尋找失去的蹤跡。於是狐狸趕緊匆匆下來，順著來路回去，把獵犬給完全唬弄了。只有更具經驗的獵人才能識破狐狸的這個把戲。

有人告訴我，說紐約州北部的一隻銀灰色狐狸，在受到獵犬追逐時，牠會一直奔跑，直到牠搜尋到另一隻狐狸來代替自己；或者找到一條新的途徑，那時牠就會耍花招，獵犬常常就會在第二條途徑上被甩掉。

在寒冷乾燥的天氣裡，狐狸有時會逃到耕耘過的光禿土地中逃避獵犬，至少使獵犬被耽擱很多時間。堅硬乾燥的泥土似乎沒有留下一絲狐狸氣味；獵犬發出一種高昂漫長的奇特的吠叫，表示牠遇到了麻煩。不過，現在也該輪到獵犬顯露才智了，事實上，牠經常發揮這種才智，那就是去搜遍那片土地，在牠越過籬笆或狹長的雪地之處，開始重新追蹤。

任何乾燥堅硬的表面不利於獵犬搜尋的這個事實，有幾分暗示著對狗的奇妙能力的解釋。在一定程度上，所有的狗都具有單獨憑藉聞嗅獵物的氣味來進行追蹤的能力。你曾經想過狗的鼻子爲什麼總是濕漉漉的嗎？比如，檢查一隻獵犬的鼻子，它多麼濕潤而敏感！如果這種濕潤轉而變得乾燥了，那麼狗追蹤動物的能力就會像你一樣！

你可能觀察過，貓的鼻子只有一點點濕潤，並且正如你知道的那樣，貓的嗅覺遠遠低於狗的嗅覺。把你自己的鼻毛打濕，你的嗅覺也會變得更靈敏。因此，狗鼻子上的汗水無疑是牠的嗅覺能力的至關重要元素；而且，無需去絞盡腦汁地進行邏輯推理，我們就可以推斷出，當狗追蹤獵物時，潮濕、粗糙的表面非常有助於牠的工作。

在美國獵狐，當然跟在英國有很大的不同：在英國，一個自治市鎮的所有地主和貴族都雄赳赳地騎上馬，由咆哮的獵犬引導著越過鄉間，直到狐狸被累得精疲力竭，進而捕殺之。在這裡，正如大多數人知道的那樣，獵人更喜歡崎嶇不平的多山的鄉間；利用狐狸的性情，在狐狸受到獵犬追逐時，獵人就玩弄花樣，或者環繞山嶺或險要的地點，在狐狸必經之路附近選擇最佳位置，把牠擊斃。

最近，也輪到了我跟一些經驗豐富的獵人一起享受這種愉快。當我們朝著山巒的方向攀上山嶺，在獵犬慢慢嗅到一絲狐狸以前留下的蹤跡時，我們聽見牠們發出不確定的吠叫聲，我的同伴們給我指出動物的各種必經之路——這裡的籬笆上的一條縫隙，那裡的山崖下的一塊岩石，那邊靠近樹林角落的一棵樹，或者是俯視山坡或牛行道的那堵石牆的盡頭，再不然就是一條林中路的出口處。

他們指出，靠近十字路口的一個半野生狀態的蘋果園，是動物們經久不變的必經之路——在那裡，狐狸被趕下山嶺之後，將再次掉頭回到山上。狐狸會習慣性地經過任何特殊地點，這似乎沒有理由；然而獵人們卻告訴我說，牠們年復一年都相同，都在這裡轉一個彎，每一代狐狸在遭到狗追逐時，都要穿過那片土地上面的角落而奔跑，或者越過靠近那邊石牆的山谷。似乎狐狸在發現自己被跟蹤的時候，牠就永遠受到誘惑，要在牠的路線上轉折，以此來偏離直線，就像一個人在相似的情況下也無疑會去做的那樣。

如果狗在山嶺的這邊，狐狸就加速跑到另一邊；如果狗在田野上，狐狸就再次逃到樹林中；如果狗在山谷裡，狐狸就匆匆跑上高地。顯然，牠喜歡沿著山嶺奔跑，並樂於聆聽狗的吠叫——那些狗還在下面土地上慢慢搜尋牠的路線。在這樣的時候，牠好像只有一種感覺：聽覺，而且那似乎是對牠的追逐者的回答。牠經常停下來，回顧，聆聽。當狐狸與獵人狹路相逢，如果獵人停下來，那麼，狐狸就會毫不隱藏自己，從他身邊跑過去。

這類動物很少依賴於牠們的視覺，更多依賴的是牠們的聽覺和嗅覺。無論是狐狸還是狗，牠們的眼睛都沒有多少辨別力；牠們似乎把所見之物僅僅視為模糊的一團；可是牠們能用鼻子分析和界定事物，辨別出其中最細微的差別。狐狸分辨不出人和樹椿或者岩石，除非牠聞到了氣味；而在一群人中，狗也認不出牠的主人，除非牠聞到了主人的氣味。

我提到過，有一次，在狗進入山邊的樹林之後，沒過幾分鐘就尖銳而熱切地吠叫起來——我們馬上就知道牠們驚動了狐狸。於是，我們接近一個被認爲是動物必經之路的地點，全速跑到那裡進入位置。就我而言，我很大程度上被獵犬的吠叫這種音樂所攪住了，因爲吠叫聲充斥著山嶺，這使我差不多忘記了獵物。

我看見一個同伴把獵槍舉到水平線上，看著右邊的幾桿遠之處，一隻狐狸正朝我們逕直跑來。我幾乎沒有時間注意這愚蠢的傢伙在路上看見我們時露出窘迫的表情；就在那刻，牠猶如被一道閃電擊中那樣被子彈擊倒。這個傢伙顯得並不害怕，卻顯出慚愧和失措的樣子，就像一個人受到某種詭計玩弄的時候，或者像在某個惡作劇中被發現了的時候。

在遲來的下午，當我們穿越下面山谷中的一片樹林時，另一隻狐狸——那一天的第三隻，就在我們的鼻尖底下，擺脫了牠在一棵老樹端上的遮蔽物，吸引了我們這一隊人馬中三個人的火力，我自己也在其中。但是，受擾於那遮擋的樹幹和枝條，牠絲毫無損地逃走了。然後狗就開始追尋牠的蹤跡，生動的音樂又開始了。

狐狸穿過朝山嶺延伸的土地向前奔跑，我們在早晨經過了那道山嶺。我們知道，牠會在這裡掉頭，然後上山；我們當中的兩個人，希望憑藉老果園來切斷牠的逃亡之路，我們再次確信牠肯定會穿越果園，因此就疾匆匆趕往那個地點。

那裡幾乎有半英里之遙，大部分道路是陡峭的山坡；如果狐狸選擇環行，那麼，牠很可能會在十二分鐘或十五分鐘之後到達那裡。對於一隻四足動物來說，要爬上一個四十五度的角度似乎相當容易；可是對於像人類這樣的兩足動物來說，這是非常吃力而笨拙尷尬的事情。在我爬到中途之前，我的周圍似乎都是真空的了，我上氣不接下氣；當我到達頂峰，我感覺到我的頭顱在漂浮，雙膝快要崩潰了似的；可我還是向前推進，我幾乎沒有到達路上的一個同果園並列的地點的時間了。

當我聽見獵犬吠叫，眺望樹下，就看見了狐狸在野草叢上面高高跳躍，逕直朝我而來。顯然，牠驚魂未定，還沒從我們起初給予牠的連續射擊的驚嚇中恢復過來，不同尋常地奔跑著。我裝備著一支步槍，對自己說，現在是贏得我垂涎已久的桂冠的時候了。在這之前的半天裡，我都在一隻南瓜上練習射擊——一個耐心的年輕人爲我把那隻南瓜從山岡上滾下，當作移動的目標讓我射擊，這樣，我的射擊術就大有長進。

現在，一隻並不是南瓜的狐狸跑來了，運氣在這一天第一次有利於我。我期盼狐狸越過那就在我下面幾碼遠的道狐路；可是，就在那時，我看見牠穿過草叢飛竄，跳上了幾碼高的籬笆。當看見自己的宿敵時，牠似乎退縮了，收縮了毛皮，以至於牠的體積看起來只有以前的一半。牠跳了三次，闢出一條路，那時，我的子彈撕裂了牠旁邊的草皮。

此時，我不知道是該舉著槍瞄準狐狸，還是要眼睜睜看著牠從槍口下面跑過。我只知道自己在那種場合使用步槍，卻沒法讓自己顯得出類拔萃，於是就回家，朝著另一隻南瓜實施我的報復；可是我的射擊仍沒有多少長進，因爲在幾天之後，另一隻狐狸從我的鼻尖底下絲毫無損地逃走了。狐狸突然出現時，有某種非常吸引人的東西，要控制好眼睛才行；除非狩獵者的本能很強並且動作迅疾，否則獵物就會從他的掌握之下溜走。

寂靜的狩獵很少能使你看見一隻狐狸，因爲比起你的耳朵來，牠的耳朵要靈敏得多，牠的步伐要輕盈得多。如果狐狸在田野上捕捉老鼠，在你發現牠之前，牠就發現你了。順風的話，你可以在離牠幾步之內模仿老鼠的聲音來引誘牠，把你自己隱藏在籬笆或者其他某個物體後面，盡可能像老鼠那樣吱吱叫著。列那狐會在一段難以置信的距離之外聽見這個聲音，牠豎起耳朵，找準方向，毫不遲疑地向前快步跑來。

我從來沒有機會嘗試這種實驗，可是，我非常熟悉而且可以信賴的人這樣幹過。有一個人，到牧草場上去牽他的牛，他模仿老鼠的聲音來引誘一隻狐狸，那隻狐狸太忙碌於捕捉老鼠，因此第一眼沒有看見他；直到牠跳過牆，正好落到這個人隱藏和就坐之處，那隻狐狸才驚恐得要命——我懷疑好多狐狸在急於找食物時，都是這樣粗心的。

設置圈套來誘捕狐狸，也許就像在你可以從事的任何設置圈套的娛樂中那樣，你會獲得很多的樂趣和很少的實際效益。在面對圈套時，出現在列那狐腦海中的一種情感似乎就是懷疑。牠並不需要經驗來教會牠，牠好像從跳躍中知道有圈套那樣的東西，也知道圈套有一種夾住牠那直率而算不上友好的爪子的能力。當狐狸在一個洞孔或巢穴裡面走投無路時，就可以為牠設置一個圈套——這可憐的動物自己也產生了不是被捉住就是被餓死的絕望；牠通常是被捉住，並沒有選擇勇敢地忍饑挨餓很多天。

可是要瞭解牠所有的狡猾和機敏，就得在田野上去誘惑牠，或者把你的圈套設置在牠習慣於到來的某具腐屍旁邊。在某些例子中，牠會把圈套揭露出來，留下牠蔑視圈套的跡象，要不然，牠就不會接近到離圈套只有一桿的範圍之內。因此，在一定程度上，你不能出錯。

然而，牠偶爾也會發現牠畢竟不是圈套設置者的對手，最後被捉住。當這種事情發生時，那肯定是設置得最佳的圈套。那圈套是在完全經過煙熏和塗上動物油脂之後，放在遙遠田野的乾灰燼或穀殼的底座上面的；狐狸在那裡壯起膽子，為了吃上幾口烤炙過的乾酪，牠會連續好幾個夜晚去設法把乾酪從圈套盤子上取出來。

一場輕雪有助於圈套設置者施展技藝，促成列那狐的毀滅。現在，列那狐那麼輕鬆就被捉住了，完全被捉住了！牠幾乎失去了腳趾端，而更嚴重的情況是一根大釘穿透了牠的腳掌心。我曾經看到過一幅很大的油畫，畫面上是一隻狐狸的後腿拖著一個圈套在掙扎，那圈套夾在牠的踝關節上。跟這幅畫掛在一起的另一幅畫，則表現的是一個農民從對面趕著一群牛。

一種傳統的說法是，當農民從對面趕著一群牛，偷吃乾酪的狐狸的踝關節很可能會被夾住。我知道有一隻狐狸被圈套的下齶尖咬住：牠在夜裡到來，從圈套的盤子裡面偷吃了一口乾酪卻沒能跳開；一塊乾酪被一根線固定在盤子上，就發生了上述的後果。

就像某些獵人堅持說的那樣，在開闊地裡，我從未能如此清楚地見過母狐挖掘洞穴或用空穴來餵養幼狐，除非那裡很安全。幼狐習慣於在溫暖的日子裡出來，像幼犬一樣在巢穴前面嬉戲玩耍；你能從四面八方暢通無阻地看到牠們，沒有樹木或灌木的遮擋，危險隨時都可能臨近。牠們並不太容易受到突然襲擊和捕捉，一有風吹草動，牠們就鑽進洞穴，消失得無影無蹤。

那些觀看過幼狐歡跳的人說：這些小傢伙非常有趣，比小貓的歡跳還要調皮，同時，牠們那年輕的眼睛似乎透露出一種深沉的機智和狡黠。你永遠看不見母狐與幼狐一起待在巢穴中，因爲母狐總是徘徊在附近的林邊，時時發出警告聲或吠叫來告訴幼狐要警惕。母狐通常至少有三個巢穴，相距都不遠，在夜裡偷偷會把幼狐從一個巢穴搬到另一個巢穴，以此來誤導牠的敵人。

有一次，不少男孩和成人發現了一窩幼狐之後，就回去拿來鐵鍬和鶴嘴鋤，奮力挖了好幾個小時，才沮喪地發現那只是一個空穴。顯然老狐狸發現了牠的秘密洩露了，就等待夜晚來臨，在夜幕掩護下，把牠的一家子轉移到新的居所；要不然，就是某個留心保護自己的獵物的老獵狐人，聽說有人打算要毀滅這一窩幼狐，就在夜幕降臨前的黃昏去了那裡，在巢穴周圍實施一些騷擾，也許還在洞口點燃一些火藥，於是，這精明的動物就明白了這暗示著什麼。

也許，我的讀者對這個問題更爲科學性的一方面不感興趣。狐狸作爲食肉類（Carnivora）食肉目動物，屬犬科（Canidae）。狼是一種野狗，而狐狸則是一種狼。然而，狐狸不像狼那樣，牠從不成群結隊去捕獵，而是單獨出去捕獵。像所有犬科動物發出的吠叫那樣，狐狸發出一種使人聯想到狗的吠叫聲。

事實上，在某些時段，多半是在夏天，即使是被迫，狗都不會去攻擊和追逐雌狐，牠會以最羞怯的舉止從雌狐那裡跑開，這更加顯示出牠們之間的血緣關係——除了這，牠對任何其他動物都不會這樣做。狐狸的很多方式和舉止也很像狗。

我曾經看見一隻年幼的紅狐在華盛頓的市場上被公開出售。這隻幼狐的主人說，他是在維吉尼亞州把牠給逮住的，他用一根小鏈牽著牠，就像牽著寵物那樣。而那個天真的小傢伙在陽光下側躺著睡覺、曬太陽，完全就像一隻狗，周圍充斥著噪音和討價還價的聲音。牠的體積約有一隻半大的貓那樣大，透露出一種我幾乎無法抵抗的迷人的美。

另一次，我看見一隻灰狐（Gray Fox），牠大約長到了成年體形的三分之二，在跟一隻同樣大小的狗嬉戲玩耍——從兩者的舉止方式中，你無法辨別哪隻是狗，哪隻是狐狸。

某些自然主義者認爲，美國只有兩種永久性的狐狸，即灰狐和紅狐，儘管還有五六個變種。灰狐比紅狐的體積和價值都要小得多，牠是南方物種，據說在馬里蘭州以北就很罕見了，而在哈得遜河沿岸的某些岩石嶙峋的地區則還很常見。

在南方的那些州裡，這種狐狸經常遭到英國式狩獵者的捕獵，即騎手騎在馬背上，穿過鄉間飛奔，追逐那些獵物，直到牠們累得精疲力竭，最終被捉住。灰狐是唯一會爬樹的狐狸，當遭到緊逼時，牠不是逃進巢穴或者洞孔裡面，而是爬到狗所無法攀爬的某棵小樹上去。

紅狐則是北方物種，在維吉尼亞州的多山地區以南就很罕見了。在北極地區，牠讓位給那大多數季節都一身雪白的北極狐（Arcticfox）。草原狐（Prairie Fox）、雜交狐（Cross Fox）、黑色或銀灰狐（Black or Silver Gray Fox），似乎只是紅狐的變種，就像黑松鼠是從灰松鼠繁殖出來的，黑花白旱獺是從褐花白旱獺繁殖出來的那樣。牠們跟紅狐之間的差異很小，除了顏色，儘管據說草原狐在這兩者中要大一些。

雜交狐的口鼻部和四肢呈暗褐色，肩頭和胸膛上則是紅色和黑色相混，顏色獨特；而牠的性情沒有任何特點，因此這樣給牠命名。牠非常稀有，只有極少數獵人才見過個別的一隻。美國毛皮公司一般每年獲得五十到一百張這種狐狸皮。這種狐狸皮原來售價爲二十五美元一張，儘管我相信牠們現在的售價只有五美元。

黑色或銀灰狐最爲罕見，牠的皮最珍貴。印第安人曾經估計牠的價值等同於四十張河狸皮。在一個季節裡，大的毛皮公司集中所有收購點之力也很少能收購到四五張。美國毛皮公司的這種狐狸皮，多半來自密西西比河的上游河道。

一個奧杜邦似的年輕博物學家在紐約州北部就射殺了一隻。那隻狐狸被人們發現了，鄰近的獵人曾多次向牠開槍射擊，可是牠屢屢逃脫，結果牠獲得了「牠過著具有魔力的生活、只有銀製子彈才能殺死牠」的名聲。可是，那位年青博物學家第二次嘗試就把牠擊斃了。這是一隻雌狐，牠在附近地區有一窩幼狐，他也把牠們給挖了出來，發現巢穴中容納著三隻黑色和四隻紅色幼狐。這個事實解決了他的一個疑問：黑色和紅色幼狐經常是同一個父母，屬於同一個種類。

以直截了當的觀點來看，這種狐狸的顏色是黑色的，可是從另一個角度來看，牠是暗銀灰色的，從這裡就出現了黑色與銀灰色是明顯的變種這種概念。這種狐狸尾尖總是白色的。

幾乎每條街道上都有這種狐狸的傳說，牠是年輕狩獵者的夢想；然而，我尚需要遇到一位見過這種狐狸的人。如果我決心要獲得一個標本，那麼我就應該到大北方去，進入英國以前的殖民地。

在這個國家堆滿骨頭的洞穴中，人們發現了灰狐顱骨，卻沒有發現過紅狐顱骨。一些自然主義者從這個事實來推斷，紅狐是歐洲狐狸種類的後裔，紅狐類似牠的祖先，牠出現在這個大陸上的日期比較晚，然而，卻比牠的歐洲祖先更美。

【注釋】

① 民間故事和寓言中狐狸的常用名字，這裡泛指狐狸。

② 美國博物學家（1785～1851）。

第四章　南卡茨基爾山腹地

從哈得遜河東面，或者從西邊的特拉華縣的某個有利地形眺望更遙遠的南卡茨基爾山，在群山之中，你會看見一座外貌猶如巨型馬背和馬肩的山。這匹馬在低頭吃草，肩頭高聳著，從肩頭到脖子的斜坡非常陡峭；如果牠揚起頭顱，那麼，你就會看見那馬頭遠遠高出其他山峰，這匹高貴的牲口可能就會逕直凝視阿迪龍達克斯（Adirondacks）或者白山（White Mountains）。

可事實上，那低下的頭顱卻從來沒有真正抬起來：某種咒符或魔力把它固定在那裡的強大的畜群中間；不過，這匹高大的駿馬的圓圓的肩頭和光滑強壯的背部都是突兀可見。我提到的這座山峰，就是斯萊德山（Slide Mountain），卡茨基爾群山中的最高峰，跟其他山峰相差約二百英尺，讓攀登者難以接近。

當然，人們也最難以看見它，因爲它完全被其他山峰團團圍住——它是群峰中最大的山，而且顯然最不願被人看見；只有在三十英里或者四十英里的距離之外，才能看見它聳立於所有其他山峰之上。

它的名字來源於一場山崩。多年以前，那場山崩就發生在它那陡峭的北坡上，或者說，山體在這匹吃草的駿馬脖子上垮塌下來，數百英尺的雲杉樹和香脂樹——這些馬的鬃毛被剝光，留下一道很遠就看得見的長長的灰白劃痕。

斯萊德山是南卡茨基爾山的中心和主峰。從它的底部和它的附屬山峰底部，一條條溪流像龍多特溪和內弗辛克溪流向南方；比佛基特溪流向西方；埃斯普斯溪流向北方；還有一些更小的溪流流向東方。以它的頂峰作爲中心，形成一個半徑爲十英里的圓圈，其中並沒有多少可以耕耘的土地，無數的山谷中，只有幾個貧瘠荒涼的農場。

貧瘠的土壤是礫石和黏土的混合物，容易遭受泥石流侵襲；它鋪蓋在山谷中、山嶺上和小山丘上，彷彿是從一輛巨大馬車上給丟棄的。南卡茨基爾山的頂端完全覆蓋著礫岩，或者說是「普登石」——一種黏結的石英岩，潛伏在煤層之下。這種岩石在元素活動下分解，產生的沙和礫石被捲入山谷，構成了土壤的主要部分。

就我所知，這種岩石已從北卡茨基爾山被清掃乾淨了。在低低的山谷裡，古老的紅色沙石出現了；當你西行進入特拉華縣，它存留在很多地方，構成了大部分土壤，所有懸垂在土壤上面的岩石都被搬移走了。

很多年來，對我來說，斯萊德山是一種召喚和挑戰。我在它滋養的每條溪流中釣過魚，在它四周的荒野中紮過營；我無論何時看見它的頂峰，我都發誓要在又一個季節逝去之前涉足那裡。可是季節來來往往，我的雙腳不如以前敏捷了，斯萊德山也還是那樣高。終於，有一年七月，有一個精力充沛的朋友做我的助手，我們想通過穿越東面的群山接近斯萊德山，去征服它。我們以一個農夫的兒子作為嚮導，沿著維弗爾凹地（Weaver Hollow）的道路穿插進去，經過令人絕望的長久攀登之後，我們讓自己滿足於征服了惠騰堡山（Wittenberg），而不是斯萊德山。

從惠騰堡山眺望到的景色，在很多方面更引人入勝，就像你立即棲身在一片更為寬遠的鄉間的連綿坡地上面，大約只比主峰低二百英尺。在這裡，你處於南卡茨基爾山的東邊，大地在你的腳畔陡然落下，穿過一片無垠的森林彎曲著起伏，直到彙入肖坎（Shokan）平原，最終延伸到哈得遜河和更遠處。斯萊德山在你的西南方，有六七英里遠，可是你要爬上樹端時才能看得見它。我爬上去向它致意，發誓下次前去拜訪。

我們在惠騰堡山過夜，睡在兩根腐朽的木頭之間的一片青苔上，把香脂樹插在地面，在我們上面形成一道天篷。第二天早晨，我們一離開惠騰堡山，就遇見了一隻大豪豬。我初次瞭解到了豪豬的尾巴具有如同捕獸夾子的彈簧那樣的功能，似乎是安置的機關鎖。你僅僅用毫髮之力觸及到一根剛毛，牠就以令人驚奇的方式彈跳起來；到那時，笑的就不是你了。

這隻野獸在我的前面沿著小徑慢跑，我拿著捲起的毯子當作盾牌朝牠衝過去。牠悄然地順從於這種屈辱，非常安靜地躺在我的毯子下面，寬大的尾巴緊貼在地面上。我要對牠進行研究，可是還沒有來得及開始，牠的尾巴就像捕獸夾子似的彈了起來，我的手掌和手腕插滿了剛毛。這迫使我不得不把牠放開，這時，牠笨重地走了，直到翻滾到一道懸崖下面。

我趕緊從手上拔掉豪豬剛毛，然後去追趕牠。當我們趕上牠時，牠就把自己的身體擠進岩石之間，那樣就只露出牠那豎起剛毛的後背，尾巴埋伏在下面。牠恰當地選擇了這個位置，似乎是要與我們對抗。我們用一根腐爛的小枝反覆使牠的尾巴彈跳，小枝上插滿了剛毛。這樣多次逗弄牠之後，我們就找來一條雲杉根做成有活結的圈套，演練多次，然後把這個圈套牢牢套在牠的頭上，牽著牠向前走。

這隻動物發出極其暴躁而委屈的音調，抱怨我們使用的這種不公平的計策。牠不斷抗議，嗚咽著，責罵著，猶如某個受到壞小子們折磨的虛弱老人。在我們牽著牠前行之後，牠就採取了一種對策，那就是盡可能讓牠自己的身體形成一個球體。可是我們最終用兩根小枝和繩子把牠掀翻在地，暴露出牠那沒有剛毛而且容易受到攻擊的下腹——這時，牠完全屈服了，似乎在說「現在你們可以對我為所欲為了」。牠那鉗子般的大牙齒，像花白旱獺的牙齒一樣可怕；可牠在防衛中好像並沒打算使用牙齒，而是完全依賴於牠的剛毛——可是此時，那些剛毛已經不管用了。

我們又開心地同牠玩耍了一會之後，就放牠走了。然後我們繼續趕路。我們為自己選擇的小徑把我們引向下面的林地山谷之中，這裡是一個讓我大飽眼福的隱蔽處——它擁有那麼多的美好的鱒魚溪，它那壯麗的山景，還有它那愜意的與世隔絕處——難怪我要特地把它記在腦海裡面，對自己許諾不久就會回到這裡來。

我信守了這個諾言，在那個季節裡，兩次到那裡紮營，並且兩次都是對斯萊德山的「圍剿」，可是，我們僅僅是在一段距離上去偵察它，並沒有採取實際上的征服行動。到第二年，另外兩個勇敢的登山者加入我們的行列，使我們的人馬大大加強，因此，我們就決定正式征服斯萊德山，而且是從最艱難的一側實施我們的計劃。通常的道路是經過大印第安山谷（Big Indian Valley），在那裡攀登比較容易，女人們也經常在那裡攀登。一般從林地山谷攀登的只有男人。拉金斯是一位山地居民。在一個六月的早晨，從林中空曠處的營地上，我們早早出發了。

有人會認爲，世上最容易的事情不過是找到一座大山，尤其是當他紮營在那從山腰流出來的溪流岸邊的時候。可是我們知道，斯萊德山是一個非常溜滑難以捉摸的傢伙，必須得小心翼翼地接近它。我們曾經試圖在山谷中的幾個地點看見它，可是不很確切是否看見了它那奇特的頭顱。

前一年，當我還在鄰近的惠騰堡山上時，我就是爬到一棵枯樹的最高枝頭上才看見了它。這座山似乎預先採取了各種措施來把自己封閉起來，不讓人看見。它是一座羞怯的山，我們現在要穿過五六英里的原始森林來悄悄接近它；我們似乎有某種不合理的恐懼，害怕它可能會躲避我們。那些曾經試圖從這一面攀登的人們告訴過我們，他們最終都迷惑而不知所措地歸來。在錯綜糾纏的原始森林中，這座非常碩大的山迷惑著人們，到處都是山：無論你轉向哪條路，無論你怎樣轉折，你的腳所發現的都是陡峭和崎嶇的山。而它那奇特的頭顱則不知躲藏在何方。

眼睛沒有多大幫助。你必須確定你所負荷的物品，不停地、勇敢地攀登。在一頭毛茸茸的巨獸身上，你很像跳蚤，尋找著這隻動物的頭；甚至像一隻小得多和笨拙得多的其他動物——你可能會浪費你的時間和腳步，當還在它的腰部的時候，你就認爲是到達了它的頭部。因此，我詢問「我們的主人」拉金斯，他曾經數次非常接近地攀登過。他把他的舊氈帽放在桌子上，把一隻手放在帽子的一邊，另一隻手放在另一邊，說：「斯萊德山就在那裡，在溪流的兩條分叉處之間，正如我的帽子在我的雙手之間。大衛將和你們一起去分叉處，然後你們就會向上攀登。」

儘管拉金斯曾經多次穿越過所有的這些群山，可是，他的說法並不見得正確。我們即將前去的那座山峰並不在分叉處之間，而是恰好在其中一條小溪的源頭；正如我們後來發現的那樣，溪流的開端在斯萊德山那些險峻的小路上。

我們在清晨拔營起程，把毯子捆在背上，背包裡有夠兩天的配給品，順著一條被堵塞的古老的公園小路出發。這條小路沿著溪流伸向前方，一次又一次跨越溪流。早晨明亮而溫暖，可是暴躁的風卻一陣陣襲來。那條被阻塞的和荒廢的林中路引導我們穿過森林的極度孤寂。

在來到溪流分叉處之前，我們穿行了五英里的原始森林，然後再走三英里，我們就來到了「被焚燒掉的棚屋」，這僅僅是一個名字而已，在過去的廿五年裡，那裡都沒有棚屋了。剝樹皮的人所留下的破壞痕跡依然可見，在一個密密麻麻地散佈著腐朽的鐵杉樹幹的地方，如今長滿了過多的野櫻桃樹；然後是在山毛櫸林和楓樹林中到處散落的巨大木頭，其中的一些非常柔軟，覆滿青苔，因此，一個人可以將其當作沙發坐在上面或斜倚在上面。

可是這裡最美的東西，還是那獨唱的溪流——它在青苔覆蓋的岩石和大圓石中間發出多麼悠揚的音調。它看起來多麼乾淨，多麼純潔！文明就像腐蝕印第安人那樣腐蝕了溪流；如今，只有在這樣偏遠的樹林中，你才能看見一條具有原始特徵的清新美麗的小溪。只有大海和山上的森林小溪是純潔的；其間的所有溪流都或多或少地遭到了人類活動的污染。

一條理想的鱒魚溪就是這樣的：一會兒急流，一會兒緩流，一會兒在大圓石頭周圍迴旋，一會兒平坦地流過綠灰色石頭和鵝卵石鋪成的溪底；沒有任何雜質和污染，如同雪水那樣清澈和閃爍，幾乎是涼爽的。這卡茨基爾山所有地區的水，確實是世界上最好的水。最初的幾天，你會感到彷彿自己幾乎只靠水為生就可以了，你永遠喝不夠這裡的水。它可以說就是《聖經》上記載的美好之地——「一片溪流之地，佈滿從山谷和山岡中湧出來的水與噴泉」。

接近分叉處，透過一個通道，我們看見了，或認為自己看見的就是斯萊德山。那是斯萊德山嗎？那是我們所探索的那頭毛茸茸怪物的頭部，還是腰部，還是肩頭？在分叉處，有一片低矮林木和大樹形成的迷宮，令人困惑，因此我們無法確定道路。大衛也如此，那時他計算完了路線，可以讓我們打消顧慮了。可是要征服一座山，就像征服一座堡壘一樣，勇敢就是口令。

我們向前推進，沿著一行被刮去樹皮的樹，差不多走了一英里，然後左轉上山。這是一次陡峭而艱難的攀登，途中我們看見熊和鹿留下的無數印跡；可是沒有鳥兒，除了在漫長的間歇之間才有冬天的鷦鷯四處掠過，牠們在木頭和垃圾下面像耗子一般疾衝——偶爾，牠們那傾湧出來的抒情歌聲會打破寧靜。

我們攀登了一兩個小時之後，雲層就開始聚集，不久就下起雨來。這場雨令人洩氣，讓我們背靠在樹木和岩石上，等待雨停。

「他們被山上的驟雨淋濕，需要躲避而擁抱岩石」，我們就像約伯①時代的人們那樣躲雨。驟雨下得輕盈而短暫，我們很快又上路了。走了三小時，我們就來到一座山後面的寬闊平地，那與世隔絕的斯萊德山就高聳在上面。不久之後，我們就進入一片濃密的雲杉林，它覆蓋著這座山的臺地上的微小凹地，光線暗淡，空氣衰減。從開闊的、長滿葉片的樹林朝著這暗淡、沉寂、怪異神秘的小樹叢的轉變是非常顯著的，猶如從街道進入神廟的轉變。我們在這裡停頓片刻，吃午餐，用那從青苔中湧出來的一小股泉水來盥洗，讓自己恢復精神。

這雲杉林的安寧和靜謐，證明了是暴風雨前的平靜。當我們經過它出來，我們就碰到斯萊德山那幾乎是垂直的城垛形山壁；這座山猶如一座岩石構築的巨大要塞，從這猶如平原的寬闊處升起。它有一層又一層突岩、一道又一道懸崖。我們緩慢吃力地翻越過去，繼續前進，一會兒相互拉著手攀緣而上，一會兒小心翼翼地找到立足點，左右曲折而行，在突出的扁平岩石之間攀登著。

這座山的北面就像一棵樹的北面，覆蓋著濃密的青苔和地衣，踏上去感到很柔軟，使我們滑倒過多次。到處都有矮小的黃樺、花楸樹（Mountain-ash）、雲杉和樅樹對抗著我們的前進。從這樣一個角度來攀登，背上又負載著一捲毯子，就不像是在爬樹了——每一根樹枝都抵抗你的進展，把你推回去。

我們像這樣攀登了一千兩百或一千五百英尺之後，抵達了頂峰，終於贏取了勝利。那時已經幾乎是兩點鐘了，——我們大約用了七小時才走了七英里路。

在這頂峰上，我們趕上了春天，而山谷中的春天已經消失了幾乎一個月了。紅色苜蓿草在下面的山谷中開放，野草莓剛剛成熟。頂峰上，黃樺剛剛掛出花絮，而春美草（Claytonia）或者叫春天美人草（Spring Beauty）正在開花。樹木的葉蕾剛剛迸放，形成一片微弱的綠色薄霧，目光朝下面掃去，它就漸漸加深，直到在山谷中變成一大片濃密的雲塊。

山腳下，七筋菇（Clintonia）或者叫北方綠百合（Northern Green Lily），還有低矮的棠棣（Shadbush）正露出它們的漿果；可是在離山頂很遠之處，它們還在開花。以前，我從未佇立在開放的春美草中間，也未俯視過一片長滿了成熟的草莓的土地。對於植被來說，海拔高度每隔一千英尺，它們的生長似乎就有十天的差異；因此，山頂上的季節要比山腳下要晚一個月或者更多。我們在山邊開始遇見的一種非常美麗的花，就是波狀延齡草（Painted Trillium），它的花瓣潔白，脈紋粉紅。

低矮的、發育不全的雲杉和樅樹林覆蓋著斯萊德山頂，這樹林在最高點被砍掉了一小片，因此這裡視野開闊，四面八方幾乎都可以看到。我們在這裡坐下來享受我們的勝利，像鷹或者在三千英尺高空上的氣球駕駛者那樣來觀看世界。我們下面的所有山岡和山巒的輪廓，看起來多麼柔和而靈動！

森林在群山上面臥倒，波浪般起伏而去，像一塊地毯覆蓋它們。東面，我們眺望到附近的惠騰堡山山嶺和哈得遜河以及更遠處；南面，是峰頂尖利的麋鹿峰（Peak o'Moose），和頂端平坦舒緩的桌子山（Table Mountain）；西面，是格雷厄姆山（Mt.Graham）和雙頂山（Double Top），每座山大約三千八百英尺高，吸引了我們的目光；同時，在我們的北面，越過豹子山（Panther Mountain）的頂端，我們的目光眺望到北卡茨基爾山的群峰。

這裡的每一面全是山巒和森林，文明化的影響似乎很小，它只不過是在這地球的粗糙的、毛茸茸的表面上到處留下的抓撓痕跡而已。在任何這樣的眺望中，那荒野、原始、地理學上的事物非常具有支配性。人類活動一縮小，這個巨大球體的原始特徵就產生了。每一個單獨的物體或地點都相形見絀，哈得遜河谷只是地球表面上的一道皺紋而已。你會發現一種驚訝的感情，驚訝那偉大的東西就是地球本身，它在每個方面延伸得如此遙遠，延伸到你的認識範圍之外。

阿拉伯人相信，群山使大地穩固，正是群山把大地保持在一起。對於富於幻想力的東方人，群山似乎意味著更多的東西，群山賦予他們的意義比賦予我們的意義要多。群山是神聖的，群山是他們的神的居所，他們在群山上面獻祭。《聖經》裡，群山被當作一個偉大而神聖的象徵來使用，耶路撒冷被作爲一座神聖的山而提到，敘利亞人被以色列人所擊敗，於是他們就說：「他們的神是山神，因此他們比我們要強壯。」上帝就是在霍雷伯山（Mountain Horeb）上燃燒的荊叢中向摩西顯身的，又在西奈把法律交付給了摩西。

約瑟夫斯（Josephus）②說，希伯萊牧羊人從不在西奈放牧他們的羊群，因爲他們相信那裡是上帝耶和華的居所。山頂的孤寂給人的印象特別深刻，上帝出現在那燃燒的荊叢中，當然要比出現下面的山谷中更容易讓人相信。當天空中的雲也降臨下來籠罩山頂時，這樣一種情形肯定一舉打動了敬畏上帝的古老的希伯萊人！摩西深知怎樣用那將激發最深敬畏和崇拜的壯觀情形來羅織自己的法典③。

可是當雲朵降臨到斯萊德山上並且籠罩我們的時候，那種宏偉、莊嚴眨眼間就消失了。外觀具有預示性的雲，結果，只不過是從底部升起來的霧——它把我們給打濕了，爲我們遮蔽了世界，景色馬上就變得那麼溫馴而單調！如果當霧升起來，我們是從下面觀看它，彷彿是從一個剛剛揭開的蓋子下面觀看它，目光像一隻逃逸的鳥再次投入那些在我們腳下展開的遼闊深淵，那種宏偉和莊嚴的情感就迅速回來了。

休息了一會兒之後，我們在斯萊德山頂上感到的第一需要就是水。我們當中的幾個人在左右四處尋找，可是沒有找到一點水的跡象。可是這裡肯定有水，因此我們就出發去刻意尋找。走了不到幾百碼，就偶然發現了一些岩石下面的一個冰窟——巨大冰塊附近有一潭潭水晶般的水。這是個好運，隨著所處的情形有利，我們的心情明朗起來。

據我所知，斯萊德山有一種這個州裡其他山都沒有的特徵——它擁有一種特有的鶇鳥。這種鶇鳥是在一八八〇年，由紐約的尤金•比克內爾發現並加以描述的，後來被命名爲比氏夜鶇（Bicknell's Thrush）。其實，牠有一個更好的名字，叫斯萊德山鶇鳥（Slide Mountain Thrush），因爲只有在這座山上才有這種鳥。

以前在那座離它只有幾英里遠、比它只低兩百英尺的惠騰堡山上，我沒有看見牠的身影，也沒聽見牠的歌聲。僅僅看見牠在樹木間的外觀，你就不會把它從貝爾德的灰頰夜鶇（Gray Cheeked Thrush of Baird）或者綠背夜鶇（Olive Backed Thrush）中辨認出來。可是牠的歌聲卻是完全不同的，聽見牠的那一刻，我就說：「有一種新的鳥兒，是一種新的鶇鳥。」因爲所有鶇鳥的音質都是相同的。再過一刻，我就知道牠是比氏夜鶇了。牠的歌是一種低音調，更優美，更稀疏，比任何其他鶇鳥的聲音都要低；牠似乎是在吹奏一根精緻的、纖細的金色管樂器，歌聲像笛子一般共鳴著湧出來，像一聲極度美妙而富於力量的悠揚低語。

頂峰周圍，這些鳥兒爲數眾多，可是我們在其他地方卻看不見牠們，也看不見其他鶇鳥。儘管有幾次在我們停留之際，我從遠在下面的山邊聽見了隱夜鶇（Hermit Thrush）歌聲的回音。有一種我並沒有準備去看見或聽見的鳥，就是黑頰林鶯（Blackpoll Warbler），一種通常在更遠的北方才能發現的鳥，牠在香脂樹叢中發出牠那樸直、口齒不清的歌。

比氏夜鶇是灰頰夜鶇更加南方化的子類，後者在紐約州和新英格蘭更高的山上發現過。

山頂上的岩石也非常吸引人的注意力，即使你並不注重這樣的東西。它們是大片大片的淺紅色礫岩，由那被波濤沖得圓圓的石英鵝卵石構成。每塊鵝卵石都在某一片古老的海岸上被塑造和打磨得很光亮，它們很可能屬於泥盆紀。在最直接地暴露於天氣下面的地方，岩石分解形成一種鬆弛的沙質和多礫石的土壤，這些岩石形成煤層底部的一層。可是在卡茨基爾山地區，只有這下面一層留了下來；上層結構從不存在，也許被風吹走了；所以在這裡，人們要尋找煤礦往往是在頭上去尋找，而不是在腳下去尋找。

在這裡，這種岩石並不像我們向上攀登那樣而延伸上去，而是山巒俯身在古老的海底把它馱在背上，然後再次起身。這發生在很久很久以前，因此，這些地區的最古老的居民也無法追憶到有關它們起源的時間線索。

我們所做的一件愉快的工作，就是用香脂樹枝條來重新搭建一座木頭棚屋，以備過夜。四面八方都生長著大量的小香脂樹，我們很快就在小屋中有了一大堆香脂樹枝條。這是一種多麼大的轉變，這清新的綠色地毯和我們芳香的床，猶如某種碩大動物的裘皮，它那微暗的內部製作得非常精細！

不過，仍有兩三件事情攪擾我們的睡眠：晚餐時我喝的一杯濃烈的牛肉汁使我睡眠不安；然後是豪豬在我們的腦袋邊一刻不停地發出呼嚕聲和振動聲，牠們就在木頭的另一邊，讓我們無法入眠；在清醒的狀態中，我還飽受一隻小兔子的騷擾，牠不斷拍打木門，輕輕啃著我們的麵包和硬麵餅，直至早晨的魚肚白出現。

然後，大約在凌晨四點鐘，天上開始下起柔和的雨來，我想我聽到了落下來的第一滴雨。我的同伴們都在呼呼熟睡，後來雨下大了，睡覺的人漸漸醒來。雨聲就像是敵人的前進步伐，每隻耳朵都期待著聽見它。我們上面的屋頂最脆弱，我們對它毫無信心，它是由雲杉和香脂樹的薄樹皮蓋成的，上面佈滿凹處。不久，當這些凹處就積滿了水的時候，大大小小的水流就傾灑在下面的人身上。

這些從睡眠中驚醒的人便一同從地面彈跳起來，每個人都抓著毯子；可是等他躲藏到鄰近的岩石下面時，雨卻停了下來。黎明的曙光一出現，我就聽到了那種新的鶇鳥，散佈於小屋附近的樹林中鳴叫——一種彷彿是在吹奏魔笛的曲調，一種從深色雲杉樹頂端傳來的壓抑而悠揚的低語。

在別處，很可能這樣一支小曲從來不曾從大山頂端上升起來問候過白晝。比起我所聽到過的其他鶇鳥的歌，比氏夜鶇似乎擁有一種更顯著和內在的聲音震顫的特質——高度或者地形會是牠的那種低音調的原因嗎？在這樣的地方，高音會有用一點。在山頂上，聲音並不是遠遠地聽見的，它們失落在寂寥的空氣深淵裡。可是在這些低矮濃密的深色雲杉樹中，在這些遮蓋每一片地面的隱秘中，又有什麼比這精美悠揚的低語保持得更久呢？那只不過是香脂樹發出柔和的嗡嗡聲，被闡釋和體現在鳥兒的聲音裡面。

我們的兩個同伴計劃著從斯萊德山進入龍多特溪的源頭，然後走到肖坎小村的鐵路外面。這條路對他們來說是陌生的，很可能在第一天，就得用整天的時間來穿越一片沒有路徑的荒野。憑藉著我對這片鄉間的地形學知識，我給他們指出了線路；他們自己也徹底查看了地圖，以便把這些地點弄得更清楚。

大約在九點鐘，他們捲起毯子出發了，而我和我的朋友則打算在斯萊德山上再住上一夜。當他們開始下山，走向那艱辛的路途時，我們忍不住朝他們的背影大叫著那古老的經典性警示語：「大膽，大膽，但別太大膽。」

要投入這樣的陌生環境需要勇氣，我知道這些年輕人正在這樣做，但他們還需要謹慎。一顆虛弱的心或者一個困惑的頭腦，都可能會導致嚴重的後果。任何事情的理論比實踐要容易得多，理論是在空氣中，而實踐是在樹林裡。

我們的朋友保持沿著雲杉樹和樺樹之間的分界線，安全越過山嶺進入山谷；可是他們的衣服被撕破，身體被擦傷，被驟雨淋濕，朝著他們的最後幾英里路程衝刺，在穿過雜亂的岩石和木頭而進入下面的山谷口時，他們所感到驕傲的最後一點勃勃生氣枯竭了。而濕滑的道路隱藏在荒野中，此時似乎更加樂於捉弄他們：它們時隱時現，得到了木頭、岩石和倒下的樹木的支持；它們躲避在深深的峽谷中、躲避在出人意料地隆起的地形後面！

我的朋友可能會錯過他們的目標，群山可能會施展計策來戰勝他們……整整那一天，無論何時觀望著那溜滑的荒野，我都擔心地想著那兩個摸索著道路前進的朋友，很想知道他們怎樣了。這種擔心很可能並不是多餘的，因爲他們對前面的將要發生的事情一無所知。於是，我的腦海裡有了一絲淡淡的恐懼陰影，害怕我可能會在給他們指出的這片地形的某些地點上犯錯誤。

但一切都還好，根據我所計劃的戰役，他們取得了勝利。一周之後，當我們在我們朋友的門前向他們致意時，他們的傷口已經幾乎癒合，衣服上的裂口也都縫補好了。

當站在山頂上享受勝利的喜悅時，你會花去大部分時間來觀看你經過十分痛苦的經歷才得以看見的景象。大約每一小時，我們就會爬上那粗糙的瞭望台去觀察一次。用一隻放大鏡，我能看見我那向北連綿四十英里的故鄉山岡。我如今在這座大山的馬背上，是的，在它的肩頭的最高點上，這地方無數次吸引過我的注意力。

我們可以沿著它那香脂樹覆蓋的背部觀望到腰部，目光從那裡移開，俯視到內弗辛克溪的森林之中，再落入它的頭顱吃草或者飲水的深淵裡面。白天，有一列巨大的雷雨雲在北卡茨基爾山上空魚貫前行，落下雨的面紗，籠罩在它們上面。從這樣一個海拔高度，你看見的雲朵跟你在大草原或海洋上看見的雲朵沒有什麼不同。它們似乎並沒有歇落在山岡上，也沒有被山岡抬來；

但它們卻從暗淡的西邊顯出來，稀薄而模糊，在接近並且滾過這座山之際，就漸漸增長、聳立而起，在一條水平而無形的大道上，形成風和暴雨的巨大的雙輪戰車。

下午，又一片濃雲前來威脅我們，可是，這片雲卻很快被證明是水蒸氣凝聚物，它宣告一陣寒冷的波浪到來。氣溫很快就明顯下降，預示著我們又要度過一個寒冷的夜晚。風起動了，我們上面的水蒸氣變得濃重，並且離得非常近，直到它最終像一陣顯形的陰魂越過頂峰，一下子遮蔽了視野。

我們盡力收集過夜的柴火，採摘更多粗枝來堵塞棚屋上的漏洞。其實，可供收集的柴火很多，我們不用斧子就能得到它們：一些腐朽的雲杉樹根、樹樁和枝條，還有一些碎樺樹皮。我們在棚屋的一角點燃了篝火，穿過棚屋東面和屋頂上的大洞，煙霧容易找到出口流出去。我們在床上面添加樹枝，使它更厚實一些，更像巢穴。夜幕降臨時，我們就把自己塡塞到裡面去，用毯子蓋住自己。

風似乎在搜尋我們，在我們的頭上和肩頭上找到了每一條可能的縫隙——冷得要命，然而我們還是睡著了。睡了大約一小時，我的同伴突然跳了起來，處於一種激動狀態——這對於平靜的人來說很不尋常，因爲他突然發現了那迅速凍結在他的脊骨以內的東西，那東西好像是一根冰棍什麼的，致使他的牙齒打顫。原來他發瘧疾了。

我忠告他要增添柴火，即使在這樣一個受到限制的地方，也應該把自己裹在毯子裡面，盡可能做出最活躍的蹦跳動作。他馬上就這樣做了。

看著他在幽暗的火光中瘋狂而絕望地跳動，他那拍打個不停的的毯子，他那打顫的牙齒，外面還有用尖叫聲和呼嚕聲來應和的豪豬——儘管這是一個夠嚴肅的時刻，我還是露出了一絲笑容。一會兒之後，他恢復了溫暖，可是他不敢讓自己再躺在樹枝上——他徹夜都在跟寒冷作鬥爭——他把他墊床的樹枝燒了，在早晨來臨之前，就連那他當作椅子的一條碩大的樹根也被他拿來燒掉了。

我裹在毯子裡，在一條香脂樹根或粗枝下面好好地睡了一陣，大部分時間忘記了我的朋友處於憂鬱的熬夜狀態之中。而我們只剩下一點點食物了，饑餓在此時給他增加了更多的不快。那時，他的妻子給他寫的一封信正在郵路上，那封信包括了這個預言似的句子：「我希望你在某個被隔絕的山頂上不至於饑寒交迫。」

儘管天氣比較寒冷，黎明來臨的跡象一出現，比氏鷦鳥就鳴叫了起來。當我剛從粗枝下面起了身，就聽見牠那敏銳而悠揚的低語。我讓我的朋友到我的床上睡一會兒，同時，收集了一些木頭來煮咖啡。我的身邊儘是覆蓋著凍結的水蒸氣微粒的北美黃花葉片，而遠處那大片被霧靄遮敝的景色依然還是那麼寒冷和沉悶。

我們不再打算在斯萊德山上久留，做好準備離開。這時，大顆大顆的雪粒開始落下來，六月十日，我們冒著一場十一月才有的低溫離開了山峰。我們打算順著來時的同一條山谷回去。一條明確的小路從頂峰通向北方，我們就順著這條路走，幾分鐘後，就出現在那給這座山命名的崩塌的開始之處。

這條小路是由風景觀光者們走出來的，當我們到達盡頭時，雪崩的跡象開始出現了——在開始時，它顯得還沒有你的手掌大，可是它卻迅速發展，從一個小點直變成數桿寬。它猶如一支箭從我們的腳底逕直落下，直到化爲一團白色的塵霧，看起來陡峭且危險。一些雲杉立在雪崩經過的邊沿，彷彿要伸手去營救它們的那些崩塌下去的同伴。

我們也在邊沿上猶豫，可是最終，還是開始小心翼翼地爬了下去。岩石赤裸而溜滑，只有在崩塌的邊沿才有可以擱腳的大圓石或者手可以抓住的灌木。幾分鐘後，我們得以停下來重新選擇我們的線路。但我們發現有一件令人驚奇的最美事物在等待我們：我們前面的霧被微風吹得迅速旋動起來，猶如劇場裡面落下的帷幕，只是它的垂落要迅速得多——一眨眼的功夫，遼闊的深淵就在我們前面展開，急劇得令人幾乎迷惑。

世界像一本書那樣翻開，那些薄霧消失的瞬間，森林和群山已近在咫尺；在北卡茨基爾的腹地，看得見一道充斥著陽光的荒野山谷。然後那帷幕再次下降，我們慢慢投入朦朧模糊之中，彷彿我們也在不斷地沉降下去。然後霧再次升起來，它顯得像是巨人傑克④和他那更新了的豆莖。

每隔幾分鐘，新的奇觀、新的景象就等待著我們，直到整個山谷終於完整地呈現在我們下面，沐浴於清澈的陽光中。我們攀下一道懸崖，那裡有一條細小的水流，正是穿過下面的山谷蜿蜒而去的一條小溪的源頭。更遠處，在一個深深的凹地中，還有一些舊雪堆的殘餘；冬天讓它最後留守在這裡，四月的花朵依然從中萌發出來。我們在豆莖的盡頭沒有找到一座宮殿、一個饑餓的巨人或一個公主，卻找到了一間簡陋的屋子和主人拉金斯太太殷勤好客的心。我們飽餐一頓，沉浸在巨人傑克發現食物的那種心境中。

我在卡茨基爾山中發現的所有隱蔽處中，沒有哪裡能像這道山谷這般對我產生出了如此大的魅力，拉金斯的簡陋居所就在這裡；它如此荒僻，如此安寧，周遭環繞著如此壯觀的山景。沿著山谷而來，你就確切地到達了一英里或者更下面一些的耕地的起點；粗陋的小房子在這裡結束，你左轉進入樹林，不久，你就再次出現在一片林中空地之中；在你爬到豹子山那崎嶇的鋸齒形峰頂之前，在附近一片低矮的高原上，拉金斯的簡陋屋頂就出現了——你一眼就看到了定居者家園特有的動人圖畫。

房子上面，高懸著一道粗壯的懸崖，那裡覆蓋著森林，有一片寬闊的發黑的枯萎樹幹，你可能會聽到那體形很大的北美黑啄木鳥（Pileated Woodpecker）發出的叫聲；左邊有一片濃密的森林向上面延伸，延伸到那幾乎有四千英尺高的惠騰堡山的鋒利錐形山嶺上面，那裡覆蓋著大片雲杉；而同時，斯萊德山在山谷的源頭俯視著萬物。

從拉金斯的廄棚後面的一片牧草地上，也許看得見所有山巒；而十字架山（Cross Mountain）的階地一側卻阻擋了向東眺望的視線。你看見一面巨牆般的岩石從豹子山延伸到斯萊德山上，它的頂上有一線深色樅樹。森林突然終止，代替森林的是這巨大的岩石崖壁的突起，猶如山神構築的某個障礙物，鷹可能在這裡築巢。這石壁打破了樹林世界的單調，非常令人難忘。

我愉快地坐在一塊岩石上，看太陽落在豹子山後面；而我下面湍急流動的小溪發出了一種柔和的喃喃聲，充滿整個山谷。沒有微風，只有巨大的霧氣的潮汐朝著涼下來的森林慢慢流進去；你可以通過被落日所照亮的空氣中的微粒來觀察它：當空氣涼爽一點時，這潮汐就發生轉折，再慢慢流出來。

曲折而漫長的山谷延伸到斯萊德山腳下五英里的原始森林，它看起來多麼野性而又涼爽，猶如小溪的嗓音喃喃低語著！在惠騰堡山上，陽光久久盤桓，如今它猶如陰影之海中的一個島嶼，慢慢沉沒在波濤下面。黃昏時，一隻做晚禱的知更鳥或棕夜鶇鳴叫起來，給人留下的顯著印象是無限的沉寂。

第二天，我和我的朋友在林中的一條溪畔搭起帳篷。我曾經兩次在這裡搭帳篷紮營，度過了一些愉快的日子，間或食以大量的鱒魚和野草莓爲樂。我們可以順便從拉金斯太太那裡拿來奶油盆、黃油罐和麵包盒，營地附近有一眼冰冷的大泉水被當作我們的食品冷凍處——把鱒魚或牛奶裝進一個鐵皮桶，然後再沉浸在這眼泉水中，這樣會讓食品保持四五天的鮮味。

有一天晚上，某種動物，很可能是山貓或是浣熊，來到這裡搬起了那壓住裝著鱒魚的鐵皮桶的石頭，偷了一串鱒魚，就地給吃光了，只剩下了繩子和一個魚頭。

八月，熊從山上下來，來到一個舊往的、如今長滿灌木的剝取樹皮處附近尋找野草莓。可是，大批滋生在這些偏僻樹林中的動物還是要數豪豬，牠們愚蠢、冷漠得猶如臭鼬，牠那寬寬的鈍鼻子，表明了牠擁有一個遠非機敏的頭腦。可牠們是厲害的咬嚙者，如果你不注意的話，牠們曾咬倒你的房子；如果你不加以阻止的話，牠們就會在一個夏天傍晚沉著地走進你那敞開的門。

不過在這個地區，讓野營者最感到煩惱的動物以及人們最需要警惕的動物則是牛。偏僻樹林中的牛以及到處的牛犢，似乎總是處於缺鹽的狀態，如果給牠們機會，牠們完全會把垂釣者的衣服從他的背上舔剝下來，進而把他的帳篷和裝備都給破壞掉。

有一次，一些森林中的小母牛和小公牛在我們的營地周圍徘徊了幾天，趁我們外出，就對營地發動襲擊。帳篷是關閉的，一切都舒適暖和，可是，牠們卻把長長的舌頭從帳篷底下伸進去，嘗到了某種可口的東西，就用舌頭把約翰・斯圖爾特・米爾寫的一本《宗教論文》搆了出來。

這本書是我們帶來的，想在樹林中閱讀；牠們用嘴巴把這本書四處拱動了好一陣——可能是書中的邏輯對於牠們來說實在是太難了，因此，牠們就讓自己滿足地吞下那包著書的紙。如果牛不是在這件事情上面給耽擱了，我們的帳篷很可能早就消失在牠們那對鹽巴的熱情的好奇之下了。

拉金斯的狗對我們的營地發動的襲擊，與其說是惱人，還不如說是有趣。牠是一隻非常友好而聰明的牧羊犬。在這個營地，我們幾乎還沒有坐下來吃第一頓午餐，牠就來拜訪我們了。可是牠顯得太友好，想索要的那份午餐也太大了，因此，我們就寧可給予牠冷淡的待遇。牠沒有再來；可是在幾個黃昏之後，當我們因為一些瑣事而漫步到拉金斯的房子時，這隻狗就構思出一條小小的妙計。

牠似乎在看見我們時就對自己說：「現在他們兩個都來了，正如我願；現在，趁他們離開營地了，我要去看看他們那裡都有些什麼東西？」我的同伴看見這隻狗在我們到達時起身，迅速朝著我們的營地方向跑去，就說這隻雜種狗的舉止中，有某些東西對他暗示出牠匆匆離去的目的。

他引起我對這個事實的注意，於是我們就匆匆跑回去。當我們小心翼翼接近營地，結果看見這隻狗處於小溪淺水中的幾個桶中間探究著。不久，牠弄到了黃油，正要吃的時候，我們大叫起來，牠就露出一副「能殺死綿羊」的神情迅速逃回家了。第二天，當我們在拉金斯的房子裡再次遇見牠時，牠不敢正視我們，而是完全夾著尾巴、耷拉著腦袋溜走了。

狗給我們所表現的是一個明顯的推理例子，也是牠為自己做了錯事而感到內疚的一個明顯案例。也許，在任何其他動物面前，狗就是人。

【注釋】

① 聖經中的人物。

②猶太史學家（37?～95?），著有《猶太戰爭史》、《上古猶太史》等。
③即《摩西法典》，又稱《摩西十誡》。
④西方童話中的巨人。

第五章　蘋果

瞧！被夏天的光芒催甜，
汁液飽滿的蘋果，漸漸熟透，
在沉寂的秋夜墜落。

——丁尼生

我們北方的冬天裡，的確沒有一點陽光來沐浴蘋果。可我們怎能沒有陽光而過冬呢？對我們來說，毫無疑問，一個裝滿蘋果的地窖比裝滿亞麻和羊毛的房間更有價值。

那些生活土壤有點黏性的沉甸甸的蘋果，那些冬天裡人們必需的蘋果，實在是大多數疾病的自然解毒劑，是黃疸、消化不良、痲木等等疾病的超級剋星。對整個膽汁輸送系統，蘋果也是一種溫和的刺激物和補品。我曾經讀到過，人們透過分析發現，它比任何其他蔬菜所含的磷都要多，這使它成爲學者和久坐者的適合食品：滋養他的大腦，刺激他的肝臟。

除了蘋果的那種清潔特性，它還飽含糖和黏漿，這就使得它具有高度的營養性。「英國康沃爾的經營者認爲，成熟蘋果的營養幾乎跟麵包相同，而且遠遠超過了馬鈴薯。在蕭條的一八〇一年，蘋果不是被榨成蘋果汁，而是直接出售給窮人。勞工們聲稱他們可以不吃肉，而只靠吃烘焙過的蘋果來維持繁重的勞動。而日常的馬鈴薯食用則需要肉或者其他實質性的營養品來搭配。法國人和德國人廣泛食用蘋果，其他歐洲國家的居民也如此。勞工們依賴它，經常用蘋果切片和麵包來做主食。」

然而，與我們果園裡結出的熱切的、被陽光浸泡過的果實相比，英國蘋果實在是一種溫順而平淡無味的東西。有人告訴我，英國人沒有甜蘋果；在那種酸性的寒冷氣候中，蔬菜本身中的糖質元素，顯然沒有我們自己的蔬菜中的這種元素豐富。我們都知道歐洲的楓樹不產糖，而我們的樺樹和山胡桃樹的脈管裡面都含有糖。也許這個事實可以說明我們極度喜愛糖的原因，這也可以說成是一種民族特性。

俄羅斯蘋果有一種可愛的膚色，光潔透明，哥薩克的品質尚未完全從它裡面去除掉。我見過其中一種——奧爾登堡公爵夫人蘋果——美麗得猶如韃靼公主，散發出一種讓人分神的氣味；可是它的味道嘗起來卻不算美妙。

關於智利，我瞭解得最多的東西並不是它的鳥糞層；而是我從達爾文的《航行》中瞭解到的一個事實，即蘋果在那裡生長得非常茂盛。達爾文曾經在那裡看見一個鎮子完全被遮掩在一片蘋果樹林下面，因此，它的街道也就成為果園中的小路了。蘋果樹生長得的確極其茂盛，因此它的大枝在春天往往被砍掉，種植到地面下兩三英尺深；那樣便會長出根鬚，到第三年就長成了一棵結滿了果實的漂亮的蘋果樹。

那裡的人們也知道蘋果樹的價值，他們用蘋果來榨取蘋果汁和釀酒，再從廢料中提取一種美味的酒醇，然後又通過另一個程式來獲得一種甜美的糖漿，稱作蘋果蜜。兒童因而很少吃或者根本就不吃別的食物了，豬也是如此。達爾文並沒有補充說明那裡的人們是健康而溫和的，可是我確信他們是這樣的。我們知道蘋果有很多優點，可是這些智利人卻真的開發出多種深層次的產品。

蘋果是最普通同時也是最不尋常的美麗果實。在冬天，一盤子蘋果，正如一盤斯皮茨恩伯格早熟蘋果、綠皮蘋果和冬熟蘋果那樣就成了餐桌的中心，猶如花瓶在夏天那樣。它把所能給予的愉快賦予人的每種感覺：觸覺、嗅覺、視覺、味覺；當它在寂靜的十月裡簌簌墜落時，它又能愉悅我們的耳朵。它是宴會所需之物，並且是宴會準備就緒的一個信號。粗枝曾經樂於托住它，可是現在，它可以宣告自己的獨立了，可以過著一種屬於它自己的生活了。

梗莖每天都漸漸放鬆支撐，到它最終完全放鬆時，那彩色的球體就隨著一聲熟透的砰然聲落到大地上——它朝那大地點頭已經很久了。它跳走，去尋找它的床，隱藏在一片樹葉下面或者在一簇草叢中。現在它會花一些時間來沉思和成熟！在那裡，它有多麼美好的念頭，同它的夥伴依偎在籬笆下面，把酸變成甜，把糖變成酒！

對於觸覺，它多麼令人愉快！我喜歡用手去觸摸它那閃亮的圓形。在我翻越冬天的山岡漫步或穿越早春的樹林時，我總要把它放在衣兜裡面。你是我的同伴，你這紅頰而早熟的斯皮茨恩伯格蘋果，或者你這形如鮭魚肉的綠皮蘋果！我跟你玩耍，把你的臉貼在我的臉上，把你拋進空中，讓你滾動在地面上，看見你躺在青苔和枯葉還有小樹枝中間透露出光亮。

你多麼活躍！你像一朵紅潤的花在閃爍。你看起來充滿了活力，因此我期待看見你滾動，我延遲吃掉你的時間！你多麼美麗，多麼緊密！你有多麼輕巧的色調，被太陽染色，被雨水浸泡！你是一個獨立的植物存在體，猶如我自己的身體一樣活躍，佈滿血管；你也可能受傷、流血、被浪費掉，也可以讓自己的傷口癒合！

蘋果非常耐寒，就好像男孩那紅撲撲的面頰那樣持久。一場摧毀馬鈴薯和其他根鬚的霜降，都會使蘋果更脆和更健壯；蘋果從未被十一月的雪所創傷，在那種好運中向外面凝視。當我看見水果小販在街頭跺腳搓手來讓自己暖和，他的蘋果卻赤裸地暴露在惡劣的天氣之下；我疑惑它們是否也會感覺疼痛，是否也要搓手來活躍它們的體內循環。可是，只要水果小販可以忍受這惡劣天氣，那麼它們當然也可以忍受。

高貴的普通果實，人類最好的朋友，深受人類所愛；無論人去哪裡，蘋果都像狗或牛那樣跟隨著他！他的家園到你被種植的時候才安定下來，你的根同他的根糾纏在一起；在他生長得最繁榮的地方，你就生長得最繁榮。你熱愛石灰岩和霜降，熱愛耕犁和修剪刀，你實際上暗示著一種在曠野中艱難而快樂的事業和健康的生活。

溫和而貞潔的果實啊！你既不意味著奢侈，也不意味著怠惰；既不意味著飽膩，也不意味著懶散。我想你肯定來自北方——你如此坦率而誠實，如此堅強且善於開啓人們的胃口！你猶如北方種族那樣矮胖而平常，你的品質是撒克遜式的。當然，火熱和衝動急躁的南方與你並不相似。你不是香料或者橄欖，與你相似的是草叢、雪、穀物、寒意。我想，要是我能以你爲生，那麼我就永遠不會狂熱或喪氣。就我自己而言，我能吸收或者改變你的品質，我會快樂，血液中充滿甜蜜，還會四處散發出溫暖和知足的氣息。

任何其他果實有沒有蘋果那樣多的面部表情呢？半信半疑的男孩一眼就能看見的東西是什麼呢？它們有沒有從粗枝上看他或向他點頭？斯瓦爾蘋果有一種神情，綠皮蘋果有另一種，冬熟蘋果則又是一種。當青年人走近地窖中的巨大貯存器，黑暗中，他通常能夠通過觸摸來辨別它們。

各種蘋果不僅尺寸和形狀不同，而且質地和光滑度也不同。有些蘋果紋理粗糙，有些細膩；有些是薄皮的，有些則很厚實。一個蘋果觸摸起來感覺著生動而健壯，另一種則可能溫和而屈從。品諾克蘋果有厚皮，有海綿狀的果肉，它身上的擦傷處讓它顯得像一塊軟木。油脂蘋果一如它的名字所暗示的那樣，有一種油質感，它能像鴨子那樣抖掉果皮上的水。

是什麼蘋果有一根同果實本身融爲一體的肥胖的彎曲之梗——是酒香蘋果嗎？某些品種打動我，它們健壯、飽經風霜、佈滿雀斑、持久又粗糙；其他的品種則更像是女士蘋果，美麗、精緻、閃耀，味道溫和，有著白色的果肉，猶如蛋糕和指狀小鬆糕。那些在黑暗中進行辨別實習的手，通過觸摸來熟悉這每一種蘋果。

你記得本·波爾特房子後面或花園中的蘋果洞嗎？秋天，當地窖中的貯存器裝滿之後，我們就在溫暖肥沃的泥土中挖掘一個圓形深坑，在底部鋪滿燕麥秸，把一籃子一籃子經過嚴格挑選的蘋果倒進去，直到壘起一個數英尺高的蘋果堆來。它猶如帳篷斑駁閃耀。然後，我們再用厚厚長長的一層燕麥秸裹住它，把它蓋得舒適暖和，再拍上一層薄土來蓋住它，最後得把一塊扁石放在上面來壓住稻草。

冬天開始的時候，我們再鋪一層泥土在它上面，也許還得加上一層乾馬糞。這寶貴的蘋果堆就被留在沉默和黑暗中，直到春天來臨。冬眠在地面下的旱獺，在牠那由樹葉和乾草構築成的巢穴中也沒有這麼舒適暖和。沒有霜，沒有潮濕，只有芳香的隱秘和安寧。那時的泥土多麼暖和，蘋果多麼美味！泥土汲取出蘋果中的所有未成熟的酸性物質，又給它們注入一種微妙的更新的土壤味道。有些種類的蘋果枯萎了，可是那更繁茂的、更堅韌的品種，像多熟蘋果、綠皮蘋果，或者黑蘋果、冬季粗皮蘋果、品諾克蘋果，卻成熟得那麼優雅。就這樣，它們的顏色從綠色變成金色、它們的味道從苦澀變得甜蜜！

春天臨近，隨著貯存器和人木桶裡的蘋果供應少起來，我們就會想起埋藏在花園中的財寶。我們拿著鐵鏟和斧子出去，劈開積雪和凍土，直到剝光裡面那一層稻草——稻草不像我們上一個秋天把它放在那裡時那樣清晰和明亮了。那下面的蘋果，很快就被手翻出來——它們還是那麼明亮，並且更甜了。然後，隨著你日復一日到這個蘋果洞來拿蘋果，把稻草和泥土從洞口移開，把手臂伸進這芳香的深坑裡面，你就比以前有了一個更好的機會去通過觸覺來熟識你所寵愛的東西。

你的手伸進去，到處摸索它們！現在，你獲得了一種塔爾曼甜蘋果，你想像你能摸到那將它分成兩個半球的唯一的子午線；現在，一顆綠皮蘋果在你的手中感覺滿盈，你感到它那粗糙外衣下面的美好質地；現在，你撈起了一顆斯瓦爾蘋果，你辨認出它的面龐；現在是一顆范德維爾蘋果或者一顆國王蘋果從頂端滾下來，你立即把它裝進袋子裡面。當你還是小學男生的時候，你就把這些蘋果塞進你的衣兜裡面，沿路上學或者休息的時候吃掉它們，正午時又吃；在一定程度上，它們改正了母親溺愛對你產生的影響，因爲你的母親總是用蛋糕和餡餅塞滿你的午餐籃。

男孩子確實是真的吃蘋果的人，不要去問他是怎樣得到這些塞滿他衣兜的蘋果的。蘋果屬於他的，如果他用盡了各種方法都找不到蘋果，他就可能會去偷。他自己那多汁的軀體渴望蘋果那多汁的軀體，以汁液汲取汁液。他吃蘋果跟他的食欲狀態沒有什麼關係——無論他吃飽了肉或者沒吃肉，他都一樣地想吃蘋果，飯前飯後從來不會錯過。農場的男孩子整天大聲咀嚼蘋果，他在乾草堆裡面藏著一窩一窩的蘋果，真是香醇啊！他頻繁地去拜訪那裡，有時穿過開啓的門接近那有些陳舊斑點的蘋果，用鼻子聞到它們。

在某些國家裡，把一隻玫瑰色蘋果放在死者手裡的風俗被保留下來——據說那樣，死者在進入天堂時就會找到蘋果。在北歐神話中，巨人吃蘋果是爲了防止老化。蘋果確實是青春的果實。當我們越是衰老，我們就越來越不渴望吃蘋果了。這是一個不祥的徵兆。當你爲在街上吃蘋果被人看見而感到羞愧；當你把蘋果放在衣兜裡面，但你的手卻不去經常撫摸它們了；當你的鄰居有蘋果而你沒有，你夜間也不去他的果園了；當你的午餐籃沒有蘋果，你想也不想那就放在你的肘邊的蘋果，就那樣在火邊度過一個冬夜——於是可以確信你不再是男孩子了，無論是在心理上，還是在年齡上。

真正吃蘋果的人，可以用蘋果來讓自己安閒舒適，就像有些人喜歡用煙斗或者雪茄那樣。當沒有什麼事情可做的時候，他就吃蘋果。而且，他在等火車時也吃蘋果，有時吃幾個。當他散步時，他也帶著蘋果。他的旅行袋裝滿蘋果。他把一個蘋果給同伴，自己吃一個。在路上的時候，蘋果成爲他的主要安慰。

他沿路播撒蘋果的種子，他通過車窗或者從馬車頂上拋擲蘋果核，他最後會把土地變成一片遼闊的果園。他用刀子來分配蘋果。他更喜歡先用牙齒來品嘗，然後他就知道，最佳味道就在蘋果皮下面，那種味道是削掉皮的蘋果所喪失了的。如果你要燜蘋果，而不是烘焙蘋果，那麼，就盡一切可能把蘋果皮留住；它改善色彩，大大提高了盤子中的蘋果食品的味道。

蘋果是男性的果實，因此女人吃得很少；它屬於曠野，是需要一種在露天裡品嘗的美味。

我立即同情我以前在一本書中讀到過的那個牧師了——他在演講時，從衣兜裡面拉出他的手巾，卻帶出兩個蹦跳的蘋果來，越過講壇的地板滾到講壇的臺階下。無疑，這些蘋果是他要在佈道之後回家，或者去下一個演講地的路上吃的——聽眾會從他說出的話語裡嘗到蘋果味道。因此，一個牧師容易厭煩他上衣後襬的衣兜裡面的兩個大蘋果嗎？他會不自然地匆匆走向那「最後的」大蘋果嗎？如果它們是牧師的蘋果，而且是在四月或五月，那麼他當然就會那樣做的。

早期的定居者多麼珍視蘋果！當他們的蘋果樹在暴風雨中倒下或者裂開，所有的鄰居就出動了，那分裂的樹再次被拼湊到一起，用鐵螺栓來加以固定。在某些老果園裡，人們依然偶爾會看見一棵荒棄的大蘋果樹，還看得見上面有生銹的鐵螺栓；它結出的果實雖然是貧瘠低產的酸果，可是在早期拓荒的日子裡卻是甜的。我的祖父是保護這些老樹樁的英雄中的一位，他每年秋天都要旅行四十英里的路程去找蘋果，將其裝進一個袋子，馱在馬背上帶回家來。他經常在早晨兩三點鐘從家裡出發；有一次，在穿越群山中的狹窄關隘時，他和他的馬都受到了豹子尖叫的驚嚇。

我相信愛默生的說法，他把蘋果說成是新英格蘭的社會性果實。實際上，在我們的鄉村，蘋果是交往的促進者或幫助者；一旦蘋果籃傳遞的時候，人群就更加歡快，無拘無束！那些在秋日活躍的鄉村聚會，都以「摘蘋果」而著名，唉！可惜現在已有點陳舊過時了，在那裡，除了蘋果，還有那麼多東西被割掉和晾乾！果園越大，果樹越多，發出的邀請就越頻繁，社交歡宴的情緒就越是高漲。

我們的國家是不同尋常的果園國家。霍拉斯・格里利（Horace Greeley）①說，在果園形成了這樣一種鄉間農業地區的顯著特徵，他沒有看見土地。在東部和北部的這些州裡，幾乎每一幢農舍都有蘋果樹栽植和蘋果園背景，通常都是在農場最初開拓時種植的。實際上，比起幾乎所有其他東西來，果園更傾向於使鄉間變得柔和、更具有人性化，給予它所屬的地方以一種安定的、家園的外觀。

蘋果樹去掉了任何原始和荒野的景色。在山頂上，或者在遙遠的牧草地，它抒發著那種家園的情感；它從未喪失它的那種家園氣息而陷入一種荒野狀態。建立家園時，或者給一幢新房子選擇建築地址時，必然要在附近擁有一些古老的、母性的蘋果樹——那是慈祥端莊的老祖母。經歷了那麼多個冬夏，它們閱歷過艱難困苦，它們有過悲歡，它們開過花，它們周圍的空氣比別處更新鮮，它們下面的草叢因爲人類的接觸而長得濃密柔軟，在它們的枝條上停滿了知更鳥和金翅雀——直到它們終於結出果實！一個果園的草地和氣氛，應該是比毗鄰的田野更接近人類的場所——彷彿樹木歸還給土壤的東西要多於它從土壤那裡所取得的東西，彷彿它們吸引了周圍風景中所有溫和而慈善的影響。

除了蘋果之外，一個蘋果園當然要爲你產生出一些額外的收穫物來。從童年追溯起，季節從五月橫跨到十月，果園早已成爲房子所延伸了的一部分。你在那裡逗孩子，作爲青年或者戀人在那裡沉思，作爲若有所思的、眼神悲哀的成人在那裡漫步。也許，你的父親在種樹，或者剛把它們從種子開始培養起來；你親自去修剪或者嫁接它們，在它們中間勞動。然後就產生了那種永不捨棄的收穫物，即各種各樣的鳥兒——知更鳥、金翅雀、美洲食蜂、雪松太平鳥、黃鸝、歐椋鳥——都在它的枝條中築巢和孵化，被威爾遜•佛拉格（Wilson Flagg）恰當地描繪成「花園和果園之鳥」。

無論蘋果那美好的粗枝是否承受得起，這「守時之鳥」都總是能依賴它。實際上，果園比其他地方有更多適宜研究鳥類學之處。在適當的季節裡，除了它的常住居民，很多森林更深處的鳥兒也不時來造訪果園。布穀鳥來找黃褐天幕蟲吃，鳥來找凍結的蘋果，披肩榛雞來找蓓蕾，烏鴉來找其他鳥兒的蛋，啄木鳥和山雀來找牠們的蟲子，撲動鴷來找螞蟻。

紅雀也來了，對牠來說，看見蘋果樹的枝條形成了一個友好的隱蔽處該有多好；棕林鶇不時從附近的小樹叢中出來，將在牠的表親知更鳥旁邊築巢。小鷹知道這最有可能是牠們捕獵的好去處——在春天，當牠們在樹枝中間停止了以細小的昆蟲爲食，膽怯的北方鳴鶯就可能會成爲牠們的考慮對象。老鼠也喜歡居住在這裡，從附近的樹林來到這裡的還有松鼠和兔子。後者爲了嘗一嘗美味的蘋果，不經意地就將把自己的頭顱放進男孩設置的圈套裡。紅松鼠和金花鼠都非常喜愛蘋果的種籽。

所有家畜都愛蘋果，其中最愛蘋果的是牛。只要我們一吃蘋果，牛就可能聞到蘋果氣味，只有很少動物可以這樣，因此一定要照看好柵欄和籬笆，免得牛爲了蘋果而瘋狂地跑來。無需爲牛分撿蘋果，或者把成熟的蘋果分撿出來給牠。蘋果就是蘋果，對牛來說沒有什麼好壞。我聽說過有一頭機智的老牛學會了把蘋果從樹上搖下來，當牠在樹上擦癢的時候，牠就觀察到了不時有一個蘋果從樹上落下來，這就刺激了牠去摩擦得更猛烈一些——那樣，更多蘋果就落了下來，於是牠接受了這個提示，以更大的活力來摩擦牠的肩頭；而農夫不得不阻止牠，監視牠，以此來保護自己的果實。

可是，牛是蘋果的朋友，牠在農場周圍、樹林邊沿、偏遠的田野和牧草地上種植了多少樹！正如梭羅所讚美的那樣，野蘋果多半是牛種植的。可以確信的是，牠會把野蘋果吃掉，又把籽核排出來。那些果實是屬於牠的，牠爲什麼不吃呢？

蘋果樹那麼具有個性，每個品種幾乎都有自己顯著的形態和果實。例如，有一種很有活力的里布斯頓蘋果，英國種——枝條寬闊得猶如橡樹一般，在晚秋或初冬，它那隆起的碩果是我最喜愛的東西之一；或者是風鈴草蘋果樹那更為下垂的厚實的頂端，以及它那同樣令人愉快、甜而不膩的果實。

甜蘋果也許最有營養，當烘焙的時候，它們本身就成為一道盛宴。只要有一棵結著果實的澤西甜蘋果或者塔爾曼甜蘋果的樹，人們的餐桌上就不乏此類奢侈品和所有甜點中最潔淨的一份了。或者是阿斯特拉罕蘋果，一種八月的蘋果——僅僅用一棵這種果樹就可填補了這個季節的烹調間裡的一個空白！在它那雪白的果肉抵達舌頭之前，對於目光來說，它那閃耀的深紅色外衣已然是一道多麼豐盛的佳肴！

在蘋果家族中，蘋果中的藉果是斯皮茨恩伯格早熟蘋果。果樹女神把她最美的滋味放在其中。它經得起烹調的嚴峻考驗，之後依然還是能留住斯皮茨恩伯格早熟蘋果的風味。最近，我看見一大桶這種蘋果，它們來自紐約州北部的一個果園，它的種植者特別致力於種植這種蘋果。它們是完美的寶石，並不大——體積並不是目標，可是小巧、美麗、勻稱，紅透到核心，多麼濃烈，多麼芳香！

對於這種專門開發種植的果實，它的優點就是具有普適性。偶爾也有一棵果樹苗在農場裡茁發出來，結出具有罕見之美和價值很高的果實。在尤其適合蘋果種植的地區，就像哈得遜河沿河的某個地帶，我注意到了大多數自發的野果樹都結出優質果實。在並不溫和的寒冷地區，果樹苗多半是酸性的，且難以辨認；可是在較好的土壤中，它們就越來越多地變得溫和而香甜。

我知道野蘋果在八月成熟，如果可能，就無需等到在大衛•梭羅描寫的那種十一月的凜冽空氣中再來吃它們。在我附近的一座山腳下，一棵巨大的本地蘋果樹深深紮根於葉岩中，結出了我所見過的外觀最清晰、最飽滿、最透明的蘋果。它大小適度，並擁有一種香水月季的色彩。它的質量在廚房中備受推崇。我知道另一種優良的果樹苗，它的堅固性和稠密度如此顯著，因此，在它所生長的農場上以「沉甸甸的蘋果」而聞名。

我提到了梭羅，所有蘋果的愛好者和他們的蘋果樹都對他感恩。他寫野蘋果的章節是相關文字中最美味芳香的一段。它有一種猶如它所讚美的果實那樣的氣息和滋味，並且以同樣方式點綴並流露出色彩。

梭羅熱愛野生種類勝於其他蘋果，應該承認，他寵愛的東西不可能是在戶內吃的。十一月下旬，他發現了一棵紅蘋果樹生長在沼澤邊緣，美好得猶如野生的一樣。他說：「你不會假設第一次調查時有任何果實留在那裡，可是，你必須按照分類來尋找。現在，那些無遮無擋地躺著的蘋果已呈現出相當的褐色，而且腐爛了，偶爾還有幾個蘋果在濕淋淋的葉片中間露出盛開的面頰。儘管如此，我用經驗豐富的目光在光禿的赤楊樹、越橘叢、枯萎的莎草中和塞滿葉片的岩縫中探索，在正在腐爛而倒下的蕨草下面探查——那下面有蘋果和赤楊葉，密密麻麻撒滿地面；因爲我知道它們躺得很隱秘，很久以前就掉進凹地中了，被蘋果樹本身的葉片遮蓋住了——這是一種適當的包裝。

從這些潛伏地，在蘋果樹圓周內任何一個地方，我取出這完全濕透而又具有光澤的果實。也許它們已被兔子輕輕啃過、被蟋蟀挖空，也許有一兩片樹葉黏在它上面（猶如柯曾②描述的那樣，像一篇來自修道院那發霉的地下室的古老手稿），可是它上面依然還有一種濃重的果霜，剛剛有點成熟，保存完好；如果不比保存在大桶中的蘋果好，那麼就比它們更脆。如果在這些地方找不到蘋果，那麼，我還可以在那密密麻麻地長出某些水平枝條的根底之間尋找；不時會有一個蘋果留在那裡，或者留在一片赤楊叢的正中——被樹葉覆蓋著，可以避開那可能會把它們嗅出來的牛。

如果我渴望——因爲我並不拒絕——我就會把它們裝滿兩邊的衣兜。在結霜的傍晚，踩著我來時的腳印返回，當時我大約離家四五英里的樣子。我起初吃掉一個裝在這邊衣兜的蘋果，然後吃掉那邊衣兜的一個蘋果，以此來保持我的平衡。」

【注釋】

① 美國政治家（1811～1872）。

② 英國外交家（1859～1925）。

第二部　季節的音色

在十月，樹林和小樹叢給我們的目光安排了一場多麼豐富的盛宴！空氣的整個軀體，似乎因爲它們那寧靜的、緩緩的光輝而豐滿起來。它們正在歸還整整一個夏天曾經從太陽那裏吸收的光芒……

第六章　三月記事

三月一日，春天的第一天！早晨，我把頭探出門外的那一刻，就感到了變化。一陣驟起的南風吹拂著，儘管天空清澈，可是陽光並不相同，有一種新的元素的混合。

不到十天之前，有一個同樣明亮的日子，甚至比這一天更明亮更溫暖。那二月的水晶般清晰的日子，雖然沒有春季的事物，可它是乳白色的，其中有一層薄霧、一種情感、一種對生活的貼近；此外，還有一絲難以描述的清新氣味，一種來自海灣或佛羅里達州和南北卡羅萊納州的頗有說服力的微妙氣息，讓感官激動。樹木在地面下的每條大根和細根都感受到了它；軟楓和銀白楊的花蕾也感受到了它，因此，在白天可感地膨脹起來。知更鳥知道這一點，那個早晨牠正好在這裡；還有烏鴉和烏鶇。

美洲河鯡肯定也知道這一點，牠們深深地躲在水中的隱蔽處下面，在河口附近跳躍和嬉戲；如果這溫和的天氣持續下去的話，那麼，這些河鯡就準備好沿河疾游而上。此外，被新生活喚醒的還有蜂巢中或者林中老樹上的蜜蜂；更多冬眠的動物，如熊和花白旱獺，牠們開始在地下巢穴中舒展起了身子——我想像，溫暖甚至也到達了牠們那裡，加快了牠們那種懶散的循環。

到了今天下午時分，首次有了煙霧的氣味——曠野中最初的春天之火。維吉尼亞州的農夫正在他的花園裡用草耙把垃圾聚攏，在他那準備耕犁的田野中放火燒荒。我想像自己在那裡幫助他。我看見孩子們到處玩耍，因為戶外運動和田間勞作的恢復而感到愉快；煙霧穿過閃耀的薄霧上升；農舍的門開著，把下午的陽光放進來；母牛哞哞叫著，呼喚牠的幼犢，或者躲藏在樹林中；大雁在春天的陽光中嬉戲，回應著在牠們上面飛向北方的野鳥群的鳴叫。

當我信步穿過市場，我在這裡看見了預兆。那個黑人老婦用她的籃子帶來了春天，在大片大片綠色青苔上擺滿了透露出粉紅色的楊梅；而她的老伴的果樹和醋栗叢正值佳期，不同的球莖和根都被拿來出售，洋蔥也一片片發芽。頭頂上有一列知更鳥和雪松太平鳥，這些飛向北方的鳥兒，讓一種美妙的旋律掠過市場上空。魚市開始因爲鱸魚和來自南方河流的河鯡而歡悅起來，野鴨正在取代長喙秧雞和鷸鶉以前的地位。

在南北卡羅萊納州，果樹適時地在開花，人們正在準備給稻田播種。在維吉尼亞州的群山中，在俄亥俄州，人們正在製作槭糖；在肯塔基州和田納西州，播種的則是燕麥；在伊利諾州，此時會有人在給整個冬天都留在梗莖上的玉米剝殼。大雁和野鴨從密西西比州南部越過天空，飛向五大湖地區，在大草原上停留片刻，或者歇落到一望無際的玉米地裡。當牠們繼續旅行時，空氣中就回響著翅膀在梗莖和莢殼上發出的碰擊聲。

大約在這個時候，或者稍晚一點，在寂靜的春天早晨，雌長喙秧雞或雄長喙秧雞就會發出那種低沉悠揚的咕咕聲，讓耳朵無法追蹤或確定牠們的位置。空氣中充滿牠們柔和的、神秘的低音，如果沒有偶爾一隻鳥兒在地面上朝牠低飛過去，狩獵的人們行走數個小時也無法接近那躲藏的聲音源頭。

在鄉間的某個地區，河流和小溪到處都是渾濁的，沿途擦傷它們的岸。這是一種土壤的運動，那種接納和保持溶解鹽和泥濘的吸收力似乎從來沒有這樣大。霜放棄了堅持，把一切都轉交給了水。如今，泥淖成爲母親，青蛙、烏龜和螯蝦（**小龍蝦**）從裡面爬將出來。

在北方，這個季節又怎樣呢？冬天也許剛剛才停止。古老的霜降之王正要準備要拆除他留下的帳篷。冰塊從河裡流走，哈得遜河上的第一艘汽船正在穿越大大小小的藍色水道。白色鷗鳥正從海灣出發去作一次短途旅行，看看前景怎樣。

在開採木材的鄉間，沿著上肯內貝克和佩諾伯斯科特，沿著哈得遜河北部，運送木材的人在工作，拿著長叉和鉤子，利用春天的第一場洪水發送松木。之前整個冬天，他們穿過深深的積雪，把這些木材拖到溪岸上，或者把它們放在某些地方。在那裡，潮汐將漲上來把它們淹沒、載走。現在，憤怒的洪水載著高貴的樹幹來臨，一群又一群數不清的木頭被撞擊，被擦傷。

那積雪形成的光滑之床，曾經被用來拖動木頭，現在卻融化成水流，繼續把木頭運載到下面的鋸木場。在特拉華河上，划木筏的人在漂送木頭筏子。順著上漲的水流，一座座漂浮的木材堆流下去，在水壩處轉彎，飛速穿過急流，終於在費城或更遠處上岸。

在內陸的伐木地區，預兆又如何呢？在那裡，它們表現得極少而又微弱，可是卻非常具有暗示性。太陽擁有融化積雪的力量；在牧草地上，所有的圓丘都光禿了，綿羊在勤勉地吃草。山坡上的雪堆也開始顯出一種因磨損而變得骯髒的外觀，並且，它們紛紛流動下來，在那裡橫越公路，變得柔軟，讓一窩窩動物進入到它們的腹部。

公牛在犁地，發出哞哞聲，或者耐心地等待鐵鍬來取代牠們的勞作；可是活潑的馬卻跳躍、掙扎，決定不予放棄。樹林中，積雪在樹木周圍融化了，刺果和一塊塊樹皮吸收了熱量，直到牠們穿過地面沉陷下去一半之多。積雪在融化，霜降離開了地面，現在對你的土地的基礎進行考驗的時刻到來了。

在農場建築物周圍，古老而又熟悉的合唱甦醒了，牛犢和羊羔在叫喚，還有牠們哀傷的母親的低聲回應；同時，母雞在乾草棚中咯咯地叫，大雁在春天的旅行中發出一陣陣響動。

所有農場工作或者鄉下職業中最令人愉快的工作就在附近，那就是製糖。在紐約州和新英格蘭北部，這個季節的開始是從三月一日到三月中旬不等，有時甚至要到四月才開始。隨著太陽與霜降之間競爭完全開動，製糖季節宣告開始；甚至越是有競爭，樹液就越甜。

我不知道它的哲學是什麼，可這似乎是一種蹺蹺板：彷彿太陽把樹液汲起來，霜降又把它汲下去；兩者的過度影響都會阻止樹液的流淌。在太陽擁有力量來解除霜降之前，沒有樹液；而在霜降喪失了它再次鎖住太陽的作用力之後，同樣沒有樹液。

當夜裡完全凍結起來的時候，第二天如果有溫暖明亮的太陽，有西風卻沒有暴風雨的預兆，楓樹的脈管就激動得完全顫抖起來了，清澈的甜甜的樹液穿透樹皮噴出來。假如風轉向南方，而又溫暖濕潤地吹拂，摧毀空氣的那種鬆脆性，樹液的流淌立即就鬆緩下來；除非樹林中有一層深雪來抵消或者中和溫暖，樹液才可能繼續流淌——直到雨開始飄落下來。

像外表粗糙的老樹，人們並不會認爲它們能夠穿過一英寸或者更厚的枯死樹皮而如此迅速地嗅到這種變化。我也不得不把頭探出門外，讓我赤裸的面頰去感受空氣，使勁用我的鼻子去嗅聞它；可是它們的蹤跡無疑已經潛伏在地面下，並嵌入那廣大的潮濕之中。如果有什麼東西對大氣變化迅速作出反應的話，那麼就是水。你可能認爲溪流深處的魚並沒有感受到那種吹拂，牠是熱還是冷？泥淖下的青蛙和水蜥（蠑螈），還有烏龜，牠們也都沒有感受到溫暖，如果水看起來依然像冰一樣？

樹液的流淌很少能夠持續兩三天以上。到那時，天氣中有一種變化，也許是一場暴雨，它幾乎能把霜降從地面上清除乾淨。然後，在樹液再次流淌之前，樹木肯定會再次興奮起來，暴雨肯定有一條白色尾巴，並且遠離寒冷。不久，太陽就再次耀眼地升起來，用它的光束切割積雪或者軟化那凍結得異常堅硬的地面。男孩們穿過樹林，倒空水桶和煉鍋，收回那些被吹走了的樹液。這第一次流淌猶如初戀，總是最充溢和最甜蜜的，其純度和美味遠遠超過了後來產生的任何槭糖。

在一個特定的季節中，樹木流淌出的樹液的數量和質量大不相同。確實，在一叢灌木或一個長著一百棵樹的果園中，可以觀察到這方面的很大差異，就像乳牛生產的牛奶的數量一樣。

現在，我的腦海裡浮現出依偎在卡茨基爾斯山中的山脊凹地裡的「糖灌木」，我瞭解它的每棵樹，它們在我的思想中都具有獨特的個性。我記得那些樹的數量和外觀。

當我一年一度去拜訪那古老的家園時，我發現其中的一棵樹死了，痛感一種深深的失落。它們都是老樹，爲了我們兩三代人的利益而放棄了它們的生命之血。它們結成一小群相依而立。一棵樹佇立在一道泉水的源頭，在樹林上空高高揚起它那乾枯的大枝，鷹和烏鴉喜歡在那裡歇落。六棵樹在攀緣一座小山；其他樹則遠遠佇立在田野上，彷彿是要出來接受陽光的沐浴。

五六棵名貴的樹組成的一個縱隊，在西北爲樹林警戒著，面對著一個牛羊吃草的山坡。相同數量的樹在東邊擁擠著排成一行，越過牧草地或麥田，可以看得見它們那莊嚴的灰色樹幹。還有一對連體孿生樹，戴著沉甸甸的茂密的樹冠；同時，在一條林中路的分岔處，佇立著兩兄弟，它們的手臂圍繞著對方的脖子，它們的軀體在三十英尺的空間裡溫和地相互接觸。

一棵巨大的楓樹，以「古老的奶油盆之樹」而聞名；它曾經佇立在樺樹和山毛櫸的密叢中間，它精神飽滿，就像它的名字所表示的那樣，發揮著兩棵或三棵普通樹木的作用。

在它旁邊的這一小塊土地上，最奇特的就是田野邊的一棵樹皮毛茸茸的樹，它肯定在還很小的時候，就被壓榨得厲害。因爲在它那靠近地面之處有一個醜陋的彎曲，它似乎一直在掙扎著要直立起來，可是從來沒有成功；儘管如此，它依舊能夠超過它所有的鄰居。

而這一小塊土地上最貧瘠的樹，是一棵身材短、頭頂沉重的樹。它佇立在一道泉水邊沿，整個季節裡，它就連半加侖的樹液也很難生產出來；可是這半加侖樹液卻非常甜，比一般樹液要甜三四倍。在樹液生產過程中，樹端似乎遠不及軀幹重要。在這種競賽中獲勝的並不是樹枝的長度，而是樹幹的長度。例如，根據我的觀察，開闊地裡的一棵沉重的、頂端茂密的樹會抵不過樹林中的一棵軀幹高長的樹，儘管後者只有一個小小的頂端。年輕的、繁茂的、薄皮的樹精神抖擻地崛起，簡直是以奔跑的速度來生長；可是它們卻堅持不住，因爲它們的血液非常稀疏。

牛群非常喜愛樹液，羊群也如此；牠們會因爲把樹液喝得過多而殺死這些年輕的樹。蜜蜂在這裡獲得牠們最初的蜜；最早的蟲子在「插管」上安家，作爲牠永遠的居所；松鼠也從樹上膽怯地下來，喝著這甜蜜的流淌物；偶爾有一隻剛剛從冬天居所出來探索新奇事物的醜陋的蜥蜴，也爬上煉鍋或者水桶。軟楓生產出一種非常精美的白色的糖，質量優異，可是數量卻很少。

我認爲，所有嘗試過製糖的人，都會同意我那種關於這種工作的魅力的觀點，儘管他可能不喜歡吃甜食。春天的第一件工作就讓一個人到樹林中去，這已經足夠了。

知更鳥剛剛到達，牠們那歡樂的叫聲穿過林間空地而鳴響。松鼠現在冒險出來，啄木鳥和鳾活潑地跑上樹幹。烏鴉開始呱呱鳴叫，具有牠習慣性的誠實；撲動翼在開闊的樹林中四處飛掠時，人們看見牠的白腰和金箭。

下一周，或者再下一周，就可能是開始耕耘的時候了，這是又一樁穩定的農活。可是這一周，我們將在楓樹間野餐，對於春天來說，我們的營火將是一縷焚香。

啊，現在我就在那裡！我看見樹林充斥著陽光，我聞到枯葉的氣味，枯葉下面的黴菌在溫暖的催促下加速生長！軀幹長長的楓樹披著粗糙的灰色外衣密集地佇立在四周，我看見滿溢的煉鍋和水桶，也聽見樹液那音樂般的滴落聲。砍伐柴禾的斧子聲音穿過樹林鳴響；製糖的巨大水鍋或者寬寬的煉鍋沸騰著，泛起泡沫；我所尋求的快樂，就只是整天去觀看和照料它們，從巨大的木桶中把樹液舀進水鍋和煉鍋裡面，用新砍來的樺樹和山毛櫸補充柴火。

一股微風從西邊吹來，在下午的陽光中，我看見從山側流下來的細溝和小溪快活地閃爍；在農場和樹林周圍甦醒的聲音傳到我的耳朵裡，空氣中或大地上的每一陣沙沙聲，似乎都像自然界復甦的生命之脈動。

我同情那沒有經驗的愛爾蘭人，他多麼喜歡製糖，因此，他認爲自己整整一年都應該幹這件事。我至少應該順從這種誘惑，跟隨季節到山中去；這一周在一片平地上紮營，下一周在另一片更高更遠的平地上紮營，直到我煮糖的煙霧穿過那圍繞頂峰的最後的楓樹林而升起來。

槭糖是美國的特殊產物，人們發現它的日期可追溯到新英格蘭的早期歷史之中。最初的定居者通常在他們的原始水槽中獲得樹液，然後裝進用鏈條懸掛在柱子上的水鍋煮沸。後來，改進方式的第一步，就是使用錫製煉鍋來代替水槽，還用了一個大的石頭拱門，水鍋或大鍋放在其上，下面生火。但後來的歲月裡，因爲燃料變成了日益重要的問題，於是就有了更大的改進：拱門讓位給一個爲這種特殊意圖而專門設計的巨大火爐，水鍋讓位給寬淺的鐵皮煉鍋——它可以節約熱量，在製糖時，盡可能讓沸騰的樹液表面大面積蒸發。

從三月的第一天到中旬，季節穩步前進。沒有阻擋，沒有障礙。溫暖而豐富的雨來自南方和西南方，接下來，完全是陽光明媚的日子。在濕潤的地方——在這個季節又有什麼地方不濕潤呢——草皮如蜂巢發出嗡嗡聲，根鬚網絡中間的吸收和過濾作用是一個聽得見的過程。

土塊整個兒地歌唱起來，樹木的回應竟是如此的顯著啊！白楊開放出大片大片柔軟的灰白花朵，靠近河邊的柳樹似乎脫掉了它們的舊樹皮，一夜間就煥然一新。當軟楓群集在遠處時，它們的頂端也深深地染上了明亮的暗紅色——它們顯得多麼美麗！

這個月的十五日是一個迷人的日子，上帝的天賦湧現出來。正值上午，風漸漸平息，白晝柔和而又可愛地降臨到大地上，觸摸萬物，充滿萬物。

你可以看得見天空降臨下來，是的，你可以在樹木中間和山岡之間看見它。陽光傾倒在大地上，就像傾倒在杯子裡面，大氣中到處遊動著溫暖的光芒。下午，我在城市北邊的鄉間路上走動，無數焚燒灌木和野草的煙柱沿著地平線升起，田野被火所淨化。農夫們拖拽著肥料，它的氣味讓我感覺起來很舒適，讓人聯想到農場和廄棚，聯想到牛和馬。

樹林中，獐耳細辛（Liverleaf）和楊梅無疑剛剛開花；小潭中，有人群呈現出乳色的的青蛙卵被存放在那裡。那個陪伴我的青年人用手巾把一些青蛙卵帶回家，他想看著它們怎樣在一個酒杯裡孵化出來。

遠處，河流顯得發藍；春天裡上漲的水終於過去了，地面安定下來。這歡樂的季節露出一副明亮而自信的容貌，向前邁步進入四月。

第七章　四月

如果我們用一座高低不平的雪山來代表北方的冬天，用一片遼闊肥沃的平原來代表夏天，那麼，中間的地帶則是佈滿山丘和微風吹拂的高地，將用來代表春天。隨著三月深深延伸到積雪地區，四月在漸漸蔥綠的田野和被融雪釋放出來的水流上面貪婪地呼吸著初春的氣息，進入到下面的平原上那種微妙的變化之中。

在最好的狀態下，四月是由冰和雪水拌成的最鬆脆的清新沙拉。它的標誌就是草叢的初芽。感官——視覺、聽覺、嗅覺——都渴望著它那精緻的並且幾乎是精神的標識，就像牛群在原野上啃吃第一口草。它讓人感動，使人愉快而又悲哀！飛臨的鳥兒、遷徙的涉禽的鳴唱，飛掠天空或擠滿樹林的鴿子形成的雲，正午時，到處冒險的第一隻蜜蜂小妖精似的號角，日落時沼澤裡的小青蛙的清晰笛音，糖槭林中的營火，遠遠升起在樹端上面的煙霧，突然來到陽光明媚的山丘和山坡上的綠意，透明滿盈的溪流，漸漸圓了起來的溫暖的太陽——我們眼睛和耳朵是多麼熱切地留意這些事物以及跟它們相似的其他事物！四月是我誕生的月份，每當它回來，我彷彿都重生於一種新的愉悅和新的驚奇之中。對於我，它的名字具有一種無法描述的魅力。它的兩個音節猶如最初的鳥兒——東菲比霸鶲或草地鷚的鳴叫。

然後是它的氣息！我激動於它那無法描述的清新氣息——迸裂的草皮、加速生長的大根和細根、樹葉下面的黴菌、清新的田壟發出的芳香。

其他月份都沒有它那樣的氣息。不久前的某一天，西風吹來，充滿了芳香，對於嗅覺，它是多麼的野性，而對於耳朵，它的音樂曲調是多麼精美！它幾乎具有超越性。我越過山岡，抽動著鼻子把它吸入體內。它持續了兩天。我想像它來自遙遠沼澤中的柳樹，那裡的柳絮正在為蜜蜂供應最初的花粉；要不然就來自更遠處——來自地平線那邊，難道這是無數的農場和發芽的森林積累起來的氣息？

這些四月的氣息的主要特徵，就是使人感覺到一種令人不膩的清新，並不一定甘美，甚至通常還要苦澀一些——滲透力很強，卻也很抒情。我很熟悉五月和六月的氣息——牧草地和開花的果園的氣息，可是對於感官來說，它們並不像四月的焚香那樣如此難以形容、無形而又具有刺激性。

在我們遼闊的疆土上的各種地形上，我說到的這個季節與年曆上的四月並不相符：在維吉尼亞州和馬里蘭州，它是對三月的回應；同時在紐約州和新英格蘭地區，四月貪婪地挺進到五月裡去了。它開始的時候，鶺鴒、雨蛙（Hyla）鳴叫起來，河鯡游上游下，草叢在泉水流淌中長得蔥綠；它結束的時候，一片片樹葉展開，雪花在半空中融化。第一隻燕子出現之前，聽見三聲夜鶯（Whip-poor-will）之前，棕林鶇（Wood Thrush）歌唱之前，可能是五月一日了；可是，只要群山上還有積雪，就還是四月，無論年曆上是怎麼說的。

實際上，我們的四月是阿爾卑斯山的夏天——充滿了那種荒野的優雅之美的對比和筆觸，這是其他季節所沒有的。有些困惑的人幻想鄉間要到六月才會有令人愉快的事物，因此錯過了它最清新的、最溫柔的那一部分，彷彿是錯過草莓而等到西瓜和桃子成熟的時候才吃水果。後面的這些果實美好得無以復加，它們溫柔而甘美多汁；可是並不像令人不膩的草莓，它們缺乏那種令人激動的無法抗拒的口感、喚醒並挑逗舌頭的滋味。

仲夏，又有什麼甘美得像它那敏銳的亞酸性滋味，能把人們的心神帶走了一半？而長滿葉片的六月又有什麼光輝，能像沒有葉片的四月那樣讓血液激動呢？

四月有一個最獨特的特性，一個我感到非常愉快的特性，就是流淌著的泉水完全變成豔綠色；儘管這時原野上還呈現出棕黃色，還乾枯著，可是山坡上和山谷中呈現出一條條、一塊塊最生動的絲絨般的綠地。在那裡，人們的目光如牲口一樣，久久地放牧、飽食而後又恢復精神！

我忘記了這是一種多麼顯著的特性；直到最近，我乘著一輛敞篷馬車穿過多山的、以美好泉水著名的牧歌般的鄉間，旅行了三天才想了起來。那些芳香的綠地依然歷歷在目，噴泉到五月才流淌。田野周圍和路邊勃發的草叢中就有泉水的線索和暗示，有時是以實際的噴泉形態來充溢一個空間。在這樣的地方，水並沒有完全來到地表，而是影響了地表。

小麥和黑麥地在四月的風景也是那麼醒目——棕黃色或灰色田野上的一片巨大綠色方塊！

對於我，四月的聲音之中，沒有什麼比沼澤中小青蛙的鳴叫聲更受歡迎，更有暗示性。作爲春天的標識，沒有哪種鳥兒的音符能超越它；根據我的知識，所有的詩人和作家都不曾提起它，我準備好去相信它是我們這個季節的唯一特徵。當這小小的兩棲動物爬出泥沼鼓起喉嚨的時候，你也許就確信四月真的來了。

你應該看見這小小的遊吟詩人鼓起自己的喉嚨，猶如鼓起一個大水泡，很像是一個讓鼓聲高揚的擊鼓男孩。也許透過牠的幫助，四月的聲音發了出來。起初音符通常很虛弱，彷彿霜還沒有完全從這動物的喉嚨裡清除乾淨，只會聽見一個聲音。牠是預言家當中的最勇敢者。

作爲對牠的辛苦的回報，牠常常遭到那沒有平靜下來的意外打擊，令牠痛苦不堪——也許在一場輕雪或一場沉重的霜降下面被迫「閉嘴」。然而，牠很快就更加自信地再次提高牠的嗓音，別的嗓音也不斷匯入其中；到了在適當的時候，比如這個月的最後幾天的日落之際，土地上每一片草沼和泥沼中，就傳來一陣尖顫悠揚的喧囂。

這是一種悲哀的聲音，我從城市裡的人們那裡聽說過它，那些人把這種聲音說成是孤獨、沉悶而又壓抑的；可是對於鄉村的情侶們來說，它純粹是一種春天的旋律。

這小小的吹笛者有時會攀爬到蘆葦上，依附在上面，就像水手依附在桅桿上那樣，發出牠那尖顫的鳴叫。南方有一種雨蛙鳴叫，只有在你到達了波多馬克河時才能聽到，牠的音符要刺耳得多。站在發出這些聲音的沼澤邊緣，會令耳朵痛苦而驚駭。北方種類的雨蛙的鳴叫則要溫柔悠揚得多（**南方種類的雨蛙被稱為綠雨蛙，我在哈得遜河上的鄰近地區聽見過牠的鳴叫**）。

因此，有任何像完美的四月之晨那樣的事物嗎？人們幾乎不知道它與什麼情感有關，可它卻是非常芳香的東西。它是青春和希望，是新的大地和新的天空。

空氣傳送著美麗的聲音，這些聲音都具有一種甦醒的、富於預言性的特性！一隻狗遠遠吠叫，或一頭乳牛哞哞叫，或一隻公雞鳴叫，似乎都從大自然的心中傳了出來，也似乎是一種將要湧現出來的鳴叫。巨大的太陽好像被重新擦亮了，它投在東邊山岡上面的第一道目光裡面有什麼東西。它眼睛的光束左衝右突，把崎嶇的群山重重錘擊成黃金的色澤，加快你的脈搏，激勵你的心靈。

越過清晨的原野，我聽見了一些四月罕見的鳥兒鳴叫——棕脅唧鵐（Chewink）和褐彎嘴嘲鶇（Brown-thrasher）。知更鳥（Robin）、藍鶇（Bluebird）、歌帶鵐（Song Sparrow）、東菲比霸鶲在三月飛來，可是我們一般很少聽到這兩種地棲鳥，直到接近四月之末。這些地棲鳥都成了樹上的歌手和空中的歌手，我們肯定要把牠們提高到某個高度來描述牠們。我們的長尾地鶇（Long-tailed Thrush），或者嘲鶇（Thrasher），如同牠的同類北美貓鳥（Cat-bird）和小嘲鶇（Mockingbird），喜歡棲在某棵孤獨之樹的高枝上，將從那裡連續一小時傾湧出牠那豐富而錯綜複雜的鳴囀。

這種鳥兒是偉大的美國啁啾者。我熟悉的其他鳥兒都不能像這黃眼歌手那樣啁啾叫出如此的重音。它就像機槍巨大的喀噠聲。爲什麼這嘲鶇的行動如此偷偷摸摸？牠似乎總是踮起腳尖到處行走。我從來沒有瞭解到牠要偷任何東西，然而，牠像一個逃避正義制裁的逃亡者那樣躲避隱藏。人們從來就看不見牠像大多數鳥那樣在空中高飛，公開橫越世界；而是看見牠沿著籬笆、穿過灌木疾衝，彷彿爲一種良心內疚追逐。只有在牠發出音樂的時候，牠才完全進入視線，才邀請世界來傾聽和凝視。

棕脅唧鵐也是一種膽怯的鳥，卻不偷偷摸摸。牠非常奇怪，在樹葉間留下大量的抓撓痕跡，顯然是要引起你注意。雄棕脅唧鵐也許是除了刺歌雀以外，所有地棲鳥中最爲超然出眾的鳥，牠的上面是黑色，側邊是栗色，下面是白色。栗色與那被牠永遠抓撓著的樹葉相配——樹葉迎著牠的胸脯和身側如此長久地沙沙作響，因此，這些部位接收了樹葉的顏色；可是，白色和黑色從何而來呢？

這鳥兒似乎意識到牠的色彩洩露了牠，樹林中有極少數鳥兒讓自己小心翼翼地躲避別人視線。唱歌的時候，牠最喜歡的棲息處是某個高高的灌木叢頂端，差不多能讓灌木遮蔽住自己。在這樣的時候，一旦受到騷擾，牠就投入灌木叢中，立即消失在視線之外。

這是湯馬斯・傑佛遜（Thomas Jefferson）①在寫給亞歷山大・威爾遜（Alexander Wilson）②的信中提到的鳥兒，大大激發了後者的好奇心。那時，威爾遜正處於他作爲鳥類學家生涯的門檻上，他畫了一幅灰噪鴉（Canada Jay）的圖畫送給總統。

「牠是一種新的鳥兒」，傑佛遜在回信中稱他把注意力投向一種「古怪的鳥」——人們到處都聽說過這種鳥，可是沒幾個人見過。他二十年來一直想讓街區上的年輕狩獵愛好者爲他射殺一隻，可是一無所獲。他在信中說：

「牠從春季到秋季，在所有的森林中，然而是在最高的樹端上；牠從那上面發出某些美妙的音符，給我們吟唱小夜曲，清晰得猶如夜鶯的音符。我跟隨了牠很多英里，有幸清楚地看見過牠一次。牠的體形和體格猶如小嘲鶇，背上有淺淺的鶇鳥顏色，胸脯和腹部有淺灰白色。我的女婿蘭道夫先生曾有一隻被鄰居射殺的這種鳥兒……」

蘭道夫宣稱牠是一隻（Fly-catcher），在很多方面都有鮮明的印記。從傑佛遜對顏色的描述來看，他肯定只見過一隻雌鳥；但無疑，他更多遵循的是他自己的奇思妙想，而不是這種鳥本身，要不然他更早就會看到。這種鳥不是新品種，可是那時卻正以「地知更鳥（Ground-robin）」而聞名。這位總統用他那種不正確的描述誤導了威爾遜，很久以後他才知曉這個例子的真相。可以說傑佛遜的信，是專家們從智者那裡接受到的好例證之一。

這些智者在他們的生活中看過或聽說過某種非常奇怪或者新鮮的東西，而且他們通過假定的新穎事物來讓科學家們對其熱衷，以一種通常比較合乎事實的描述，就像你的外衣適合椅背那樣。人們每天都看見空中、水裡、地面下的陌生而奇怪的事物，對於那些專心尋找牠們的博物學家們，就更不用多說了。當威爾遜或奧杜邦看見陌生的鳥兒，錯誤的觀念就消失了；而如果是你看見牠們，還以爲是原野上或樹林中的平凡事物。

四月裡有一種最引人注目的鳥，人們無需到樹林去或者離開自己的家門就看見或聽見的鳥，這就是吃苦耐勞而又始終受到歡迎的草地鷚。這種鳥有無比美妙的琴弦聲和無比旺盛的活力！牠帶有土壤的味道，牠是我們春天牧草地上的那種有翅膀的精靈。

牠那「z-d-t，z-d-t」音調中有不少重音，那長長的透澈的音符中，帶著某種與眾不同的特徵。牠那筆直的、逐漸變細的嘴喙，明示了牠的嗓音。牠的音符猶如從弓弩上射出的箭，當我們在附近聽時，牠有些過於尖銳和刺耳；可是，在恰當的遠處聽，就覺得悠揚得不同尋常、令人愉快。這是這個季節在田野上的主要音符之一；實際上，牠很容易壓倒所有其他的音符，彷彿牠在用一種有點憂傷、然而沒有抱怨或憂鬱的拉長的氣息說：「這一年的春天！這一年的春天！」

當牠在半空中展開翅膀翱翔時，牠不時沉迷於某種更加錯綜複雜和更像雲雀一般的鳴叫；可是當一支歌超越了牠的音域，那種嘗試通常便以停頓結束。一種清晰的、強烈的、基調高的音符從某個小山丘或岩石或者籬笆樁上發出來，那是牠恰如其分的聲樂表演。牠具有鵪鶉（Quail）和松雞（Grouse）的體格、步態和翔姿。在你面前，牠很大程度上，以同一種舉止飛起來，又容易在劈啪的射擊聲中遭到獵殺。

牠的黃色胸脯上面覆蓋著一圈黑色的新月形，使牠不必爲面對早晨的太陽而感到羞愧；同時，牠用行走時遇見的殘樁將自己斑駁的灰色外衣打理乾淨。牠尾部的兩根側生羽管似乎極具特徵，在這鳥兒的體格中，這些羽管帶著一種輕蔑和挑釁的銳氣茁發而出。

當草地鷚在田野上大搖大擺四處行走、猛然發出尖銳的音符之際，牠甚至可以憑藉這兩根側生羽管的幫助而即刻起飛。這些羽管把一種閃現的、明確而活潑的表情賦予這鳥兒的運動。

嚴格說來，這種鳥兒不是雲雀，而是一種歐椋鳥；鳥類學家說，儘管牠的習性像雲雀，但卻是一種在地上行走的鳥，並且是一種完全的地棲鳥。牠的顏色也使牠跟真正的雲雀有區分。我相信，在英國和歐洲大陸田野上，沒有哪種鳥與我們的這種草地步行者相符。牠是真正的美國鳥，牠的音符是我們的頗有特點的「四月之聲」中的一種。

四月的另一個顯著音符，有時從牧草地開始，但更多的是從粗糙的牧場和樹林的邊界開始，就是撲動鴷（High-hole）或者金箭啄木鳥（Golden-shafted）的鳴叫。牠的聲音強烈得猶如草地鷚的鳴叫，可是並不那麼冗長而刺耳。牠是一連串迅速發出的短促音符，彷彿這鳥兒在說「if-if-if-if-if-if-if」。

普通的絨啄木鳥（Downy Woodpecker）以某種方式暗示了一種鋼鐵沖床聲似的音符；相比之下，撲動鴷的音符要柔和得多，以真正的春季旋律來感染著人的耳朵。撲動鴷不能完全算是啄木鳥，因爲牠是地啄木鳥（Ground-pecker）。牠主要以螞蟻和蟋蟀爲食，並且直到牠們被發現時才顯身。

在所羅門（Solomon）對春天的描寫中，歐斑鳩（Turtle Dove）的叫聲最突出；可是我們的歐斑鳩或者晨斑鳩（Morning Dove），儘管四月已經到來，卻幾乎說不上是給曠野的聲音作出了引人注目的貢獻。牠的鳴叫如此含糊而又柔和，此外還有點悲哀；實際上，牠的鳴叫如此遙遠、稀疏，並且擴散開來，因此很少有人聽到過牠。

像牛鸝（Cow-bird）這樣的歌手，在這個季節是值得注意的，儘管牠們來得稍晚一點且處於次要地位。牠發出一種特殊的流質性的四月之聲。確實，人們會以爲牠的嗉囊充滿了水，牠的音符因此如水泡一般冒出來而又湧回去，顯然是通過胃的收縮而釋放出來的。

這種鳥是我們所知曉的擁有的唯一實行一夫多妻制的鳥。雌鳥大大過剩於雄鳥，雄鳥通常由三四隻雌鳥服侍。一旦其他鳥兒開始築巢，牠們就警戒著，像吉普賽人一樣四處巡遊——不是去偷走其他鳥兒的幼鳥，而是把牠們自己的蛋偷偷搬到其他鳥兒的巢裡面，以此來逃避孵化和養育幼鳥的勞動和責任。

因爲這些鳥並不配對，所以雄鳥之間幾乎沒有競爭。依照達爾文的觀點，人們想知道爲什麼雄鳥的羽衣會比雌鳥更燦爛更濃豔，可事實就是如此。通過雄鳥那深深的有光澤的黑色外衣，我們很容易把牠們從色彩單調和顏色漸漸褪去的雌鳥中辨認出來。

英國文學中常提及的四月，差不多相當於我們的五月。在大不列顛，燕子和布穀鳥（Cuckoo）通常在四月中旬到來；而我們這裡，牠們的來臨要晚一兩個星期。在通常的情況下，我們的四月是在防雪頭罩下面露出的一張明亮、歡笑的臉，與英國的三月類似，由此展現出鮮明的對比。

實際上，冬天有時在這個月重溯它的腳步，卸下那舊日的寒冷所留下來的雪的負擔；可是，我們總是確信一些絢麗的、平靜的日子——在那發芽之前流逝的日子裡，太陽熱情而果斷地擁抱大地，陽光傾進樹林，直到樹葉下的黴菌被曬暖而釋放出一種氣味來！

水波反射閃爍，眾鳥群集，就連那些不習慣歌唱的鳥兒也展開了歌喉。在城市的街道上，有一種多麼大的振動，多麼燦爛的外觀和歡快的色彩！

我回憶起去年四月的一個同樣美好的日子。我把它記錄到了我的筆記本上：那天，大地似乎突然從雲層和寒意的荒野中，降臨到這樣一個陽光明媚的藍色空間之中。

航行者多麼喜悅！病殘者出來了，老人們沿街漫步，庫存充實起來，前景似乎也明朗起來。

這樣的日子讓最後的冬眠動物出來了——花白旱獺展開身體，從巢穴中爬出來，看看牠的苜蓿是否還在生長；蛇和烏龜從麻木中恢復過來，出來曬太陽。

沒有什麼渺小或者偉大的東西不爲這神聖的春日所動，而不把新的開始賦予生命的鐘擺！

四月也是新耕田壟的月份。一旦霜降消失，地面安定下來，耕犁就在山岡上投入使用；每一回，我都看見它那明亮的犁壁在陽光下閃爍。在雪堆最後的殘餘昨天還逗留不去之處，耕犁今天破開草皮。在雪堆曾經最深之處，草叢如今被壓平，一排又一排草炭也被保存起來。

那麼，誰不想在四月擁有一個花園呢？把垃圾耙到一起燒掉，把更新了的土壤翻起來，散佈豐富的堆肥，播下第一粒種子，或者埋下第一個塊莖！

被種植的並不是種子，被種植的是我；被焚燒的並不是梗莖和野草，被火焰消耗掉的是我的陰暗和後悔。一縷四月的煙霧促成了一場乾淨的收穫。

我想四月是誕生的最佳月份。可以這麼說，那好比一個人恰好及時趕上在這個月打造成的第一趟火車。實踐證明，我在四月中孵出的雛雞總是最好的。牠們早早出生，體格健壯。後來孵出的雛雞則無法經受沉重的露水，也經受不起老鷹的撲擊。四月裡，整個大自然同你一起開始。你從你的冬眠場所中出來得不早不晚；時間成熟了，如果你不跟其餘的一切事物保持步調一致，那錯誤就不在於季節了。

【注釋】

①湯馬斯‧傑佛遜（1743～1826），《獨立宣言》主要起草人，美國第三任總統。

②亞歷山大‧威爾遜（1766～1813），美國鳥類學奠基人，主要著作有《美國鳥類學》。

第八章　秋潮

在我們的氣候中，這個季節總是有點落後於太陽，正如潮汐總是有點落後於月亮。根據日曆，夏天應該在約六月廿一日左右到達頂點，可是在現實中它要晚幾周。六月從來就是處女月份，在自然中，它到大約七月裡的第一周或第二周才是正點。當栗樹開花時，就到達了這一年的頂點。

到了八月一日，這個季節的光澤開始暗淡，樹木的葉簇和森林開始脫色，鳥兒的羽衣開始褪色，牠們的歌聲開始停歇，每個方面都有了臨近的秋天的暗示。比如，這薊花冠毛就多麼富於暗示性，當我坐在開啓的窗邊，牠就飛了進來，輕輕掠過我的手掌！第一片雪花述說冬天，並不比這片飛下來的冠毛宣告秋天的來臨來得顯而易見。

到這裡來吧，我的仙女，告訴我妳來自何方，又要去哪裡？是什麼使妳移植到這裡來，妳這在大海上航行的薄紗之船？脆弱、優雅而又多麼精巧！這是大自然中最輕盈的東西之一；它如此輕盈，因此在這關閉的房間裡面，幾乎沒有歇落在我那張開的手掌上。跟它相比，一片羽毛算得上是沉重的土塊了；唯有精密的蜘蛛網才能容納它，粗糙一些的物體無法容納它。糾纏在空氣的上部氣流中，在雲層上面升起來，它可能會永恆地航行。

確實，你會幻想它幾乎橫越了星際太空，迎著星星行駛。路邊的每一片薊花上都容納著數百片這些天空的漂泊者——無法讓自己獲釋的被囚禁的愛麗爾①，它們的解放也許是通過風的震顫或牛群粗魯的接觸來獲得的。可是那抱怨的金翅雀（Goldfinch）一家子經常幹這件事，薊草的種子是這種鳥兒的固有食物；爲了獲得它，無數這種長著翅膀的生物散落於微風中。

很多草木的種子是通過鳥兒的傳媒來散播的——一群群鳥兒以自己的翅膀而比人類這種生物顯得輕盈且不知疲倦。因此，大自然從臨產的陣痛中，開始在大地上廣泛播種薊草，可能是期盼它成為最麻煩和最豐富的野草。事實並不是這樣，更加有害和更具障礙性的是金魚草（Snapdragon）或者蕁麻（Nettle），幸好它們的習性過於本土化而受到限制，並且根本無法飛翔。

在秋天，春天的戰鬥繼續進行，在其他一系列小小戰役之末再次開始。在四月和五月被我們目擊到的鬥爭力量之間，有同樣的前進和後退，有很多佯攻和警報。春天像潮汐迎著疾風奔流而來；它始終沒被擊退，而且贏得了地面。來自北方的寒意以大約相同的方式侵入到我們上面。在九月或十月初，它通常向前邁出大步，讓所有脆弱的植物發黑，催促樹木葉簇走向一種「死亡的成熟」；可是眼下它再次被擊退，讓更具親和力的溫暖重新佔有土地。儘管如此，寒意不久就帶著增強的力量捲土重來，發起衝擊，佔領大片地面。

四季的路線延伸得不夠平坦，這歸因於土地、水、山、樹林和平原分佈得不均勻。

然而，在我們的氣候中，通常是在十月達到均衡的，有時在十一月最顯著，形成芳香的晚秋的小陽春；宣布休戰了，熱與冷這兩種力量在田野上以友好交談的方式而相遇和融合。在更早的那個季節裡，氣溫的這種平衡、自然中的這種緩慢流水，在五月和六月來臨；可是十月的平靜最為顯著。日復一日，有時是周復一周，你不能辨別水流朝哪條路流去。實際上沒有水流，然而，這季節似乎有些朝著這條路或那條路飄移，正如微風恰好在一個地區或另一個地區清新了起來。

我記得，我曾經見過的一八七四年的秋天在這方面最為顯著，季節的均衡從十月中旬持續到十二月，幾乎沒有中斷。有六周的晚秋小陽春，白天一派金燦燦的陽光；月亮升起時，夜間又是一派銀白的月光。河流時時那麼光滑、平靜，因此幾乎看不見；處於它的位置上的，是連綿不斷的對岸，延伸到更遠的地方。

你似乎是置身於一片迷人之地，整天呼吸著寓言和傳奇故事中的空氣。沒有一縷煙，只有一種閃耀的雨雲充滿所有空間。船隻會漂過，彷彿它們的帆都在半空中揚起。正如洛厄爾所稱呼的那樣，一個人身上的吉普賽人的血液讓他幾乎不能停留在四壁之間，並且坐視日子流逝。生活在帳篷中、小樹叢中和山岡上，似乎是唯一的自然生活。

十二月下旬，我們遇見了相同的天氣。在這個月的廿七日，我發現我把這個條目寫進了我的筆記本：「一個柔和的、朦朧的日子，這一年熟睡著，再次夢見晚秋的小陽春。空氣沒有吐出一絲氣息，河流沒有泛起一絲漣漪。陽光灼熱，彷彿越過了我的桌子。」

可是隨之而來的，是一個多麼可怕的冬天！美麗的印第安處女分娩出的一個多麼野性的酋長！

秋天裡的這段平靜的時間，在某種程度上總是聯繫著印第安人。它猶如印第安人的皮膚那樣，呈現出紅色、黃色，又有些微暗。這個印第安人的營火散發出來的煙霧，好像再次升上天空。他的記憶滲透樹林，他的羽毛、鹿皮鞋和皮毯構成了這個季節所需的裝束。這無疑是他所選擇的時段，眾神始終朝他微笑。

追獵的季節、雄鹿和雌鹿的季節、所有森林果實成熟的季節，這是所有人都變成原始獵人的時候，初霜對空氣發出刺激氣味，山岡上或樹林中的老人和年輕人都感到一種莫名的愉快——如果這紅皮膚的土著擁有他那圓滿而愜意的日子，那麼那肯定就是在這個季節了，何況晚秋的小陽春裡恰好容納了他的名字。

秋天在好多方面模仿春天！在它的某些特徵中，它的確是一年中的第二春。清新的事物再次出現，變得醒目。樹木就像在五月那樣吸引著目光。鳥兒從牠們夏天的秘密中湧現出來，模仿牠們在春天的團聚和競爭；有些鳥兒在沉默好幾個月之後發出一點點歌聲。知更鳥、藍鶇、草地鷚、烏鴉都在遊戲和鳴叫，牠們的舉止有一種暗示春天的方式。雄松雞就像是在四月和五月那樣，在樹林中發出嗡嗡聲。鴿子重新出現，還有大雁和鴨子。金縷梅（Witch-hazel）開放，鱒魚產卵，溪流再次滿盈起來。空氣濕潤，濕氣從地面升起。大自然就像它在春天開始宿營那樣，此時正在結束宿營。對春天的懷念和不安，通過對旅行有增無減的渴望而在人們的身上表現出來。

春天是吸入，秋天是呼出。兩個季節都有它們的晝夜平分點，兩者都有它們那朦朧模糊的空氣、它們那紅色的森林色調、它們那寒冷的雨水、它們那打濕人衣的霧靄、它們那神秘的月亮，它們那相同的太陽光和溫暖；然而，它們吸入的情感畢竟是那麼不同！一種是在早晨，一種則是在傍晚；一種是青春，另一種則是暮年。

這種差異不僅僅存於我們的內心，空氣中也有一種微妙的差異。所有的感覺都記錄了一種差異：太陽似乎燃盡了。有人會追憶希羅多德的觀念，這個觀念就是：太陽此時已變得虛弱了，撤退到南方，因爲它再也不能面對來自北方的強大寒意和暴風雨。在春天，它的光束有一種增長的力量；而在秋天，它則有漸虧的光輝。一種是剛剛點燃的火焰，另一種則是衰竭的火苗。

一個藝術家很少能成功地把日出和日落之間的差異準確無誤地畫下來；要把早春和深秋之間的差異置於畫布上，比如說像四月和十一月之間的差異，對於他的技巧也同樣是個考驗。很久以前，我就觀察到了這樣一點，陰影在早晨比在傍晚更不透明，光明與黑暗之間的鬥爭更顯著，幽暗更穩固，對照更鮮明。晨曦的光線以與落日的光線所不同的方式來雕琢和分割陰影。因此，陽光在早晨就更明澈、更新穎——不那麼發黃和分散。在我說到的兩個季節中，與此相似的一種差異是真實的。春天是晨曦，清澈而確定；秋天則是暮色，憂鬱、衰退、金黃。

人類的軀體屈服於並且同情這些季節嗎？春天裡沒有更多的誕生，而秋天裡沒有更多的死亡嗎？就我而言，能夠發現四月到八月的所有文學作品都令人討厭；我的同情心不在這裡面，而是流淌在其他管道中，草叢在沉思散步之處生長。當秋天臨近之際，水流再次漲到了頭上。可是我的思想直到在一場霜降之後才熟透。那之前，沒有很多刺果裂開。

我接受這一點：一個人的思想是一種燃燒，就像是果實和葉片的成熟那樣，他需要從空氣中獲得更多氧氣。因此，大地在秋天似乎變成了一塊積極的、活躍的磁鐵，太陽的鐵砧和鍛造產生了它們的影響。在春天，它對所有智力環境都是消極的，排斥一個人想像的閃電。

今天，十月廿一日，我發現在長滿灌木的田野上和林蔭道上的空氣中，瀰漫著金縷梅的芳香——一種微甜的、令人作嘔的氣味。隨著這灌木的開花，大自然說：「這肯定是最後的。」這是一種秋天裡的春天，是一種死亡中的誕生，給人的印象有點離奇。所有的樹木和灌木都在秋天形成它們的花蕾，並且把這個秘密保持到春天。

金縷梅怎樣成爲一個例外呢？怎麼在它葉簇的葬禮之日，來慶祝它的花之婚禮呢？無疑，我們將會發現某些失戀女人的精神傳遞到了這灌木叢中，也將會發現，這就是它爲什麼在晚秋的小陽春裡而不是在春天裡開花的原因。可是，它能使樹林的花系完整，與它對稱的是最早的春日之花棠棣；而在中間，在仲夏，則有栗花。

這裡的秋天有一個奇異的特徵，可以在這個季節的晚期看得見，那是一個無比清晰的下午。在落日下越過田野看過去，地面好像覆蓋著一塊閃耀的薄紗；像一張仙女的網，正午時無形，太陽現在的位置把它給顯現出來，歇息在樹樁和草叢的嫩枝上，其長度覆蓋了數英畝土地——如無數小蜘蛛的作品。

牛群穿過它而行走，然而卻似乎沒有踩破它。也許一隻蒼蠅會在它上面留下記號。同時，從樹端延伸，或者從籬笆樁上延伸，通往天空，看得見飛行的蜘蛛線——一座從有形到無形的仙女橋。偶爾在一大團深深的陰影上看見它們，也許是被黏附的灰塵微粒放大了，它們顯得相當清楚，像一根拉伸的繩子下垂，或者像潮汐中的一條大纜那樣搖晃著、波動著。

回過頭來說，九月可以被描繪成高大野草的月份。在它們堅忍佇立之處，沿著籬笆、路邊和被遺忘的角落——血根草、藜、豚草、馬鞭草、北美黃花、牛蒡、土木香、薊草、蕁麻、紫菀等等——它們讓自己多麼高昂地揚起，彷彿現在不怕被看見了！它們熱愛路邊，因爲它們在這裡比較安全；參差不齊，覆滿灰塵，就像普通的漂泊者，它們形成早秋的一種頗有個性的特徵。

我常常注意到某些野草時時都在那麼匆忙地結籽。當整個季節都在血根草前面時，它將長到三四英尺高；然而，如果讓它推遲生長，讓它在八月從土裡長出來，顯然它就得用盡全力來讓它的種子成熟。在大多數植物或野草的生長過程中，四月和五月代表它們的根，六月和七月代表它們的莖，而八月和九月則代表它們的花和種子。因此，就像在目前這樣的例子中，當莖的月份完成的時候，就只有淺根和縮短頭顱（**花和種子**）的時間了。

我認爲，大多數推遲生長的野草都顯露出這種對莖的縮減而產生的焦慮，從而加緊複製自己。可是我不曾觀察到有任何穀物如此善於適應世界。它們不曾像野草那樣不得不思考和轉變自己。這確實看起來就像是血根草的一種先見。它將被初降的霜凍死，因此知道耽擱時機的危險。

在樹木葉簇的大規模展示開始之前，我們的路邊景色有一種濃烈的色調。到處都有大量的北美黃花和紫菀，摻和著矮漆樹的深紅色葉片；不時伸出籬笆，或者長在突岩的頂上——雪松那深綠色的心中有忍冬的寂靜火焰。我疑惑，在這個季節，其他地方的路邊是否也展現出任何類似的景象？

然後，當楓樹吐露出了色彩，顯得猶如沿山的巨大篝火，實際上，就爲我們的雙眼擺出了一場盛宴。十月，當陽光照耀在你窗前的一棵楓樹上時，它會彌補很多它曾經排斥了的光芒，用一種柔和的金色光亮來充滿房間。

我相信，梭羅是第一個注意到同一種樹木不同個性的人，他尊重它們的葉簇——一些楓葉成熟得早一些，一些成熟得晚一些，一些是一種色彩，而一些則是另一種色彩；而且，每棵樹年復一年堅持著同樣的特徵。

實際上，楓樹中間有很大的不同，就像在一個蘋果園中一些是收穫期的蘋果，一些則是秋天的蘋果，還有一些是冬天的蘋果，每一種都有自己的色彩。那些後來成熟的是冬天的蘋果——羅德島綠皮蘋果或它們的變種。紅楓最早擁有阿斯特拉罕羔羊皮的色澤；接下來是紅色紋理、黃色芳香的楓樹及其他楓樹。它們當中也有被風刮倒的，就像在蘋果樹中間那樣，葉片的一邊或一半通常比另一邊或另一半要明亮。

梣樹很少因爲其秋天的葉簇而被注意到，但它理應受到更多的關注。我們所看見的是最濃重的梅子色調，或漸漸形成一種深栗色調。於是從一段距離外看上去，它上面彷彿有一層果霜，就像葡萄或梅子上的果霜一樣。在一叢黃色楓樹中間，它產生出一種最令人愉快的對照。

到了十月中旬，我們的野生動物中的大多數瑞普•凡•溫克爾（Rip Van Winkle）② 都躺下來冬眠了。蟾蜍和烏龜把自己埋在土裡；花白旱獺、臭鼬、鼹鼠也都住在各自的冬眠場所中；黑熊則選好了牠的眠床，將在下雪時進去。牠不喜歡讓自己在雪裡留下很多蹤跡，那會把牠的往來行蹤暴露得太清楚了。大約在同時，浣熊也隱退了。

有遠見的林鼠和金花鼠在儲藏過冬的堅果或穀物，前者通常是在腐朽的樹洞裡，後者則是在地面下。我觀察到，樹林中靠近金花鼠巢穴之處，如果有任何不尋常的騷動，都會導致牠轉移居所。有一年十月，我連續很多天都看見一隻金花鼠把牠從附近田野上偷來的蕎麥搬進洞裡。這個洞離我們開採石頭之處只有幾桿遠；隨著我們工作的進展，喧鬧和噪音增加了，那金花鼠變得不安起來。牠停止往裡面搬東西，在經過再三猶豫、四處疾奔和消失了好一陣之後，牠開始把東西搬出來；牠決定要搬新家——如果山倒塌下來，牠至少會及時遷出。因此，牠用嘴巴把穀物一口一口轉移到一個新的地方。牠花了好多天，完全靠自己完成了這件工作，大約每十分鐘來回走一趟。

紅松鼠和灰松鼠並不貯存過冬的供應品；牠們的面頰上當然沒有袋子，牠們搬運一切都靠牙齒。整個冬天裡，牠們或多或少仍在活躍著，十月和十一月是牠們的節假性月份。在一個結霜的十月早晨，你如果進入某些灰胡桃或山胡桃堅果樹叢，就可以聽見紅松鼠在一根水平的枝條上跳「朱巴舞」。這是一種最活潑的快舞，那種男孩子們稱為「規律性停頓」的因素，讓牠們發出類似尖叫、竊笑以及嘲笑的聲音；其中最值得注意的特性，就是它實際上是一種二重奏。換句話說，牠好像通過某些口技的技巧來給自己伴奏，彷彿牠的嗓音一分為二——一部分形成一種低低的喉音，一部分則形成尖顫的鼻音。

大約在同時，可以聽到更機警的灰松鼠在遠處吠叫；牠的吠叫中也有一種戲弄和諷刺的聲調，可是灰松鼠不是紅松鼠那樣的淘氣鬼。

到這時，或早在此之前，土蜂、胡蜂和黃蜂也在圖謀進入冬天的居所。這裡只有王族在逃逸：蜂后獨自預見到正在來臨的冬夜和遠遠的春天早晨，而部落裡其餘蜜蜂嘗試著像吉普賽人那樣流浪一陣子，最後卻消亡在最初降臨的霜裡。眼下的十月，我驚訝於那穿著黃外衣的蜂后竟然在樹林中尋找到一個非常合適的隱蔽處。

這皇家貴婦在尋找房子，當在樹葉間遭到我探尋的戳動而帶來的騷擾時，牠就發出一陣緩慢深沉的嗡嗡聲迅速飛走了。牠的軀體在此時變得非同尋常的大，我無法辨別牠的體內是長滿了脂肪還是裝滿了卵。

九月，我取下黑胡蜂的巢穴，發現裡面有幾隻身體碩大的蜂后，可是工蜂都消失了。蜂后們顯然在這裡捱過了霜降和暴風雨天氣，等待晚秋小陽春來臨，屆時再尋找一個永久的冬天居所。在這個季節，如果能夠揭開田野和樹林的蓋子，那麼許多自然史中的有趣事實，就會被展現出來——蟋蟀、螞蟻、蜜蜂、爬蟲，也許還有那在牠們的冬天宿舍裡熟睡或準備好睡覺的蜘蛛和蒼蠅——生命之火堆積起來，緩緩燃燒著，僅夠把火花保持到春天。

在秋天，所有的魚都順溪流而下，鱒魚卻因產卵而在十一月溯流而上。雄鱒魚的色調變得明亮，猶如最深色調的楓葉。我常常疑惑鱒魚爲什麼在秋天產卵，而不是像其他魚那樣在春天產卵？這是不是因爲它期待的秋天所供應的泉水比其他季節更清澈、更豐富呢？的確，此時不像在春天和夏天，小溪不那麼容易被沉重的驟雨淋得泥濘或被道路和田野的沖刷物弄髒。人工飼養員發現，要孵化魚卵，水的絕對純度是必需的；另外，蔭蔽和低溫也必不可少。

我們北方十一月的日子本身就像泉水，它是融化的霜、融化的雪。它裡面有寒意，還有一種愉快。午前都是早晨，而午後都是傍晚。陰影似乎出現，對白晝進行報復。陽光稀釋於黑暗，色彩從風景中隱退，而只有河流的光澤照亮灰白和棕黃色的遠方。

【注釋】

①莎士比亞名劇《暴風雨》中的精靈。

②美國作家華盛頓•歐文在其作品《見聞札記》中的一篇同名故事裡的主角，他沉睡了二十年，醒來後，人世間已經發生了天翻地覆的變化。

第九章　落葉

落葉時節再度來臨了。早晨散步時，我們再次踏上那金黃和深紅、褐色和青銅色的地毯——當我們入睡之際，風和雨已經用大手筆把它們編織出來。這些樹葉多麼美麗地老去了！它們最後的日子充滿多少光芒和色彩！當然也有例外，有許多果樹的葉子都默默地褪色、枯萎又飄零。因爲它們已把色彩作爲一種遺產，饋贈給了它們的果實，或者說，它們把別的樹木慷慨賦予其葉子的色調轉贈給了果實。梨樹正是這樣一個例外。我見過十月的梨園把一處山坡染成青銅色和金黃色的混合色調，它是如此細心地把色彩塗染到它的果實上面。

在十月，樹林和小樹叢給我們的目光安排了一場多麼豐富的盛宴！空氣的整個軀體，似乎因爲它們那寧靜的、緩慢的光輝而豐滿起來。它們正在歸還整整一個夏天曾經從太陽那裡吸收的光芒。

當新的落葉最初遮蓋小徑和公路的時候，它鋪成的地毯顯得乾淨而精美，人們幾乎會因爲踩在它上面行走而猶豫不決。那是勇敢的羅利①扔下他的斗篷，讓伊莉莎白女王在上面行走嗎？看看楓樹扔下一件多美的長袍，讓你和我在上面行走！要把它弄髒，是多麼令人猶豫的事情呀！小樹叢和森林的夏季長袍——甚至比長袍還要美，那是它們自身必不可少的一部分，又像無數張活躍的網——它們通過這些網來捕獲、吸收太陽光線的活力。

樹葉消失的時候發生了很大的變化，它們歸來時又是更大的變化！一棵棵樹可能是死樹；那乾枯的、沒有活力的樹皮，那粗糙的、鐵絲般的細枝從夏天到冬天變化很少。當樹葉茁發出來，那是一種什麼樣的轉變，什麼樣的遷移，什麼樣的敏感，什麼樣的表達啊！一萬隻佈滿脈紋的精細之手向前伸出，對空氣和光芒揮手致意，跟它們形成一個緊密的聯盟，如同在舉行一場婚禮。

古老的樹突然變得那麼年輕！它們的枝條多麼柔軟而優雅！樹葉是不朽的青春筆觸，正如樹皮下的新生層是終年不絕的青春腰帶，因此，樹葉也擁有了同等性質的面部表情。樹葉有它們的日子，活了又死去，然而，那來到枝頭上的最後一片樹葉卻年輕如初。樹木的葉片、花朵和果實生生死死，然而它們卻不衰老；在春天那魔術般的觸摸之下，一次次重複奇蹟。

也許楓樹經歷了所有森林樹木中最完整的轉變。它們的葉片變得相當明亮，彷彿閃耀著體內的光芒。十月，在你窗前的一棵楓樹像一盞巨大燈盞照亮你的房間。即使是在多雲的日子裡，它的存在也有助於驅散陰鬱。榆樹（Elm）、橡樹（Oak）、山毛櫸的亮度要小得多，儘管某些品種的橡樹偶爾也富於紅色和青銅色的色調。這些被提到名字的樹木葉子，大部分在飄落之前就變成了褐色。小無花果樹的巨大葉片呈現出一種濃重的黃棕色，如同精緻的羽毛。

蜘蛛用自己的生命力編織出一張網，來捕捉牠的獵物；可是這張網並不是牠的一部分，就像樹葉不是樹木的一部分那樣。蜘蛛修復牠那遭到破壞的網，然而，樹木卻從來不修復它的葉片。它可能會茁發出新葉，然而，它從不嘗試去補綴舊葉。每棵樹都有如此過剩的葉片，因此葉片多一些或少一些、被撕掉和擦傷，似乎都無關緊要了。當樹葉表面嚴重萎縮的時候，就像遭到某些害蟲蠶食或冰雹摧殘那樣，樹木的生長及其果實的成熟就遭到嚴重妨礙。連續三年剝光樹葉通常被證明是致命的——樹木的生命力年復一年衰退，直到死亡。

對於我，一棵樹最爲顯著的東西，就是它那種肌理的極端精巧性、它底部毛髮般的細根和頂端上葉片的精微細胞——樹木靠那種特性來成長和生活。細根從土壤中吸收水分，補充礦物鹽分；而葉片從空氣中吸收陽光。因此，樹木彷彿人一樣，是由物質和精神構成的；一方面是具有其顫動的蒼天，另一方面是具有其無機化合物的大地——大地之鹽和陽光。強勁的橡樹、龐大的紅杉同樣生長在這個地區裡。我們把某些植物稱爲粗壯的進食者，它們在一種意義上是這樣；然而，所有植物從泥土和空氣中吸收養分，它們都是精細的進食者。樹木用它結構中的兩個最細微的點——細根和葉片來觸及無機物世界。它們運用那只有在顯微鏡下才能看見的細微武器來攻擊無機物的天然世界。動物世界攫取大大小小的食物，通常一股腦地吞咽下去；可是植物卻通過水分來溶解，一個分子接一個分子地吸收養分。

一棵樹並不是依靠它的大根而活著的——這些大根的用途主要在於緊緊抓住地面。它們如此緊緊抓住岩石，讓自身適於岩石，就像洛厄爾②所說的那樣，如同熔化的金屬！樹木的生命在於那些從大根上茁發出來的毛髮般的細根裡面。達爾文說，那些細根的表現，就像它們的末端有細微的大腦。它們摸索著路徑進入土壤，它們知道植物所需的元素；一些細根選擇更多的酸檸檬質，而另一些則選擇更多的鉀鹼，還有一些選擇更多的氧化鎂。小麥的細根選擇更多的矽土來形成梗莖；豌豆的細根選擇更多的酸檸檬質，豌豆並不需要矽土。在這個方面，它們的個性最爲顯著。每種植物的細胞似乎知道它們從土壤中需要什麼特殊的元素，它們當然知道。

樹木的生命活動在三個點上持續——在葉片中，在細根裡，在新生層裡。葉片和細根的活動提供那形成生殖層的澱粉沉積物——外層樹皮和木頭之間那種乳狀黏液質的物質環繞帶，樹木通過它來生長和增長體積。生殖和再生殖通過這一層而發生。

我前面曾把它稱爲永恆的青春腰帶——它從不衰老，年年更新。老蘋果樹的心可能會腐爛和消失，樹木的確可能會縮小到僅僅剩下一個軀殼，它的很多枝條可能會枯死、墜落——然而，它依然還結出少量的蘋果。這證明一個了事實：它的新生層，至少在它的一部分表面上依然還年輕，還在發揮它的作用。以吸汁而聞名的黃腹啄木鳥（Yellow-bellied Woodpecker），正是鑽入這一層裡面去吞咽——這樣就可以直接吸收樹木的活力，但牠的破壞通常很小。僅在兩個例子中，我看到一棵蘋果樹的枯枝好像是因爲牠鑽進去而引起的後果。

我們所說樹木的心，並不是指通常意義上的心；它沒有生命功能，但具備某種力量來維持生機。一棵樹的軀幹就像一個社區，在那裡，每次只有一代人從事活躍的事務，而大批種群隱退爲社會有機體加強牢固的基礎和永恆的耐性。一棵植物或一棵樹的細根，就像田野中的勞動者，爲我們生產食物的原材料；同時，葉片就像我們的很多設備，使這些原材料可以食用而又富於營養。

在秋天，葉片飄落之後，細根繼續它們的活動，這樣就用流體充滿了樹，以備春天之需。在生長的樹木或藤蔓中，充滿養分的體液從頂端流到下面的根部。在春天，它顯然又倒流了上去，透過葉片尋找空氣。或者更確切地說，我們可以說那天然的體液總是向上流動，有營養的體液則向下流動，這樣就把一種雙重循環賦予了樹木。

當我們瞭解了一棵樹的所有隱蔽檔案，它也許就不再美麗和奇妙了，然而，它也不會因此顯得醜陋而平淡無奇。當我們凝視一棵高貴的橡樹或一棵榆樹，我們並沒想到葉片的功能、樹皮的功能、大根和細根的功能；我們欽佩它的形態、它的堅固、它的優雅。它與我們自身相似，以一個巨大的細胞共同體的勞動來構築起我們自己的軀體。

它是一道活物質的噴泉，從地面升起來，分裂開來，在頂端擴展爲噴灑的葉片和花朵；如果我們能看見它的隱蔽部分，那麼，我們就應該意識到它真的很像一道噴泉。同時，在一片完整的葉子中，一股水流經常穿過它流動，逆反萬有引力而向上流動。這道水流正是它生命的水流；它在地面下進入細根，又在頂端通過一種叫作蒸騰的過程而由葉片逃逸。

樹木用來構築其木質組織的所有礦物鹽，可以說是它的骨質系統，用來留住和鞏固它從空氣中獲得碳的工具，從這道水流的溶解之中獲得生命。它的功能類似於河流，把產品和別的物質帶到坐落在岸上的大城市。一片無形的水汽雲從每棵樹的頂端升起，一千條無形的小溪穿過無數毛髮般的細根而進入其中。因此，樹木就成爲水從泥土循環到雲朵的管道。

我們自己的軀體和所有生物的軀體實施著一種相似的功能。沒有水，生命就不能持續下去；但水不是食物，它使新陳代謝的過程成爲可能，吸收和排除作用通過它的代理而繼續。水和空氣是有機物和無機物之間的兩條紐帶。它們其中一個的功能主要是機械性的，而另一個的功能則是化學性的。

當水在根部被吸收進去，通過毛細管的吸引和一個叫作滲透作用的過程上升到頂端，最終流出來。這都談不上是嚴格的生命過程，因爲兩者都可在無機物世界中被找到；然而，它們對於我們稱爲生命原理的東西是有用的。一些物理學家和生物化學家嘲笑生命原理這種觀念，赫胥黎認爲我們還是在水中來談論水的原理爲好。我們是話語的犧牲品。太陽並沒射出光線，是眼睛得出這樣報告；太陽當然發放出能量，這確實就像在某種物質中有我們稱爲生命的新的活動一樣。

物質以一種新方式來表現、構築新的化合物，引起無數在無機物世界中找不到的新形態發生，直到它最終構築起人類的軀體和大腦。死亡終止人類，也同樣終止樹木的這種活動，然後一種新的活動將開始——這是一種瓦解性的活動，這就像排字工人在書籍印完之後拆除印版，它依然需要水分、空氣和活著的有機物的幫助。我們與樹木有多少共同之處！首先是相同的生命饋贈、相同的原始要素——碳、氮、氧等等就在我們的軀體之中，還有很多相同的生命功能——呼吸、循環、吸收、同化、生殖。原生質是兩者的生命基礎，細胞是構築起兩者軀體的建築師。樹是紮根的人，而人是行走的樹。樹木通過它細根上被稱爲原纖維的微小毛髮來吸收泥土中的物質，而人的軀體則通過腸道中被稱爲乳汁管的類似器官來吸收營養。

我經常想起惠特曼的「沉睡的流體之樹」的那種表達，這是一個到處看見了隱藏的關係和意義的詩人所說的話。他知道所有生氣勃勃的自然怎樣流動，而且又具有適應性。樹木在冬天籠罩於一種沉睡之中，在夏天，它們是活著的水流的庫藏。如果所有活著的軀體最初都來自海洋，那麼，它們就帶來了海洋賦予的一筆嫁妝。

人類的軀體主要是幾小撮溶解在幾加侖水中的大地之鹽。同它所容納的水分總和相比，活著的樹木的其餘部分顯得很少。是的，它們是「沉睡的流體之樹」。在春天，它們從沉睡中甦醒，鱗片從它們的花蕾上脫落，它們體內的噴泉開啓，它們再次變成有活力的水流，在太陽光線的魔術之下闖入葉片、花朵和果實。

【注釋】

① 英國探險家，女王伊莉莎白一世的寵臣（1554？～1618）。

②詹姆斯・拉塞爾・洛厄爾（1819～1891），美國詩人，文學評論家，主要詩作有《比格羅詩篇》、《大教堂》等。

第十章　冬天的野生動物

對於我們北方土地上的很多生命形態，冬天意味著漫長的睡眠；對於其他地區的生命形態，它則幸運地意味一次在溫暖氣候中的旅行；同時，對於很多昆蟲，它意味著死亡。

大多數蒼蠅和甲蟲（Beetle）、黃蜂（Wasp）和胡蜂（Hornet）、蛾子（Moth）、蝴蝶（Butterfly），還有土蜂（Bumblebee）都在此時死去。蚱蜢（Grasshopper）全都死掉了，為了下一個季節的收穫，牠們把卵寄存在地面下。一些蝴蝶在過冬。黃緣蛺蝶（Mourning Cloak）是我們在春天看見的第一種蝴蝶，牠在我的「山間石屋」中度過了冬天。

黑脈金斑蝶（Monarch Migrate）很可能是我們的蝴蝶中唯一不那樣做的，牠是偉大的飛行者，我在秋天見過牠沿著紐約的街道安詳地航行；牠越過了海洋，領土擴展到世界各地。秋天來臨之際，黃色或黑色的胡蜂就放棄了牠們那紙一般的巢穴而死去，除了蜂后；後者在地面下找到一個隱蔽處——在霜降不能觸及之處度過冬天。牠將在春天重新出現，開始生活，開始建造一個小小松果形的紙一般的巢穴，在每個巢室產下一隻卵，這樣就開始產生了新的群體。

同理，土蜂也是這樣。牠們是夏天的生物，當八月花朵凋謝，群體就破裂了，牠們就放棄巢穴，在紫菀和薊草上選擇一種不穩定的生活，直到十月的霜降把牠們消滅。你可以經常看到，在九月底和十月初，這些流浪的土蜂在薊草頭上的背風面度過夜晚或躲避寒冷的暴雨。唯有土蜂后倖存了下來。

你可能從來沒有看見牠在秋天漂泊流浪，至少我從未見過。牠在地面下找到一個隱蔽處，在那裡度過冬天；牠無疑是處於一種蟄伏狀態，牠並沒有為抵禦這險惡的季節而貯藏食物。愛默生把這個事實寫進他那涉及到「土蜂」的詩裡面——

當兇猛的西北風
遙遠而迅速吹冷海洋和陸地
你已經深深入眠
悲哀和匱乏，你不能在戶外睡覺
匱乏和悲哀，折磨我們
你的睡眠顯得荒謬

去年八月初，我看見了一隻土蜂后在看不到有巢穴的路邊迅速進入一個小洞——那裡很可能是牠冬天的住處。

冬天，如果一個人在田野和樹林中揭開地面的遮蓋物，或者把某種魔術性的藥膏塗在眼睛上，那就會讓他能透過不透明的地面而向下觀看；他在散步時，會看見他腳踩的地面下有那麼多古怪而有趣的生命形態——可以這麼說，那裡堆積著火焰的生命，並且保持到春天。他會看見野外的蟋蟀在地洞中處於休眠狀態，寒冷使牠們所有的生命機械停止了運轉。他會看見蟻塚中、朽樹和圓木上的隧洞中的螞蟻，遲鈍得就像牠們所居住的土壤或木頭。

冬天，我從木頭堆的一根圓木上找到一捧又一捧黑色大螞蟻，牠們身體僵直，然而卻沒有死，顯然遭到了霜凍。我把牠們帶到屋裡的火邊，看看牠們那再次被熱量發動的生命活力；我把鑽蛀性昆蟲的幼蟲和甲蟲的肥大幼蟲帶進來——牠們從老圓木中的冬床上被我的斧子翻出來，凍結得猶如霜淇淋——我在爐膛中看見了生命的火花在牠們體內重新點燃。

隨著這非凡的視覺力量的增強，人們會看見林蛙（Wood Frog）和雨蛙在牠們的冬床上，在青苔和樹葉堆下面幾英寸，到處點綴著寒冷、遲鈍的跡象，等待牠們的時機。有一年的十二月，我挖出了一隻林蛙，發現牠沒有凍結，儘管牠周圍的土壤佈滿了霜；牠活著，可是沒有活力。初冬的一天，我的一個朋友曾經在樹林中發現過一隻青蛙蹲在積雪上；她就把牠帶進屋裡，而牠在她花盆內的土壤中打洞，直到春天才從容出來。我們應該去瞭解的是：是什麼在十二月把牠帶到了積雪上面？

人們會在老樹的空洞中看見雨蛙，牠正蟄伏在冬眠中——然而那並不是睡眠，而是活動中止。當日子暖和的時候，或者在一月的雪融來臨之際，我就想像小小的青蛙感受到天氣的變化，在床上躁動。人們會看見渾身長滿疙瘩的蟾蜍，以同樣方式蹲伏在地面下兩三英尺處的土壤中。冬天給牠們施加的魔咒很可能要到四月才能解除。我見過一隻蟾蜍在深秋進入地下——牠也許是用牠的肘刨開土壤，倒退進去的。

在岩石下面，或者地面下某個小洞盡頭的空洞中，人們會看見一團糾纏在一起的束帶蛇（Garter Snake），或黑蛇（Black Snake），或銅頭蝮蛇（Copperhead）——那個地點糾纏著好幾十條蛇，堆在一處露出很多蛇頭來，牠們用這種聚集在一起的方式來保存牠們的熱量，抵禦冬寒。有一年春天，我的鄰居在林中發現了銅頭蝮蛇的冬天隱蔽處，此後，他在四月的溫暖日子裡多次造訪那個地方，殺死了大約四十條蛇。而自從那次屠殺之後，銅頭蝮蛇在我們居住之處就顯得非常珍貴了。

靠近籬笆和沿著樹林邊界，X光一般的透視性眼睛會看到到處有金花鼠（Chipmunk）。在牠深深的地洞盡頭貯存堅果和穀物後，金花鼠斷斷續續地睡眠，並沒有完全休眠。霜降並沒有觸及到牠，牠貯存的食物就在附近。十月下旬，我們挖出來的一隻金花鼠幾乎貯存了四夸脫的野草籽和櫻桃核。牠在三月之前幾乎不會出來。因此，就像牠的大哥、嚙齒類的花白旱獺，牠的幻想將會迅速「轉變成愛的念頭」。

人們會看見花白旱獺（Woodchuck）在地洞中熟睡，舒適地捲成一團，以自己的脂肪維生。保持著呼吸的所有冬眠動物，都必須有某種食物，要麼是貯存在附近的食物，要麼是貯存牠們自己體內的脂肪。花白旱獺、熊（Bear）、浣熊（Coon）、臭鼬（Skunk）、負鼠（Opossum）都在自己的體內貯存起養料；儘管如此，牠們在春天出來時還是又瘦又餓。松鼠整整一年都顯得瘦削，因此牠們必須像花白旱獺那樣，在自己的巢穴裡面貯存食物，要不然，牠們整個冬天就得去搜尋食物。紅松鼠和灰松鼠

（Gray Squirrel）就是這樣的例子。

在秋天，狐狸（Fox）要或多或少增加脂肪，因爲牠在春天之前需要脂肪，牠的食物供應很不穩定；牠可能很多天都找不到一口食物——我知道，牠饑餓得甚至會吃掉牠所無法消化的凍結的蘋果或玉米。另一方面，野兔和兔子並不爲一段時間的所需而貯存脂肪；牠們的食物供應經常是樹皮和嫩枝，無論積雪有多深。在北方過冬的猛禽會在秋天增加一層脂肪，因爲牠們的食物供應也很不確定；這一層脂肪也是禦寒的保護層。

當然，所有野生動物在秋天的環境下都比在春天要好；在很多例子中，脂肪顯然是食物的替代品。

從十二月到來年二月，臭鼬一直蜷伏在巢穴裡面，靠自己的脂肪維生。牠們當中的一些常常佔據同一個巢穴，以擠在一起的方式來保存牠們的熱量。冬天的部分時間裡，浣熊也蜷縮在岩石中的巢穴裡面，靠這種自己創造的燃料來保暖。蝙蝠（Bat）在岩石中或建築物周圍冬眠。在沼澤、池塘或者溪岸上，麝鼠（Muskrat）在其雪蓋的房子的上層臥室內過著隱蔽的生活，以百合的根或牠們從冰下獲得的蛤貝爲生。

瘦削、殘忍的貂（Mink）和鼬鼠（Weasel）整個冬天都在尋獵。我們本土的小老鼠也很活躍。樹林中，冬天覆蓋的積雪上面那種美麗的縫綴線，是我們的白足鼠（White-footed Mouse）和小小的鼩鼱（Shrew Mouse）留下的。前者常常把大量堅果貯存在樹上的某些空洞裡面；對於後者，我不知道牠的食物供應是什麼。

在冬天，短尾牧場鼠（Short-tailed Mouse）或田鼠（Field Mouse）從牠們地面下或石頭下的隱蔽處出來，在雪堆下面過著歡快的、無畏的生活；沒有邪惡的目光或謀殺的爪子能觸及牠們，同牠們的夏天生活形成鮮明對比。夏天，貓和鷹、貓頭鷹和狐狸日日夜夜伺機猛撲到牠們身上。僅僅是在深雪時節，牠們才會剝去我們果樹的皮。

在這個緯度上，我們有些冬眠老鼠的品種——長尾跳鼠（Long-tailed Jumping Mouse）或者小囊鼠（Kangaroo Mouse），前者因爲其運動形式而得到命名。一個深秋，當我們在靠近「山間石屋」的地方開闢道路時，我們從地面下約兩英尺之處挖出來一隻冬眠的跳鼠。牠就像用一根繩子拴住的一個皮毛小球，在我手裡冰冷得猶如死了一般。仔細一看，發現牠還斷斷續續地呼吸——呼吸得很慢，生命的餘燼在那裡，然而沉睡在灰燼下面。

我把牠放進我的衣兜裡面，繼續做我的事情。不久之後，我的跳鼠就甦醒過來了；我把手伸進衣兜，觸摸到某種非常暖和而又活潑的東西——可以這麼說，餘燼被扇旺了，形成一片火焰。我把我的俘虜放在籠子裡面關了一兩天，然後就把牠放回到林子中去了——我相信牠在那裡找到了一個禦寒的安全隱蔽處。

第三部　鳥與蜜蜂

在感情不同尋常地陷入緊張狀態的時候，僅僅是一隻鳥兒的音調或歌聲就可以喚醒你的記憶，不可分割地聯繫著你的悲傷或歡樂！而古人所說「一片流淌著牛奶和蜂蜜的土地，應該意味著是富於所有好東西的土地」，並不是沒有道理的……

第十一章　鳥類雜談

沒有跟鳥兒交上朋友的人，他們不知道錯過了多少東西。尤其是對於一個住在鄉間的人來說，他對本土有強烈的依戀，與鳥兒熟識會加強兩者之間形成一種無價的密切關係。我唯有一次理解了湯馬斯·卡萊爾（Thomas Carlyle）①，我記得他把這個主題敘述得很恰當。他敘述自己早年被派遣到一個遙遠的鎮子上去辦事，這使他非常煩惱不安；歸程上，孤獨而沮喪的他，突然聽見雲雀在他的四面八方翱翔著歌唱著，就像在他父親的土地上那樣歌唱著——這就給了他很多慰藉，使他令人驚訝地振作了起來。

大多數愛鳥者，無疑都能從他們自己的生活中追憶到相似的經歷。沒有什麼比鳥兒更能使我習慣於新的地方。例如，我到鄉間去造一間將要屬於自己的屋子，把自己種植在不熟悉的土地上。我不認識別人，別人也不認識我。道路、田野、山岡、溪流、樹林，都完全陌生；我渴望拜訪它們，可是它們卻不認識我。它們對我那種渴念的凝視並不予以回報。但在那裡，在每一塊土地上，都有熟悉已久的鳥兒——那些我在青少年時期就已經熟悉的鳥兒——知更鳥（Robin）、麻雀（Sparrow）、燕子（Swallow）、刺歌雀（Bobolink）、烏鴉（Crow）、鷹（Hawk）、撲動鴷（High-hole）、草地鷚（Meadow Lark）。

我以前就認識所有這些鳥兒，牠們準備好去更新古老的聯想並使其永恆。在我的房子開始建造之前，牠們的房子就完成了；在我完全紮根之前，牠們就徹底紮根了。我還不知道我的蘋果樹結出哪種蘋果；然而在那裡，在一根腐朽粗枝的空洞中，藍鶇（Bluebird）正在築巢；而更遠處，在那根枝條上，棕頂雀（Social Sparrow）忙碌於用毛髮和稻草築巢。

知更鳥品嘗了我的櫻桃的味道，而這麼多年來，雪松太平鳥（Cedar Bird）瞭解這個地方的每棵大金鐘柏（Red Cedar）。當我的房子周圍佈滿腳手架，東菲比霸鶲（Phoebe Bird）就在屋檐下面的一塊突出的石頭上構築起牠那覆滿青苔的精緻的巢，知更鳥把泥巴和乾草堆滿牆上的一個凹處，煙囪燕（Chimney Swallow）在煙囪裡進進出出，一對鷦鷯（House Wrens）在家裡，住在門上的一個舒適的空洞裡面。

還有，在四月的一場暴風雪裡，一些隱夜鶇（Hermit Thrush）在我那尚未完成的臥室裡躲避。實際上，在我徹底認識這些朋友之前，就已經處於牠們中間了。這個地方並不像我想像的那樣新，它已經老了——鳥兒們給予了我對好幾十年以來的歲月回憶。

在鳥兒永遠相同的這個事實中，有某種幾乎可悲的東西。你老了，你的朋友死去或者移居到遠方的土地上，一件件事情不斷發生，一切都改變了。然而，在你的花園或果園中，還有你少年時代的鳥兒，同樣的調子，同樣的鳴叫——實際上，這些完全相同的、新生的鳥兒把牠們所有的青春獻贈給你。那很久以前就在你無法觸及的、在你父親的穀倉屋檐下面築巢的燕子，如今就在你自己的穀倉屋檐下面尖叫和啁啾。

鳴鳥（Warbler）和膽怯的林鳥（Wood Bird），你在很多年前就那麼歡樂地追逐過牠們，如今，你又把牠們的名字教給某個可愛的少年。時間沒有在這些鳥兒身上留下標記，當你散步到外面的陌生樹林中，牠們就在那裡，帶著始終更新的歡樂青春嘲笑著你。撲動翼的鳴叫、鵪鶉（Quail）的嘯聲、草地鷚強烈刺耳的調子、松雞（Grouse）鼓翅發出的嗡嗡聲，這些聲音是那麼地忽視歲月的流逝，以「世界是年輕的」以及「生活都是假日」這樣浪漫的春季旋律爲信號傳達到你的耳朵裡！

在感情不同尋常地陷入緊張狀態的時候，僅僅是一隻鳥兒的音調或歌聲，就可以深深地喚醒你的記憶，不可分割地聯繫著你的悲傷或歡樂！我還能再次聽見黃鸝（Oriole）的歌聲而又不被它穿透嗎？對於我，它不會是唱給死者的輓歌吧？日復一日，周復一周，這隻鳥兒都在門邊的一棵桑樹上發出鳴囀的顫音；而與此同時，悲傷卻如柩衣一樣暗淡了我的日子。這個歌手的歌聲如此高昂持久，牠的音調逗弄著我那興奮而煩惱的耳朵——

傾聽遠方松樹上的鳴鳥，
在高高的樹上歌唱！
聽到了你，哦，旅行者！
牠對我歌唱什麼？
如果上帝不用像我那樣的悲傷
來讓你的耳朵銳利，
你就能從那種精美中讓牠那沉重的故事顯得神聖。

某些自然主義者認爲，鳥兒從來不通過那被稱爲自然死亡的方式死去，而是通過某種謀殺性的和意外事故性的方式死去。然而，我發現麻雀和綠鵑（Vireo）在田野上和樹林中死去或奄奄一息時，並沒有留下暴力的證據。我還記得，在我童年時，曾經有一隻紅雀（Redbird）在院落中疲竭地墜落下來，又被一個少女帶進來；牠那亮麗的深紅色影子給我留下了不可磨滅的印象。我們不瞭解的是，鳥兒是否像家禽那樣感染瘟疫疾病；但有一天，我看見了一隻棕頂雀鵐因爲某種古怪的失常行爲而變得殘廢了：牠一隻眼睛幾乎被那種看上去猶如瘰癧的傷痛給弄瞎了，同時，在一隻翅膀的最後那個關節上，長出了一個腫脹的、像真菌狀的贅物。還有一次，我拾起了一隻看起來沒問題的鳥兒，但是牠在飛翔時，卻不能自己保持重心，因此不久就墜落到了地面上。

如此難得在荒野裡見到死去的鳥兒和動物是有說法的，就是這些動物在瀕臨死亡時，牠們的本能提示牠們必須爬到某個洞裡或爬到某種遮蔽物下面去——牠們認爲藏在那裡，就可以使自己免於成爲牠們天敵的獵物。

令人懷疑的是，如果一些處於被捕獵地位的鳥，像鴿子（Pigeon）和松雞，或者是一些處於被捕獵中間層次的鳥，像刺歌雀、「活百歲」的烏鴉始終是死於老年；那麼，死亡能以別的什麼形式來制服蜂鳥（Hummingbird）以及雨燕（Swift）和家燕（Barn Swallow）嗎？這樣的鳥才是真正的空中之鳥，在牠們遷徙期間，牠們偶爾可能會迷失在海上；可是，據我迄今所知，牠們並沒有被任何其他生物捕獵。

我發現，哈得遜河流域爲鳥兒形成了一個巨大的自然大道，無疑就像康乃狄克河（the Connecticut）、薩斯奎哈納河（the Susquehanna）、特拉華河（the Delaware）以及其他所有南北流向的巨大水道一樣。鳥兒喜歡一種舒適的方式，在這些河谷中，牠們找到了一條已經爲牠們所熟悉的漸次變化的道路；整個季節裡，牠們在這種地方的數量比牠們在更遠的島嶼上要多得多。早春時，能夠看見一群群知更鳥飛向我們，就令人非常愉快。

愛默生（Emerson）在他的一首詩裡說到：

> 四月的鳥，
> 披著藍色外衣，
> 在面前的樹木之間飛翔……

四月裡同我在一起的鳥是知更鳥。牠輕巧活潑，啁啾著，音樂悠揚，點綴著每一片田野，在每一片小樹叢中嬉戲；牠在這個季節裡的數量很容易達到頂峰，就像一兩個月之後刺歌雀將達到頂峰那樣。四月的色調是紅色和棕色——如新的田壟和無葉的樹木，而這些色調也都是四月裡鳥兒的主色調。

我從餐廳窗口觀望那一望無際連綿延伸的平坦的牧草場。我所希望看見的美麗春天，就是這片田野遍佈知更鳥，牠們紅色的胸脯轉向早晨的太陽，或者牠們那活潑的形態在一塊塊流連不去的積雪背景上顯出鮮明的輪廓。有好幾周，我每天早晨都要給那些知更鳥餵食；但我從未查明牠們自己在外面尋找的早餐吃些什麼。

葉片長出之後，更歡快的色彩開始流行起來；知更鳥就退居二線了，到老蘋果樹上去忙碌自己的家庭事務了。不過，牠可能更喜歡櫻桃樹。一對知更鳥在一棵櫻桃樹上構築了牠們的家庭聖壇（由泥巴和枯草築成），我在櫻桃樹上經常能看見牠們。櫻桃結果的時節裡，雄鳥擔當起把所有其他知更鳥從樹上趕走的職責；白天，在櫻桃樹枝上，每時每刻都展現出某些活躍的廝打場面。天真的來訪者還沒有歇落下來，那嫉妒的雄鳥就降臨到牠身上；然而，當牠從一邊向入侵者發起進攻時，第二隻入侵者就會從另一邊進來。無論怎樣，牠都設法把牠的櫻桃保護好，可是牠自己很少有時間去吃這種果實，因此我們完全可以同牠分享櫻桃。

我曾多次觀看過知更鳥的戀愛，並總是為雌鳥全然的冷淡而感到驚訝和愉快。我相信，每個種類的雌鳥都有共同之處——牠們絕對沒有買弄風騷，擺架子或者玩弄任何詭計。在大多數例子中，自然把歌聲和羽衣賦予了雄鳥，因此，所有的修飾和行動都由雄鳥來完成。

我第一次看到旅鴿（Passenger Pigeon）就感到舒服。幾乎沒有什麼場面比讓我看見這些鳥兒形成的細小雲帶掃過天空時更感到愉快，也幾乎沒有什麼聲音比牠們在春天樹林中的歌聲和鳴叫更能愉悅我的耳朵。牠們大片大片地飛來，佈滿整個天空；牠們覆蓋了市鎮，使孤獨的地方變得像過節一樣歡樂。光禿的樹林突然變得蔚藍，好像有翻飛的絲帶和頭巾在上面舞動——天空一下子變得響亮起來，有如兒童的嗓音。

牠們總是不期而至——我們知道，四月將帶來知更鳥，五月將帶來刺歌雀，然而我們不知道是四月和五月還是任何其他月份將會帶來旅鴿。有時，幾乎好幾年也看不見一群旅鴿；然後，在某個三月或四月，牠們突然從南方或西南方的地平線上傾湧而來，好幾天都活躍在這片土地上。

旅鴿整個種族都由大群大群的鴿子聚集而成。的確，我有時認爲在美國，只有這樣一大群鴿子，以小隊、中隊、大隊遷移，就像一支龐大的軍隊。每隔上幾年，我們就看見一些偵察和覓食的小隊的群體更加壯大了；但實際上，我們極少目擊到整個部落的遷移。有時我們聽說牠們在維吉尼亞州，或者在肯塔基州和田納西州，然後在俄亥俄州或賓夕法尼亞州，然後在紐約州，然後在加拿大或密西根州或密蘇里州。牠們遭到那些捕殺者追蹤——這些傢伙從一個地點追蹤到另一個地點，從一個州追蹤到另一個州。

一年前，也就是去年四月，鴿子們在兩三天裡沿著哈得遜河來來往往。牠們以長長的弓形線飛翔，要不然就是以大片的密集陣形飛翔，飛越天空。這還不是牠的整個軍隊，但我認爲這至少是牠的一個軍團——自從我的童年起，我從未見過鴿子這樣飛翔。我走到房頂上，以便更好地觀察這些羽族的隊列。

這種場面發生的那個日子，對我來說難忘而又頗富詩意。（**這被證明是鴿子在哈得遜流域的最後一次飛翔。到現在，整個旅鴿部族幾乎已經被那些為了食物而濫捕的獵人斬盡殺絕了，殘存下來的極少數鴿子只以小群小群的數量散佈在整個北方的各個州裡。**）

正當我觀看鴿子之際，一群大雁（Wild Geese）飛過，耙地似地凌空飛向北方。大雁發出一種比鴿子還要深沉的和諧聲音，彷彿被命運注定一般，在水平線上逕直飛向牠們的目的地。我無法述說這些遷徙的鳥兒在我內心中喚醒了什麼樣的激情，尤其是大雁。在這個季節裡，一個人難得看見一群或兩群的大雁，這是多麼鮮明的春天的標記啊！

巨大的雁群在遷移，就像得勝的軍隊在通過。春天一寸寸地到來，然而，大雁的一次飛翔就把春天的旗幟一次地帶到這片土地上！我渴望著去跟隨牠們，像牠們那樣自由飛翔；我的內心中，某種期盼不斷遷徙的野性彷彿是被牠們的羽毛裝飾著，才能跟隨得如此之快！

轉向北方，發出沙啞的鳴叫，
穿過天空的一片片偏遠土地，
每一夜歇落下來
在傳奇性的新風景裡，
在人類陌生的孤獨湖畔，
暗中餵養喧嘩的種族。

結廬於如此景色中，真是便於讓萬物向我提醒春天的來臨。春天不僅是在大雁的大翅膀上或是在鴿子及其他鳥兒的小翅膀上來臨，而且在更多微妙而間接的預兆中來臨——這也是對於生活在鄉間的部分補償吧。我對那可能會被稱爲春天的負面影響的欣賞也並不少——那些黑暗的、潮濕的、溶解性的日子，雖然到處都是黃色泥淖和水，然而，誰能長時間待在戶內？

潮濕是柔和的，對於嗅覺、面龐和手而言，很容易讓人感到舒適滿意；並且，這幾個月來第一次有了泥土的清新氣味。空氣充滿第一批鳥兒的鳴叫和音調。家禽拒絕牠們已經習慣的食物，遠離家禽棚而出去覓食。牠們拾起的東西是冬天留下的，還是春天扔掉的？是什麼東西讓我如此長久地佇立在院落中或田野上？除冰雪之外，心中的某種東西也融化了，隨著春天的洪水流走。

小麻雀和紫朱雀（Purple Finches）也在守時地宣告春天來臨，人們疑惑牠們沒有看年曆怎麼就知道季節，因爲門外確實還沒有春天的跡象。然而，牠們已經開始在融化的積雪中歡快地歌唱，彷彿牠們預先得知了明天是三月的第一天。

大約在同時，我注意到地窖中的馬鈴薯顯露出發芽的跡象，它們也如此迅速地發現了春天的臨近。春天沿著兩條路線而來——空中和地面，並且通常是通過地面先來到這裡。春天暗中破壞那貌似強大的冬天。很久以前，我就知道樹木要通過外表發芽，人們也期盼它們發芽。就在積雪從地面上消失的時候，霜也從地面消失了，樹木發芽的時間到了。

然而，冬天也有它的鳥兒。一些冬天的鳥兒軀體如此之小，因此人們疑惑牠們是否能抵禦得住凜冽的寒意——可是牠們抵禦住了。鳥兒靠高度濃縮的食物為生——精細的野草籽和草籽，還有昆蟲的卵和幼蟲。這樣的食物肯定非常刺激而又富於熱量，比如，還有什麼食物能跟一個擠滿螞蟻的沙囊媲美呢？想想那一盎司蚊蚋，或者山雀（Chickadee）和褐旋木雀（Brown Creeper）在冬天的樹林中收集的精美而神秘的食物，肯定有許多妙處吧！

令人懷疑的是，當燃料能足夠供應牠們體內的小火爐運轉的時候，這些鳥兒是否能從樹幹和樹枝上獲得更多的食物，以維護艱難的生機？啄木鳥（Woodpecker）的供應倒是很少被積雪阻斷。對很多鳥兒來說，最大的煩惱肯定是我們的樹林有時候會在冬天結冰。

確實，食物似乎是鳥兒們唯一的嚴重問題。給牠們足夠的東西吃，無疑大多數鳥兒就會從容面對冬天。我相信所有啄木鳥都是冬天的鳥兒，除了撲動鴷或黃鴟（Yellow Hammer），這兩種鳥更大程度上依賴於地面而生活，在進食的習慣上根本算不上是啄木鳥。披肩榛雞（Ruffed Grouse）還沒有等樹木發出嫩芽來就被迫遷徙了。鵪鶉這種鳥兒，無疑也同樣艱難，但牠的食物全賴於積雪的施捨，因此，牠不得不大膽冒險去尋找那並不經常能找得到的食物。紐約附近有足夠的大金鐘柏漿果，因此，雪松太平鳥就在這裡過冬。

老一代鳥類學家說，藍鶇會遷徙到百慕達，但是在一八七四年至一八七五年那個嚴酷的寒冬，一對藍鶇卻偏偏留在紐約市北面八十英里處同我一起過冬。牠們似乎受到我鄉間的門廊和一棵佇立在門廊前的密西西比樸樹的吸引，才決定了牠們的選擇。牠們寄宿在門廊中，在樹上進食。

確實，牠們成了有規律的貪圖安逸者。黃昏時分，牠們準時出現在門廊頂端一根大桂樹根的位置上。但一把保持門廊地面整潔的「憤怒」的掃帚從那裡頻頻驅趕牠們，給牠們規定了路線。只是這對鳥兒不會接受任何這類提示，並沒有放棄牠們在門廊中的住處，或者放棄牠們飛掠的漿果——這種情形一直持續到春天。

在冬天，一群也在附近地區過冬的雪松太平鳥多次拜訪那棵密西西比樸樹。在這樣的時候，有趣的是能夠目擊到藍鶇相當憤怒的樣子——牠們叱責著、威脅著入侵者，還吝惜被雪松太平鳥吃掉的每一顆果子。藍鶇發不出刺耳或不快的聲調；的確，對於愛情和戰爭，牠似乎只有一種言語方式，牠憤怒的表情幾乎就像牠的歌聲一樣富於音樂性。雄鳥頻頻向雪松太平鳥發出充滿敵意的示威，但還不至於公開攻擊牠們；而一當偷獵者離開，牠同牠的伴侶就一起感到莫大的寬慰。

在我的孤寂中，我還有其他伴侶；其中有從大北方遠道而來的著名的松雀（Pine Grosbeak），這是一種在這個地區難得見到的鳥兒，但偶爾也能見到單一的品種。可是在一八七五年冬天，天氣極度寒冷，無疑，這使得牠們大批侵入到本州和新英格蘭，牠們的來臨吸引了鄉下人的注意。

十二月初，我在特拉華河的源頭第一次看見牠們。我拿著槍，沿著一道被清除的山嶺行走；就在日落時，我看見了兩隻陌生的鳥兒棲息在一棵小楓樹上。擊落其中一隻，一看，我發現牠是一種我從未見過的鳥兒：色彩和形態都像紫朱雀，但是在體積上又大於牠。從牠沉重的嘴喙來看，我立即認出牠屬於松雀家族。幾天以後，我在樹林中、地面上和樹木上看見了大量松雀。再後來，直到二月份，牠們在哈得遜河上就多得無數了。

牠們從四面八方來到我的房子周圍，甚至比小小的雪鳥（Snowbird）還要自來熟，在窗戶下面跳動；在我俯視牠們之際，牠們非常好奇地仰望著我。牠們以果園中糖槭（Sugar Maple）的花蕾和凍結的蘋果爲食。牠們多半是幼鳥和雌鳥，色彩很像普通麻雀，偶爾可以看見一隻老雄鳥色彩暗淡的頭顱和脖子。

那個冬天，同我逗留在一起的其他北方來訪者，有樹雀（Tree Sparrow）或加拿大麻雀（Canada Sparrow）和朱頂雀（Redpoll），樹雀是一種比棕頂雀和頭髮鳥（Hair Bird）要大的鳥兒，胸脯中央有一塊暗色斑點；朱頂雀是一種同普通金翅雀（Goldfinch）的體積和形態相當的鳥兒，有跟金翅雀相同的飛翔方式和幾乎相同的音調或鳴聲，然而，色彩比金翅雀在冬天的羽衣更暗淡，並且，牠還有一個紅色的冠，胸脯上有紅色的色調。

整個冬天，這兩種鳥兒小群小群地潛伏在穀倉院落周圍，啄食乾草種子。當外面的食物短缺的時候，麻雀們有時就會冒險進入乾草棚。我感激牠們的陪伴；我每次去穀倉辦事時，牠們都給予了我一種鳥類學田野作業的氣氛。

在大多數不得不面對寒冬的鳥兒中，有些是永久居民，另一些則是從大北方遠道而來的來訪者——牠們通過這漫長的遷徙來熬到春天。唯有一種真正的雪鳥完全適合於這個季節，那就是雪鵐（Snow Bunting）。牠似乎在宣布暴風雨的來臨，並勇敢而迅疾地穿行其間，猶如五月的歌手那樣歡快地啁啾鳴叫。在牠的羽衣上，反射出冬天的風景——一片遼闊的白色覆蓋著條紋狀的灰色和褐色，以及一片有一線樹木或殘樁色調的雪地。

牠很適合進入這片風景，而且並不像大多數的冬天居民那樣過著一種灰冷而陰鬱的生活。在河上冰雪融化期間，我看見牠們在人群上輕快地掠過，或者停留在一塊塊浮冰上，在馬糞中啄食和抓撓。牠們熱愛這片土地上的麥垛和乾草棚——在那裡，農夫在積雪上給他的牲口餵草料，落下來的每一根紅根植物、豚草或者藜，都爲這些鳥兒增添了冬天的貯存。

儘管這種鳥兒和其他一兩種鳥兒，如山雀和鳾（Nuthatch），在冬天或多或少是滿意而快活的，然而都不像很多英國的鳥兒那樣，更加勇敢面對嚴酷的冬天而歌唱。英國鳥類的傳記作者告訴我們，大不列顛的一些鳥類整個冬天都在歌唱，除了在最嚴酷的霜凍中。然而同我們一起的，比如在維吉尼亞南方甚至更遠的地區，鳥兒在整個冬天都無聲無息——連貓頭鷹（Owl）都不再發出嗚嗚的鳴叫，強悍的鷹也停止了尖嘯。

春天，在飛往加拿大的途中作短暫逗留的鳥兒中間，沒有比白冠帶鵐（White Rowned Sparrow）更讓人賞心悅目的鳥兒了。整個四月以及五月的第一周，我都注視著牠。牠是最稀少和最美麗的麻雀種類，長著冠冕，猶如運動會上的某個英雄或勝利者。牠通常由牠的同類白喉帶鵐（White Throated Sparrow）伴隨著，但在數量上，跟後者相比，很少超過一比二十。

在外形上，二者看上去像一對兄弟，但還是有某些特定的區別。牠那灰白和棕色的顏色非常清晰而鮮明，形態也更優美；

最關鍵之處，在於牠的整個外形是以其醒目的冠冕而達到極致的。此外，從蛋上面來看，牠的卵也更精美，顯得品質優良。這種鳥兒的不同色調在全身形成一個焦點，並且得到了強化——更淺的色彩變成白色，更深的色彩幾乎變成黑色。而牠的冠毛常常習慣性地輕輕揚起，彷彿要使牠的標誌更加顯著。牠們是偉大的抓扒者，經常會像母雞一樣，停留在一個地方抓扒好幾分鐘。

牠們在春天和秋天的逗留期間，我只在一個場合聽見過白喉帶鵐完整的歌聲，雖然牠經常歌唱。那是十月的一天早晨，正當太陽升起的時候，我聽到一隻年輕的雄性鳥兒開始了牠的歌唱。那音調定得很低，間或夾雜著一絲薄如空氣的鳴聲，非常美妙，是栗肩雀鵐（Vesper Sparrow）與白喉帶鵐合的二重奏。牠在老巢中孵化時，無疑是出類拔萃的歌手；但我相信當牠旅行時，牠確實沒有空閒放聲高歌。白喉帶鵐膽怯的、顫抖的曲調，源於那隱藏著牠的搖籃的低矮灌木或籬笆之後。歌帶鵐（Song Sparrow）把牠樸素的小曲調整得跟牠自己巢穴的襯墊一樣柔和。栗肩雀鵐的曲調中則只有安寧和溫和。

麻雀都是溫順而謙遜的鳥兒，牠們來自草叢、籬笆、低矮的灌木和長滿野草的路邊。自然拒絕賦予牠們一切亮麗的色彩，卻賦予牠們美妙而悠揚的嗓音。牠們的歌是優雅而樸素的童年搖籃曲。

麻雀也能構築出十分實用的巢穴——還有什麼東西能比看見一個位於長滿草叢與青苔的河岸下面的麻雀巢更讓人愉快呢？這些小小的建築師的工作是那麼隱秘，沒有給人留下任何明顯的標記。它通常是從幾根枯枝或雜草開始的，並與附近落葉的殘屑混合起來，形成了一道障眼的僞裝。即便你偶爾接近了牠的巢穴，很可能立即就對其形成了驚擾，你得到的只會是一隻空巢。但在它貌似粗糙的外表下，巢穴的中心部分，被造就得異常完美，鋪墊得十分柔軟。於是，當牠們產完了蛋並開始孵化之時，這沉寂而古老的河岸就有了許多令人愉快的神秘生機！

我曾描述過歌帶鵐的巢穴，而牠們的歌聲更吸引我，是我所有熟悉的鳥兒當中最獨特的。同類鳥兒的歌聲通常都很接近，但是我觀察了無數歌帶鵐，牠們的歌曲都是自己獨創的。上一個季節，整整一個夏天，一隻歌帶鵐在我的土地周圍這樣歌唱：「swe-e-t，swe-e-t，swe-e-t，bitter（甜蜜，甜蜜，甜蜜，苦澀）。」從五月到九月，日復一日聽到這種曲調，我認爲這是對生活作出的簡單而深刻的總結和概括——我還疑惑這小鳥怎麼如此迅速就學會了它？

眼下這個季節，我聽見另一隻歌帶鵐唱起一支同樣具有獨創性的歌，但這支歌不那麼容易配詞。四月，在一大群歌帶鵐中間，其中的一位歌唱大師吸引了我的注意力。牠的曲調中彷彿夾雜著某些雪萊②和丁尼生的詩句。那種曲調的發音非常奇特，輕快活潑、錯綜複雜、不絕於耳，遠遠超越了我所聽到過的其他所有歌帶鵐的歌聲。

但是，我瞭解到的偏離鳥類歌聲標準的一個最值得注意的例子，就是一隻棕林鶇（Wood Thrush）。在我靠近河邊的土地上，這隻鳥兒像麻雀那樣整個季節都在歌唱。歌聲開始時是正確的，結束時也是正確的；可是中途卻插入了一種高聲的、刺耳的調子，與曲調的其他部分完全不同。

當我的耳朵最初被這非常的調子迷住的時候，我一點也不困惑，我把這想像成是在結識一個新朋友。但是沒過多久，我就發現這位怪異的新朋友其實是不能讓人接受的，有如黃金中混雜的一塊黃銅，珍珠中混雜的一塊鵝卵石。牠那悠揚的曲調中突然出現的不和諧的尖叫，確實讓我的耳朵又痛苦又驚訝，似乎是這隻鳥兒的樂器失去了控制，要不然就是一個曲調很悲傷地走了調；並且，在輪到音調轉折的時候，牠並沒有唱出那些實際上猶如珍珠的和聲，而是發出一種刺耳的聲音。然而，這歌手好像完全沒有意識到這個缺陷，或許牠對此已經習以為常了。

有時，在一窩幼鳥孵化出來、母親的驕傲到達頂峰時，牠就會在這個地方做一次凱旋之旅，從山岡下面一直飛到房子上，面對每一位傾聽者招搖牠那破裂的樂器。接下來的那個季節，牠沒有歸來；或者說，即使牠歸來過，牠那變形的歌聲也莫名其妙地消失了。

我注意到刺歌雀在不同地區的歌唱是不同的。在紐澤西州，牠有一支歌；在哈得遜河上，牠有同一支歌的輕度變奏曲；在這個州內部的高高草地上，牠有一種不同的曲調——更清晰，發音更鮮明而特別，流露出更多的活力和輕快。

牠讓人們想起那些地區更清澈的山間空氣和泉水。我永遠不能分辨出刺歌雀在紐澤西州歌唱的是什麼，但是在這個州的某些地區，牠的發音方式非常清楚。有時，牠以詞語「格古格古」的聲調開始歌唱；然後，牠再次更完整地唱出「Be true to me，Clarsy，Be true to me，Clarsy，Clarsy（**對我真誠，克拉西，對我真實，克拉西，克拉西**）」這樣充滿要求的歌詞。

至此，牠已完全投入到牠那不可模仿的歌聲裡面，其中還點綴著「Kick your slipper，Kick your slipper（**踢動你的拖鞋，踢動你的拖鞋**）」以及「Warm、Warm（**溫暖、溫暖**）」那樣好玩的詞語（**最後一個詞語有特殊的鼻音共鳴**），聽得一清二楚。

當牠處於最佳狀態時，是一場顯著而獨特的表演——因為無論是在聲調上，還是在方式上、效果上，都沒有包含我們聽到的任何其他鳥兒歌聲中的任何相似性。

在世界各地，刺歌雀都是獨一無二的，沒有同牠密切相關的鳥類。牠不是雲雀，不是金翅雀，不是鳴鳥，不是畫眉，也不是歐椋鳥——儘管被某個已故的博物學家把牠同歐椋鳥劃分為同一類。牠是一個例外。牠是我所瞭解的唯一有清晰而顯著的羽衣的地棲鳥，是我們在密西西比州東部擁有的唯一的黑白相間的田野之鳥（**下面是黑色的，上面則是白色的**）。在孵化季節，牠是一種生活在牧場上的鳥，與苜蓿、雛菊和毛茛有密切聯繫，這是其他鳥兒所沒有的。牠還有一種非法闖入者和新來者的形象，並非生來就是那種風度翩翩的鳥。

刺歌雀有一個異乎尋常的圓滿嗓音，這是牠歌聲宏亮的原因。還沒有發現哪種鳥兒能夠模仿牠，或者去重複牠發出的任何一個曲調，彷彿牠的歌聲是一套新的風琴發出的音樂。牠的歌聲令四周的空氣顫動，就像在琴鍵上迅速漫過，讓其他歌手絕望。據說，當刺歌雀一出現，小嘲鶇（Mockingbird）就啞默了。

我的鄰居有一隻英國雲雀（English Skylark），牠在樹洞中孵化和養育幼鳥。這是一位最能學叫和最持久的歌手，就像小嘲鶇一樣，是完全成功的模仿者。牠傾吐出一種曲調，這種曲調是我們聽到的幾乎所有鳥歌中最中規合矩的。東菲比霸鶲、紫朱雀、燕子、紅額金翅雀、美洲食蜂鶲、知更鳥和其他鳥兒，在歌唱中也都能完美、清晰和準確地表達牠們的心情，可是牠們的詞語沒有哪一個是刺歌雀的詞語。儘管在接連幾個夏天裡，雲雀每天都聽到過刺歌雀的歌聲，但雲雀並沒有嘗試去模仿那種不凡的歌聲。看來，牠沒有能力去剽竊刺歌雀那種對牠來說是響亮如雷霆般的曲調。

僅僅因爲牠翱翔高飛和歌聲持久的顯著特性，雲雀才有了成爲比刺歌雀更奇妙的歌手的可能。在旋律方面，同刺歌雀的調子相比，牠的調子發出銼磨聲，因而有些刺耳。當牠被關在籠子中，近在手邊時，雲雀的歌肯定令人不快——因爲牠的歌聲如此之高，充滿尖銳之音。然而在丘陵上面的高空飛翔時，牠就能在很多分鐘內毫不間斷地一氣傾灑歌聲，那著實令人非常愉快。

這種在我們中間通常被稱爲雲雀的鳥，就是草地鷚，在後來的分類者看來根本就不是雲雀，只是具有跟英國雲雀幾乎相同的嗓音——高聲，刺耳，發出「z-z-ing」音。交配季節期間，牠頻頻振翅飛翔，唱出一支非常像雲雀之歌的簡短曲調。牠的生活與莊稼的殘株有關，因此牠在冬天來臨之際，總是最後一個撤退。

我們的很多鳥兒的習慣正在慢慢經歷一種變化。牠們的遷徙不太明顯；隨著人們對荒野的大面積開拓，定居者增多，耕作範圍擴大，幾乎每種鳥兒的生活方式都相應改變了很多。昆蟲越來越多，草籽更加豐富，在這種易於採食的環境下，牠們就像英國鳥兒那樣變得越來越馴化，更願意與人類親近。

燕子幾乎都離開了牠們那最初的居住地——空洞的樹、懸崖和岩石——而來到人類住地及其環境中。在這個國家大幅度開拓之前，家燕在哪裡築巢？煙囪燕曾經慣於在樹洞中築巢，現在更願意在煙囪中生活——儘管煙囪中不時有煙霧，卻彷彿正好投合牠的趣味。不過，在春天，在牠們配對之前，我想這些燕子更樂於在夜晚的樹林中留宿。如果我不是老人，我想停止使用煙囪來讓牠們回家是完全可行的。

五月初的一天晚上，我的注意力被一群燕子吸引住了，牠們有好幾百隻，也許有一千隻，在鄉間的一個偏僻處，在一根停用的高大煙囪附近盤旋。牠們非常活躍，吱吱叫著，以一種最特別的方式向下俯衝。牠們形成了一個直徑有很多桿的連續不斷的遼闊圓圈。這個圓圈逐漸收縮，接近煙囪。

不久，一些鳥兒在更接近屋頂之際開始朝煙囪俯衝，吱吱的叫聲比任何時候都要活躍。然後幾隻燕子冒險進去，片刻之後，煙囪口周圍的空中黑壓壓地擠滿了一片降臨的燕子。當煙囪的通道變得擁堵時，這個圓圈就升起來；其餘的鳥兒繼續飛翔，給予那些已經在裡面的燕子有足夠的時間去安頓自己。然後，大批燕子再次開始湧入。就這樣，通過分批進入或層層進入，燕子們湧入煙囪，直到最後一隻燕子進去。

我在幾天後又一次經過那裡，看見一塊木板從屋頂上伸到煙囪的頂端，我想，那是某個古怪的人或者某個好奇的男孩幹的，他到上面向裡窺視，爲的是要看看那麼多燕子如何把自己安頓在這樣一個狹長的空間裡面。確實，在早晨看見牠們紛紛從煙囪裡面出現，會是一個非常有趣的場面。

【注釋】

① 英國歷史學家和散文學家（1795~1881）。

② 雪萊：十九世紀英國浪漫主義詩人。

第十二章　鳥巢的悲劇

鳥兒的生活，尤其是遷徙鳴禽的生活，是由一連串穿越洪水和田野的歷險和逃亡構成的。牠們當中，很可能只有極少數是自然死亡，有的往往只活到牠們的正常壽命的一半。在大多數動物中，鳥兒回家的本能最爲強烈；我確信，大量從南方捕獵中倖存下來的鳥，每年春天都要回到牠們的老巢去繁殖。

四月的一天，康乃狄克州的一個農夫把我帶到他的門廊下，把一隻高高的東菲比霸鶲的巢穴指給我看。無疑，這隻鳥兒年復一年又歸來了。因爲在牠最喜愛的棚架上只有足夠築一個巢的空間，於是，牠就以老巢爲基礎，每個季節在上面築起一個新的上層結構。

我聽說過一隻白色知更鳥——牠其實是一隻白化的知更鳥，在馬里蘭州的一個城市裡連續數年築巢。我還聽說過，在我自己這個地區，一隻歌聲非常獨特的麻雀數個季節都在同一個地方築巢。但鳥兒並不都是爲了回到牠們的老巢而生活：從哈得遜河到熱帶無樹大平原，刺歌雀和歐椋鳥一路受到火焰般烤炙的折磨，知更鳥和草地鷚以及其他鳴禽，被男孩和爲了取得食物的獵人所大量射殺，更不要說牠們所面臨的來自鷹和貓頭鷹的威脅。

然而，那些沒有歸來的鳥，即使是在最有利於牠們的地區，也有那麼多的危險包圍牠們的巢穴！早期拓荒者的小木屋也沒有受到這樣危險的包圍——鳥兒的脆弱家園不僅暴露給以收藏者的面目出現的人，還暴露給無數兇殘的其他動物。對此，鳥兒除了隱藏，毫無抵禦之力。即使在我們的花園和果園裡，在我們的房舍的牆下，牠們也過著那種最黑暗的、也極具有開創性的先驅生活。

從產下蛋到幼鳥飛翔的這段時間裡，牠們度日如年——此時對牠們非常不利，其巢穴極易遭到掠奪，其蛋或幼鳥極易被吞食。夜間的敵人有貓頭鷹、臭鼬、貂和浣熊，白天的敵人則有烏鴉、樫鳥（Jay）、松鼠、鼬鼠、蛇和老鼠。我們都明白，動物的幼年期無一例外地危機四伏，然而，幼年期的鳥則是把危機當作牠們的搖籃和枕頭。

一個密西根州的老移民告訴我說：他最早出生的六個孩子都死了，當他們長到一定年齡時，瘧疾和牙病通常就會把他們奪走；直到後來國家環境改善了，嬰兒們可以順利度過了重大的危急時期，接下來的六個孩子全都活了下來，長大了。如果季節足夠長久的話，那麼，鳥兒無疑也會堅持一個六次甚至兩個六次，最終建立起牠們的家庭。但衰落的夏天中斷了牠們的生活，只有少數鳥類有勇氣和力量來進行第三次嘗試。

春天最初的築巢者，就像靠近充滿敵意的土著部落的最初移民定居者，遭受了最大傷亡。牠們在四月和五月構築的大部分巢穴都遭到了破壞。即便如此，牠們的敵人也可能連續好個月沒有蛋吃了，因此這時，牠們的食慾無比熱切——在牠們看來，除了鳥蛋，這個時候真還缺乏別的食物。烏鴉和松鼠都在艱難度日，這是所有鳥巢最危險的時段。但是六月的第二批巢和七月、八月構築的更多的巢卻很少受到干擾——金翅雀或雪松太平鳥的巢就極少受到騷擾。

哈得遜河上的鄰近地區，作爲鳥兒的老巢也許是極其不理想，這歸咎於當地有太多的魚鴉（Fish Crow）和紅松鼠。一八八一年對於這個地方來說，也似乎是倒楣的一年，因爲在那個春天和夏天，我所觀察的每十窩巢當中，就有九窩沒有正常的孵化結果。從我注意到的第一個巢——藍鶇的巢，大約在四月最後的日子裡，被構築在一棵腐朽蘋果樹上的松鼠洞裡，但它毫無結果，最後成了一隻空巢。

八月，我在卡茨基爾山間觀察到的最後一個巢——雪鳥的巢，巧妙地隱藏在長滿青苔的河岸上，位於一片樹林邊緣的路邊，那兒生長著許多高大的糙莓（Thimble Blackberry）。然而，這個鳥巢的命運也十分淒慘：到我觀察的最後一天，僅存的一隻長到半大的幼鳥已被某個夜行者或白天的覓食者捕走。

對我們的羽族鄰居來說，這是一個災難性的季節、暴力與死亡的季節、掠奪與屠殺的季節。我第一次注意到了黃鸝在結實的巢穴中並不安全。三窩幼鳥在僅僅離房舍幾碼之處的蘋果樹上開始成長。前一個季節，這些鳥兒在那裡構築了這些巢，並沒有受到騷擾；但是這次，幼鳥在長到半大時，卻都遭到了滅頂之災。

有一天，牠們喊喊喳喳的啁啾聲特別引人注意，但第二天就突然停止了。牠們的巢穴在夜裡遭到了洗劫，這無疑是小小的紅色長耳鴞（Screechowl）幹的，我知道這個傢伙是這古老果園的居民，居住在很深的樹洞中。此外，貓頭鷹也可以降落在巢穴頂端，把牠那兇狠的爪子輕易地探入巢穴的袋囊中，把幼鳥抓出來。

有一隻羽毛未豐的幼鳥的遭遇，大大提升了這個巢穴的悲劇感，讓人感觸萬千。這隻幼鳥在試圖逃避敵人的抓攫時，被一根築巢時用來維繫巢穴的鬃絲給纏住了，翅膀被卡在上面。牠受了傷，懸掛在那裡慘然死去——牠的搖籃此時變成了絞刑架。後來，這個巢穴再次成爲另 場小悲劇上演的場地。

八月的某個時候，一隻藍鶇因爲放縱牠那種透過裂縫朝樹洞裡窺視和探查癖好，歇落在這個巢穴上，很可能是在檢查其內部；然而，因爲一次偶然的移動，牠的翅膀也糾纏在這同一根致命的鬃絲上面。牠爲了掙脫這種束縛所做出的努力，使其不幸地被纏得更牢固；牠也無望地死在那裡，身軀懸掛著，被夏天的暑熱曬乾，沒有腐爛——在九月裡，牠還懸掛在那裡，展開的翅膀和羽衣明亮得猶似還活著。

一個通訊員寫信給我說：他所觀察的一隻黃鸝在築巢時，被纏在巢穴的一根線上；儘管他搭起梯子爬上去對牠施以援救，把牠解放出來，可是這隻鳥不久後還是死了。他還發現了一隻「蕩婦鳥」（**也稱「頭髮鳥」**），在一個沒有構築完整的巢穴下面，同樣被一根鬃絲纏在樹枝上。我聽說過一隻雪松太平鳥被類似的方式纏住而死去；還有兩隻藍鶇的幼鳥，一根鬃絲緊緊纏繞在牠們的腿上，因此牠們的腿萎縮了，掉了下來。這樣的悲劇很可能相當普遍。

在這個國家的文明來臨之前，很可能黃鸝構築的巢通常比現在的要深得多。如今，當牠在遠山中的樹上或沿著樹林的邊界築巢時，我就注意到牠的巢穴是長長的葫蘆形；然而，牠們在果園裡和住所旁邊築巢時，牠的巢則只是一個深深的杯子或袋囊。當危險減少時，牠就縮短巢穴的比例。就像下面將要回顧的一連串災難性歲月，很可能會導致牠再次加長牠的巢穴，以此來避開貓頭鷹的利爪和鳥的嘴喙。

我在一八八一年春天觀察的第一個歌帶鵐的巢，是在田野中的一塊木板碎片下面——這塊木板被兩根柱子撐起，離地面有幾英寸。這隻歌帶鵐產完了蛋，很可能已孵化出一窩幼鳥，我不能肯定地這樣說，是因爲我沒有繼續觀察更久。它隱蔽良好，除了蛇和鼬鼠，不容易遭到其他天敵的襲擊。然而，這種隱蔽效果通常很難保證。

五月，一隻顯然在這個季節更早的時候受了傷的歌帶鵐，在我的房舍側邊的忍冬密叢中築巢。也許牠受到了牠的表親麻雀的啓示——那個巢穴位置絕佳，離地面大約十五英尺，懸垂的屋檐使它避開暴風雨，濃密的樹葉屏障使它避開所有不懷好意的目光。當這鳥兒銜著食物在附近逗留之際，我極有耐心地觀察這隻對世界充滿懷疑的鳥兒，最終發現牠的巢穴所在。

我毫不懷疑地認爲那一窩幼鳥是安全的。可是事情並不是那樣。一天夜裡，這個巢遭到了掠奪——要麼是一隻貓頭鷹幹的，要麼是一隻爬到了藤蔓裡面、尋找房舍入口的老鼠幹的。母鳥大約在反省了它的不幸命運一周之後，似乎決定去嘗試採取一系列不同的策略，把所有隱蔽的外表拋到一邊。牠在離車道旁邊的房舍幾碼開外的地方築巢，把巢築在一塊光滑的草皮上面；說不清楚那些野草或其他什麼東西究竟是爲了隱蔽它，還是要標明它的位置。

在我明白發生了什麼事情之前，築巢已經完成了，孵化也開始了。「好吧，好吧。」我說著，俯視著那幾乎就在我腳下的鳥兒，「這確實會走向另一個極端；現在，貓將吃掉你。」那絕望的鳥兒日復一日棲息在那裡，就像一片被壓倒在低矮的綠色草叢中的褐色葉子。

當天氣漸漸炎熱起來，牠的處境就更加難堪了。這不再是給蛋保暖的問題了，而是讓它們不受烤炙的問題。太陽對牠是無情的，牠在正午喘息得相當厲害。我們知道，在這樣的緊急情況下，雄知更鳥一般都會棲息在孵卵的雌鳥上面，展開翅膀來給牠遮蔭。但是在這個例子中，雄鳥沒有棲息之處，牠傾向於爲自己創造一個遮蔭處。我認爲自己應該在這個方面助以一臂之力，因此，就拉來一根長滿樹葉的細枝靠在巢穴旁邊。這很可能是一種不明智的干預，它給這裡帶來了災難——巢穴破裂了，母鳥很可能被貓捉住了——因爲我後來再也沒有看見牠了。

之前的幾個夏天，離房舍幾碼遠之處的一棵蘋果樹上，一對美洲食蜂鶲順利地養育了一窩幼鳥；但，在這個季節裡，災難也突然侵襲了牠們。巢穴完成了，蛋產了下來，孵化開始了。一天早晨，大約在日出時，我聽見痛苦的警報從蘋果樹上傳來。我探出窗外一看，見一隻魚鴉棲息在巢穴邊沿上，匆忙篩選著美洲食蜂鶲的蛋，尙未確定從哪顆蛋下手。那本應爲攻擊而做好準備的親鳥，似乎被悲傷和驚恐壓制住了，牠們以最無助和不知所措的方式振翅，直到那劫奪者因爲我的接近而逃離，才回過神來向劫奪者發起衝擊。

那魚鴉朝上揚起牠那餘威尙存的頭顱，急匆匆逃跑——此時，這對狂怒的美洲食蜂鶲幾乎已踩到了牠的背上。好幾天，這對鳥兒逗留在牠們那遭到褻瀆的巢穴周圍，幾乎完全沉默下來。牠們爲所遭到的毀滅性打擊而悲傷不已，然後不知在哪一天消失了；牠們很可能到別處進行又一次新的嘗試去了。

魚鴉，只有在牠摧毀了牠所能找到的所有的蛋和幼鳥時，才去幹捕魚這件分內的事。牠是我們的羽族動物中最卑劣的竊賊和強盜。從五月到八月，牠飽餐了巢穴中的雛鳥。幸運的是，牠的分佈區有限。牠的體積比普通烏鴉要小，是一種沒有尊嚴的鳥。牠的呱呱叫聲微弱而又女性化，這種令人聯想到流產時聲嘶力竭的叫聲，給牠貼上「順手牽羊的竊賊」的標籤。迄今，據我觀察，這種烏鴉在更遠的南方很普遍；除了在哈得遜河流域之外，在這個州難得找到。

一對魚鴉在一棵挪威雲杉（Norway Spruce）上築巢，那棵樹佇立在一幢無人居住的大房子附近，處於一片濃密的裝飾感很強的樹木當中。在魚鴉的巢穴四周，遍佈著很多鳥兒——知更鳥、畫眉、金翅雀、綠鵑、山鶲（Pewee）——的窩，牠們原本想在這有很多樹木和公園般場地的鄉間大住宅旁，爲牠們的蛋和幼鳥尋求更多的安全庇護，卻未料到反而成爲這些強盜手到擒來的犧牲品。魚鴉猶如一匹狼潛伏在羊圈中，得以左右逢源地掠奪。這場殺戮直到魚鴉自己的幼鳥快要羽翼豐滿時才得以終止——那時，一些許久以來就把牠們當作戰利品的男孩掠奪了牠們的巢穴。

鳴禽一般都把巢穴築在低矮處，牠們的搖籃不在樹端。害怕來自下面的危險，因而在更高的枝條上築巢的往往並不是猛禽。作為規則，很多鳥把巢築在離地面五英尺和十英尺這兩個高度上，只有黃鸝和美洲小鶲（Wood Pewee）會把巢築得比這高一些。鳥類的敵人——魚鴉和樫鳥以及其他天敵，完全學會了探察這個處於這個高度的地帶。然而，鳴禽會用樹葉和保護色來有效地迷惑牠們，幹得像職業鳥類學家一樣好。

紅眼鶯雀（Pedeyed Vireo）的巢穴是樹林中安置得最巧妙的鳥巢之一，它剛好處於搜尋者目光的盲區——也就是說，它建在最低的樹枝的梢頭下，通常離地面只有四五英尺。當你穿過樹叢上下搜尋，可能會對著隱藏在那裡的某種獵物開槍；然而對於一根與你的目光幾乎平行但略微下垂的低矮枝頭，誰會認為應該把他的槍口指向那裡呢？如果一隻魚鴉或者其他掠奪者正好歇落在那根或更上一層的枝條上，一片株冠的大葉子就立即會遮擋牠去看見巢穴。

的確，我認為樹林中沒有哪個鳥巢會隱蔽得如此之好。我上次看見的這樣一個鳥巢是在一片邊遠的森林空地上，那是一棵楓樹的低矮枝條上的下垂物，幾乎擦到一幢未使用過的乾草倉的護牆板上。我透過裂縫窺探，在離我的臉幾英寸之內，看見了那隻母鳥正在餵養羽毛近乎豐滿的幼鳥。然而牛鸝發現了這個巢穴，就把自己的蛋也偷偷地產在了裡面，等待紅眼鶯雀來幫牠孵化。

正如在其他例子中一樣，牛鸝在這方面的策略很可能是棲息在某個良好的觀察點上，觀察別的鳥兒在牠周圍飛來飛去。牠考察母鳥的動向，再在樹叢或灌木焦慮地搜尋一個合適的鳥巢。當牛鸝最終在牠希望存放自己的蛋的巢穴中發現了原主人的兩隻或三隻蛋，牠就會搬走其中一隻，以便為牠那顆非法的蛋創造空間。

我曾經發現，在一個麻雀巢中有兩隻麻雀蛋和一隻牛鸝蛋，另一隻麻雀蛋則躺在巢穴下面大約一英尺處的地面上。我把這隻被搬出來的麻雀蛋重新放回去，第二天卻發現它再次被搬了出來，又一隻牛鸝的蛋取代了它的位置；我第二次把它放回去，它又被搬走，或者是遭到了破壞——因為我到處都找不到它了。

像鳴鳥那樣非常機警和敏感的鳥，通常會把陌生的蛋埋在構築於老巢頂上的第二個棄巢裡，用以欺瞞這入侵的外來者的「母親」。居住在某東部城市郊區的一位女士，一天早晨，聽見把巢穴築在她前廊上一株忍冬裡的一對鷦鷯（House Wrens）發出了痛苦的鳴叫。她把頭探出窗外，看見了一場小小的喜劇——從她的觀點來看是喜劇，但是從鷦鷯的觀點來看，無疑是殘酷的悲劇：一隻牛鸝用喙銜著一隻鷦鷯蛋，沿著步行道迅速跑動，牠身後跟著一隊暴怒的鷦鷯，尖叫著，叱斥著——這就是這些健談的小鳥唯一能做的。牛鸝很可能在侵犯巢穴的行動中被發覺而不得不中途折返，而鷦鷯們正在對牠進行責罵。

每一隻牛鸝的成功養育，都是在損害兩隻或者更多鳴禽的情況下進行的。對於這些在吃草的牛群中間跳躍的微暗的小小步行者來說，牠們每一隻存活，都至少犧牲了兩隻麻雀，或者綠鵑、鳴鳥。這樣的鳩占鵲巢顯然要付出一個大代價——兩隻雲雀換一隻鵐（Bunting）——一金鎊換一先令；可是大自然有時也毫不猶豫地採取這種自相矛盾的方式，至少在我看來是這樣。

牛鸝的幼鳥大得不成比例，而且生來就富於侵略性，你完全可以說牠貪婪成性；一旦受到打攪，牠就會抓緊巢穴的邊沿大聲尖叫，同時戳動牠的喙來發出威脅。一隻在我觀察下的歌帶鵐巢穴中孵化出來的牛鸝，很快就超過和制伏了幾小時前就破殼而出的歌帶鵐幼鳥。因此我常常不得不干預，對歌帶鵐的幼鳥施以援手。我每天都拜訪那個巢穴，把那被壓在大腹便便的非法闖入者下面的歌帶鵐拿出來放在上面。兩種鳥兒大約同時長滿羽毛，離開巢穴。那之後，這種競爭是否平等，我就不得而知了。

在那個季節裡，我只注意到兩種鳴鳥的巢穴，一種是黑喉藍背雀（Black Hroated Blue Back）的巢，另一種是紅尾鴝（Redstart）的巢——後者構築在離我消磨了很多夏日時光的簡陋小涼亭僅幾碼遠的蘋果樹上。在我發現牠們的巢穴之前，這種活潑的小鳥以其四處閃現的衝刺動作，把我的注意力吸引了整整一周。我想，很可能正是在那段時間中，牠們忙於在清晨時分築巢；因為我在清晨以後，從未看見牠們的喙裡銜著東西。

我從牠們的運動軌跡來猜測，那個巢穴位於一棵佇立在附近的大楓樹上面；於是我爬上樹探查它，尤其在枝條的分叉處徹底搜索，因爲權威人士說，這些鳥總在分叉處築巢。可是我沒有找到巢穴——一個人怎能通過搜尋來找到鳥巢呢？事實上，我把目標看得過遠了，那巢穴離我其實要近得多，幾乎就在我的鼻子底下。

之後的一天，在我想著其他事情時，當我從書本中抬頭仰望，目光隨意掃視，一眼就看到了那鳥兒，牠明白無誤地棲息在自己的巢穴上。那個巢穴構築在一棵蘋果樹的一根佈滿節瘤的長枝條盡頭，被群集的葉簇有效地遮蔽著。我發現這個巢穴有三隻蛋，其中一隻被證明是不能孵化出幼鳥了，剩下的兩隻出殼幼鳥迅速成長，第二周就來到巢外；可是不清楚是誰在第一夜就捉住了其中一隻。存活下來的那一隻長到成熟，過了一些日子以後，就隨著牠的父母消失在附近地區了。

藍背雀的巢穴離地面很矮，遠不到一英尺。在卡茨基爾山中，牠們往往位於低矮的鐵杉（Hemlock）、山毛櫸（Beech）和楓樹（Maple）密林中的一些小叢灌木中，那是一種深深的、厚重的、精緻的結構，棲息的鳥兒沉陷在裡面，從邊緣上只能看到牠的喙與尾。在一個薄霧籠罩的寒冷日子，我碰巧發現了那個巢穴。母鳥本能地知道，牠要離開牠那四隻正被孵化的蛋，讓牠們哪怕只在片刻之間毫無遮掩地暴露在無法預測的危險前是不慎重的。

當我在巢穴附近坐下，牠變得非常不安；於是假裝突然墜下枝頭，彷彿身體受了傷，在地面上吃力地拖拽自己，試圖把我騙走。在這種哄騙成爲徒勞之後，牠就靠近我，在我所坐之處的兩碼之內半是膽怯半是疑慮地遮蓋牠的蛋。我爲了記錄牠的自衛方式而數次擾動牠。牠的神情和舉止顯出某種堪稱迷人的東西：牠會堅持在牠的位置上守護牠的蛋，直到我伸出的手在離牠幾碼之內。

最後，我發現這個巢裡有一片枯葉，這隻鳥兒並沒有用喙將其銜走；而是用牠的頭顱熟練地拱到這片葉子下面，將其抖落到地面上。牠的很多具有同情心的鄰居，受到牠那報警鳴曲的吸引，紛紛飛過來窺探我這個入侵者，然後又飛走。只是，牠的雄鳥伴侶始終沒有出現在這個讓我感動的場景中。我不知道這個巢穴的最後結果，因爲我沒有再次造訪它；直到臨近那個季節結束，這個巢穴當然也空蕩蕩的了。

很多年以來，我都沒有發現一個褐彎嘴嘲鶇（Brown Thrasher）的巢穴。它並不是一種你在行走時很可能絆倒在上面的巢穴，它隱蔽得就像一個守財奴藏起來而又猜疑地看守著的金子。雄鳥在牠所能找到的最高的枝頭上，盡情傾唱牠豐富而喜悅的歌，彷彿是對你來尋找牠的寶藏而發起的一種挑戰。如果你因此而離開，你就再找不到牠們的巢穴了；因爲巢穴就在牠歌聲外圈上的某個地方——牠從不會輕率離牠的巢穴太遠，牠唱歌的舞臺總是非常接近牠的巢穴。

畫家們畫過那些看上去讓人感覺舒適的小圖畫；畫面上是一隻正在孵蛋的母鳥，而雄鳥棲落在一碼開外的地方縱聲歌唱。這些畫家並沒有複製鳥兒們的自然狀態。我發現的嘲鶇巢穴，離雄鳥慣於放縱牠那高吭吟唱的地點有三四十桿之遠；牠位於一棵生長在地面的低矮檜樹下面的一片開闊地裡。

當我從附近經過，我的狗驚動了那棲息的鳥。那個巢穴完美地運用了所有關於隱身術的技藝，以至於你只有抬起和分開樹枝才能看見它。如果你不仔細觀察，就只看到這低矮地鋪展著的檜樹那濃密的綠色圈子。當你接近時，鳥兒會鎮定地保持牠的位置；直到你開始撩動樹枝了，牠才會驚起，而且僅僅是飛掠地面，形成一條亮褐色的線條飛向附近的籬笆和灌木。

我自信地期盼這個巢穴能夠逃脫外力的騷擾，可它依然沒能逃脫。我和我的狗對它的發現，很可能爲它打開了厄運之門；因爲不久後的一天，當我在這個巢穴上面朝裡面窺探時，它已然是空蕩蕩的了。雄鳥驕傲的歌聲也從那棵牠習慣棲息的樹上停止了。我再沒在那附近看見過這對鳥兒的蹤影。

東菲比霸鶲是聰明的建築師，牠日常的飛行與覓食、牠精心構築的巢穴及其避免危險的能力都跟其他鳥兒一樣好，甚至更強。牠謙遜的灰白色外衣與牠築巢之處的岩石顏色很接近——這樣，牠讓自己的巢穴在外觀上看去恍若天成。

在我說到的那個夏天，我注意到了兩個巢穴：一個在穀倉裡面，孵化沒有結果，我懷疑是老鼠入侵的緣故，雖然小貓頭鷹也可能會是劫掠者；另一個在樹林中，孵化出了三隻幼鳥。後面這個巢穴安置得尤其迷人，也最爲明智。我在尋找睡蓮時，發現它藏在樹林中一片連綿水域中。

一棵大樹歪倒在水邊，長滿無數朝上翻起的根鬚；黑色泥炭似的土壤覆蓋了樹上露出的縫隙，讓這棵大樹看上去像一堵數英尺高的殘牆，從倦怠的水流邊上升起。在這道只能從水上看見或接近的土牆上有一個凹處，一隻東菲比霸鶲在此構築了牠的巢穴，養育了一窩幼鳥。我划著小船溯流而上，沿岸而來，準備把這一家子帶到船上。幼鳥幾乎做好了飛翔的準備，因爲我的出現而受到很大的驚擾；很可能是母鳥曾經向牠們保證，讓牠們無需理會來自水域那一邊的危險。誠然，這樣的地方相對不太險惡，不是水貂可能到達之處，要不然牠們就不會如此安然了。

我注意到一個美洲小鶲的巢穴，它也像如此之多的其他鳥兒的巢穴一樣，孵化沒有結果。在佇立在路邊的一棵懸鈴木樹上，一根小枯枝承載著牠的巢，離地面大約四十英尺。幾乎有一周，我每天經過時都看見那鳥兒棲息在巢穴上面。然後有一天早晨，我發現牠不在自己的巢穴中了；經過檢查，這個巢穴已經空蕩蕩的了——我想這無疑是遭到了紅松鼠（Red Squirrel）的掠奪。

這個巢穴附近有很多紅松鼠，而且，牠們肯定很樂於把每個鳥巢都掃蕩得一乾二淨。美洲小鶲善於構築一種精緻的巢穴，彷佛是用模子來造就的；巢穴被鳥兒用一脈相傳的技藝造得不大不小，猶如蜂鳥和小小的灰蚋鶯（Gray Gnat Catcher）的巢穴，而所用材料比這兩種鳥用的要耐用得多。

在眼下這個例子中，這個巢穴是用乾枯精細的雪松細枝構成的；美洲小鶲把這些細枝盡可能地編成一個渾圓而結實的形狀，就像是用最堅韌的塑膠材料造就的。這種鳥兒的巢穴，看起來確實精確得猶如牠所安置的粗枝上那種爲地衣所覆蓋的杯狀大贅瘤，讓鳥兒棲息起來完全安心舒適。

在窩中，大多數鳥兒都在非常努力地從事著孵化工作。這是一種殉道，似乎要牠們付出所有的忍耐力。牠們有一種如此專注、固執、決絕的神情，縮進巢穴中，一動不動，彷佛是鐵鑄而成。然而，美洲小鶲是一個例外。很多時候，從巢穴邊沿上就可以看到牠。牠的姿態放鬆而又優美，上下左右移動牠的頭，似乎在觀察發生在牠周圍的一切。如果牠的鄰居要順便來訪，做些短暫的社交閒聊，牠無疑也能夠盡自己的職責。實際上，牠幹著輕巧容易的工作；而對於大多數其他鳥兒來說，這種工作未必是一件嚴肅卻又很有趣味的事情；如果牠看起來不像在演出，那麼至少也像在休閒和悄然沉思。

築巢者中，棕林鶇更頻繁地遭到烏鴉和松鼠以及其他敵人的洗劫。牠公開而又毫不隱蔽地築巢，彷彿牠認為整個世界都像牠自己一樣誠實。牠最喜歡的地方是樹枝的分叉處，離地面八英尺或十英尺；可是在那裡，牠很容易落入每一個穿過樹林和小樹叢來覓食的劫巢者的毒手。牠不像北美貓鳥（Cat Bird）、褐鶯嘴嘲鶇、金鶯（Chat）或者棕脅唧鵐那樣是一種慣於躲避和隱藏的鳥，牠的巢穴沒有運用這些鳥兒的隱蔽藝術來構築。

畫眉是坦率、舉止公開的鳥。棕夜鶇（Veery）和熱帶森林蜂鳥（Hermit）一般是在地面上築巢，牠們在那裡至少能夠逃避烏鴉、貓頭鷹和鳥，並且也因此而更有可能被紅松鼠所忽視；而知更鳥則樂於尋求戶內和外部建築物的保護。

多年來，我都不知道一個棕林鶇的巢穴是否能繼續保持下去。在前面提到的那個季節裡，我只觀察到了兩個巢穴，兩個巢穴都顯然是第二次嘗試所構築的；當季節再次穩步推移之際，兩個巢穴都破裂了。一個例子中，巢穴安置在一棵蘋果樹的枝條上；這棵蘋果樹一邊靠近一幢居所，另一邊枝條則鋪展到了公路上。那個巢穴構築在離道路中央不到十英尺的上空，一車滿載的乾草恰好能從下面通過。它被構築得頗為醒目，使用了一大塊報紙碎片來作為它的基礎——在大多數例子中，這屬於不安全的建築材料，這張報紙並沒有保護這個巢穴免遭破壞。

我看見了蛋，很可能還看見了小鳥，然而卻沒有看見羽毛剛剛豐滿的雛鳥。一樁謀殺發生在道路上空，但無法知道是在光天化日之下還是在夜幕的掩護下發生的。活蹦亂跳的紅松鼠無疑是肇事者。

另一個巢穴在一棵楓樹苗上，在離那個已經提到的簡陋小涼亭幾碼的範圍之內。我猜測，牠在這個季節第一次築巢失敗，應該是在小山下的一個更為偏僻之處，因此這對鳥兒才來到離房子更近的地方尋求保護。在我碰巧看到巢穴之前，雄鳥已在附近的樹上歌唱了很多天。就在那個早晨，這個巢完了，我看見一隻紅松鼠在探查一棵離這只有幾碼遠的樹；牠很可能像我一樣知道那歌唱意味著什麼。我沒有看到巢穴內部，因爲它立即就被廢棄了——雌鳥很可能只產下了一隻蛋，這唯一的蛋被松鼠吞吃了。

如果我是鳥，我築巢時就應該遵循刺歌雀的經驗，把巢穴安置在一個寬闊的牧場中心——不像其他地方，那裡沒有嫩枝，也沒有花朵和生長物來標明它的位置。我認爲，刺歌雀比其他鳥兒更少地逃避過我所注意到了的種種危險；因爲對牠來說，壓根兒就沒有危險。除非是刈草者比牠所預計的日期來得要早，即在七月一日之前；或者是一隻臭鼬發出不尋常的噪音穿過了草叢。牠很安全，就像其他鳥類也同樣能在空曠遼闊的自然中感到的那樣。

在雛菊、牧草和苜蓿草中，牠選擇牠所能找到的最單調一致的地方，把牠那簡單的構造安置在那個地方中央。沒有隱藏，因爲遼闊隱藏了渺小，沙漠隱藏了鵝卵石，無數隱藏了單一。如果你的路線碰巧引導你越過那個地方，而你的目光又銳利得足以在那沉默的棕色鳥兒疾馳而去之際注意到牠，那麼，你就可能會立即發現牠的巢穴；可是往錯誤的方向走上三步的話，你的搜尋很可能就毫無結果。

有一天，我和朋友偶然發現了一個巢穴，一分鐘之後就把它給弄丟了。我走開幾碼，想弄清楚母鳥的下落，事先告誡我的朋友不要從他的路徑上移開。當我回來時，他說他移動了兩步（**實際上他移動了四步**），我們花了半個小時在雛菊和毛茛上俯身，尋找丟失的線索。我們漸漸絕望了，用我們的雙手摸遍了地面，可還是一無所獲。

我用一根灌木來標明那個地點，第二天再來，以那根灌木爲中心，慢慢圍繞著它擴大搜索圈。我想，我用我的腳幾乎搜遍了每一英寸地面，用我所能調動的所有視覺力量來掌握它，直到我的耐心枯竭了，這才鬱鬱地放棄了，沮喪不已。我不由得開始懷疑起鳥找到自己巢穴的能力了，因此，我把自己隱藏起來觀察。

過了很久，雄鳥銜著食物出現了，牠顯然滿意於自己精確無誤的飛行航線，飛落在我之前搜尋時踐踏倒了的草叢中。我的眼睛死盯著那兒的一株稍顯特殊的加拿大百合，逕直走向那裡，俯下身子，久久凝視著草叢裡面。終於，我的目光從周圍的環境中把那個巢穴和幼鳥辨別了出來。

搜尋中，我的腳幾乎錯過了牠們；可是我無法辨別牠們究竟憑藉了什麼東西來逃過了我的目光——很可能根本不是因為距離，而僅僅是借助那讓人分辨不出彼與此的環境。牠們幾乎是無形的，暗灰色和淺黃色的枯草以及底部的殘株，恰好與羽毛長滿一半的幼鳥顏色一模一樣。還不止這樣，牠們如此緊密地擁抱著巢穴，與之形成了緊密的一片；因此，儘管有五隻幼鳥，然而對於目光，牠們表現出來的也只是一個最微小的整體，沒有確定一個單獨的頭顱或形體。牠們的確是一個整體，而那種一體性沒有形態和顏色，不可分割——除了靠近牧場底部仔細觀察才能辨別出來。

那些時時為生存而掙扎的鳥，似乎比那些巢穴和幼鳥極少暴露在危險下的鳥兒的繁殖力要強。知更鳥、麻雀、山鶲等在一個季節裡，將會養育或試圖養育兩窩幼鳥，有時是三窩；但是刺歌雀、黃鸝、美洲食蜂鶲、金翅雀、雪松太平鳥，還有啄木鳥，牠們在安全的隱蔽處築巢，在樹幹上築巢，通常只有一窩幼鳥。如果刺歌雀養育兩窩幼鳥，牠們就會擠滿我們的牧場。

八月，在一個果園裡，我注意到了三個雪松太平鳥的巢穴，全部都多產，但是它們裡面都有一隻或更多的沒有孵化出的蛋。雪松太平鳥是我們擁有的鳥類中最沉默的一種；據我觀察，迄今牠只有一種精美的調子，但牠的舉止卻更富於表現力。我所瞭解的其他鳥兒都不像這種鳥兒那樣，能在巢穴上表達如此多的沉默警報。當你爬上樹接近牠時，牠就壓抑住牠的羽衣和冠頂，伸展牠的脖子，展示出非常恐怖的表情。在相似的情況下，其他鳥兒幾乎根本不改變牠們的表情；直到牠們飛到空中，牠們才用叫聲來表達牠們的憤怒，而不是警報。

我提到過，紅松鼠是蛋和幼鳥的破壞者。但我認為不該過高估計牠在這方面所造成的危害。因為幾乎所有的鳥兒都把牠視為敵人，當紅松鼠一出現在牠們用於孵化的老巢附近，牠們就群起而攻之，騷擾牠，折磨牠。我見過山鶲、布穀鳥、知更鳥和棕林鶇用憤怒的聲音和姿勢來追逐牠。

我的一個朋友看到過 對知更鳥在高高的樹端，對一隻紅松鼠發起強有力的攻擊，導致牠失去平衡而掉到了地面上——紅松鼠被這種打擊震驚得回不過神來。如果你希望鳥兒在你的果園和小樹叢裡繁殖和繁榮生長，那麼就殺死每一隻侵擾那個地方的紅松鼠吧。

相形之下，鼬鼠是鳥兒的一個主要而陰險的敵人。牠爬樹，極度安閒而敏捷地探索鳥兒，我在好幾個場合見過牠這樣幹過。有一天，我的注意力被一對褐彎嘴嘲鶇的憤怒調子吸引住了——牠們在偏遠的田野裡，沿著一排古老的石頭從一叢灌木輕輕飛掠到另一叢灌木。一會兒，我就看見了那使牠們激動的東西——三隻紅色大鼬鼠沿著石牆而來，悠閒而又半嬉戲地探索那佇立在石牆附近的每一棵樹。牠們很可能劫掠了褐彎嘴嘲鶇幼鳥。

牠們極度安閒地爬上樹，像蛇一般在主枝上滑行出去。當牠們從樹上下來時，牠們不能像松鼠那樣直接下來，而是呈螺旋狀圍繞著樹爬下來。當我靠近時，牠們十分大膽地把頭探出牆外來看我並嗅聞我。牠們那薄薄的圓耳朵、那凸出的閃耀的珠子般的眼睛，還有牠們頭顱和脖子的那種蛇一般的曲線形運動，都非常惹眼。

牠們看起來很像吸血者和吮蛋者。牠們暗示著某種極其冷酷而殘忍的事情。人們可以理解老鼠在發現這些無畏的、陰險的、迂迴的動物穿越牠們的洞時所發出的警報。試圖逃避牠們，肯定等於試圖逃避死神本身。

有一天，我佇立在樹林中的一塊扁平的石頭上，這塊石頭在某些季節是一條溪流之床。那時，一隻鼬鼠波動著走來，在我所佇立的石頭下面奔跑。我一動不動，牠挺伸出楔形的頭，又在石頭上轉回去，彷彿想要咬住我的腳，然後又縮了回去，一會兒牠就走了。這些鼬鼠像英國白鼬一樣，常常成群狩獵。

當我還是孩子的時候，有一天，我的父親給了我一隻陳舊的滑膛槍，把我武裝起來，打發我去射殺玉米地周圍的金花鼠（Chipmunk）。當我警戒之際，一群鼬鼠試圖越過我所坐歇著的狹路，而且比較堅決固執地要這麼做；於是，我就像男孩們所做的那樣朝牠們開火，其實僅僅是爲了打消牠們的這種意圖。其中的一隻鼬鼠被我的霰彈擊中了，動彈不得；可是這一群鼬鼠卻並沒有洩氣退縮，在多次假裝做出要越過的樣子後，其中一隻鼬鼠抓住受傷的那隻，揹負著牠——然後這群鼬鼠就消失在另一邊的牆裡。

讓我用兩三個傳聞來給這一章下一個結論，牠們都與鳥類的這個敵人——機警的鼬鼠有關。

有一天，一個農夫聽到草叢中發出一陣奇怪的咆哮聲，接近那個地點一看，只見兩隻鼬鼠在爭奪一隻老鼠。兩隻鼬鼠都咬住獵物朝相反的方向拉扯，在爭鬥中如此專注，以致農夫得以把手小心地放在這兩隻鼬鼠的頸背上緊緊抓住牠們；將牠們關進籠子裡面，用麵包和別的食物來餵牠們。可牠們拒絕吃這些東西；過了一些日子，其中的一隻鼬鼠吃掉了另一隻鼬鼠，把牠骨頭上的肉吃得精光，只剩下一具骨架。

又有一天，還是這個農夫，他在地窖中時，兩隻老鼠從附近的一個洞裡極度倉皇地跑出來，爬上地窖的牆壁，跑到地窖頂端上，直到那裡的一根圓木阻擋住牠們前進。牠們陷入了困境，激動不安地回頭看牠們來的那條道。片刻後，一隻顯然是窮追不捨的鼬鼠爬出洞口；看見農夫阻擋了牠的前進路線，就迅速退了回去。如果那兩隻老鼠不得不轉頭跟鼬鼠搏鬥，很可能會跟牠形成棋逢對手的對峙局面。

鼬鼠似乎靠嗅覺追蹤牠的獵物。有一天，一個我熟悉的獵人坐在樹林中時，他看見一隻紅松鼠急速竄到他附近的一棵樹上，跑到一根長長樹枝的尖上，從那裡跳到一些岩石上面，然後又迅速滑下，消失在岩石下面。片刻後，一隻鼬鼠沿著松鼠跑過的路線追蹤而來，爬上樹，來到樹枝的尖上，像松鼠一樣從那裡跳到岩石上面，然後沒入在岩石下面。

無疑，那松鼠成了這隻鼬鼠的獵物。松鼠的最好遊戲是固守在更高的樹枝上，那樣牠就能輕而易舉地跟鼬鼠保持距離；但在岩石下面，牠就沒有什麼機會了。我常常疑惑是什麼東西控制著鼬鼠這樣的動物，因爲牠們的數量相當稀少。牠們從來不餓，因爲到處都有田鼠、松鼠和家鼠以及鳥兒。牠們很可能不會成爲任何其他動物的獵物，而且很少成爲人類的獵物。但是，正如達爾文所說的那樣，阻止任何種類的動物增長的條件和力量都非常模糊，而且鮮爲人知。

第十三章　鳥的敵人

鳥兒總是清醒地知道牠們的敵人。看看鶺鴒、知更鳥和藍鶇這些鳥兒多麼厭惡貓，牠們追逐牠、叱責牠，但牠們卻很少或者根本不留意狗！就連燕子也要同貓搏鬥，並且還因爲過於自信地依賴於牠飛翔的力量，有時會飛撲到離牠的敵人如此之近的地方被貓爪突然一撲而捉住。

我所瞭解的唯一例子，涉及到我們的小鳥沒有辨認出的敵人——伯勞（Shrike）。顯然小鳥們並不知道這隻色彩謙遜的鳥是刺客。至少我從未見過牠們叱責或折磨伯勞，或者當伯勞一出現就發出尖叫，就像牠們通常責罵猛禽那樣。這很可能因爲伯勞是稀客，在我們的歌手築巢季節期間，在我們國家的這個地區是看不到伯勞的蹤影的。

但是這些鳥兒幾乎都發覺了樫鳥的詭計。當樫鳥在五月和六月偷偷穿過樹林來獵取鳥蛋時，牠很快就暴露了，遭到全面凌辱。看到知更鳥從那托著自己巢穴的樹上把樫鳥推擠出去是頗爲有趣的——牠們一邊向樫鳥衝擊，一邊發出最大的聲音鳴叫「竊賊！竊賊！」樫鳥也有敵人，也需要看守牠們的蛋。要瞭解樫鳥是否搶劫樫鳥、烏鴉是否掠奪烏鴉，將會很有趣；或者在羽毛部族的竊賊之間也有尊敬？我懷疑，樫鳥經常遭到那些不劫巢的鳥兒的懲罰。

有一個季節，在一座林木繁茂的山嶺邊，我發現了一棵小雪松上有一個鳥巢，裡面有五顆蛋，每顆蛋都被刺穿了，顯然是某隻鳥兒用鋒利的喙刺透了這些蛋的外殼。看起來，這次破壞的唯一意圖就是摧毀它們，因爲這些蛋根本就沒有被搬走，所以更像是一樁報復的例子——彷彿是某隻畫眉或者鳴鳥的巢曾經遭到過樫鳥的毒手，所以牠瞄準機會以此來向牠的敵人報仇。

令鳥兒們恐懼的巨大妖怪是貓頭鷹；夜裡，貓頭鷹把牠們從棲息處攫走，把牠們巢穴中的蛋和幼鳥吞咽下去。對於牠們來說，貓頭鷹才是名副其實的怪物，貓頭鷹的出現使牠們驚恐萬狀，不斷發出警報。

有一個季節，爲了保護我剛剛結出來的櫻桃，我把一隻塡塞好了的大貓頭鷹標本放在樹枝中間；我的土地周圍馬上就開始響起一陣吵鬧聲，難以想像地令人不快！黃鸝和知更鳥大聲地尖叫著，喊出了牠們的驚恐。這個消息立即傳遍四面八方。鎭裡的每隻鳥兒都飛來看櫻桃樹上的那隻貓頭鷹，並且每隻鳥兒都啄走一顆櫻桃——結果反而令我損失了更多的果實。如果我把貓頭鷹放在屋裡，那麼損失會小得多。鳥兒們伸長脖子、帶著恐怖的表情歇落在枝條上，牠們尖叫之餘就會攫走一顆櫻桃——這種行爲對於牠們暴怒的情感彷彿是某種安慰。

在隱蔽處或者圍起來的地方築巢的鳥類，像啄木鳥、鷦鷯、撲動鴷、黃鸝，牠們的幼鳥發出喊喊喳喳和啁啾聲，與大多數在開闊地和暴露處築巢的鳥類的沉默有著明顯的對比。麻雀和棕頂雀例外。鳴鳥鶲（Fly Catcher）、畫眉的幼鳥，不被允許自己發出任何聲音；牠們一聽到父母的警告聲，就特別安靜地緊緊依偎著。同時，煙囪燕、啄木鳥和黃鸝的幼鳥卻非常喧鬧，這些幼鳥躲在那深深的袋形巢穴裡，並不擔心猛禽的攻擊——也許除了貓頭鷹。

我懷疑貓頭鷹能把牠的腿伸進啄木鳥和黃鸝的袋形巢中，用牠的利爪把這些鳥兒抓攫出來。在我聽說過的一個例子中，長耳鴞把牠的爪子伸進樹洞中，緊緊抓住一隻紅頭啄木鳥（Red Headed Woodpecker）的頭，卻怎麼也不能把牠的獵物拉出來；因此，牠就把自己圓圓的頭探進洞裡，可是不知道怎麼在那裡卡住了——就這樣，牠與自己的獵物同歸於盡，利爪上還抓著那隻啄木鳥。

鳥的生活被鮮爲人知的危險和災禍所包圍著。有一天，當我散步時，偶然遇見一隻金翅雀；牠的一隻翅尖牢牢黏在牠尾部的羽毛上，好像是被某種毛蟲吐出來的絲一樣的東西給黏住了。這隻鳥儘管沒有受傷，卻完全被困縛了，不能拍動翅膀飛翔。當我小心翼翼給牠解開束縛時，牠喘著氣，那小小的軀體在我的手裡還是灼熱的；然後牠發出一聲幸福的鳴叫迅速飛走了。

對鳥兒生活的所有意外事故和悲劇的記錄，僅僅在一個季節之中就會列出很多令人好奇的案例。有一年秋天，我的一個朋友打開箱式火爐，在裡面生火，在那黑色的火爐內部看到兩隻藍鶇被烤乾的軀體。這兩隻鳥很可能在煙囪裡躲避某一場寒冷的春天暴雨，沿著煙囪管道來到火爐裡，卻再也無法從那裡飛出去了。

另一隻鳥兒生活的小插曲，特別令人感動。有一隻關在籠中的雌金絲雀，儘管沒有交配，還是產下了一些蛋——看來牠在被關進籠子之前已經完成了交配。這隻幸福的鳥兒被牠的情感所深深俘獲，牠等不及小鳥從蛋中孵出，就把食物提供給牠的蛋，圍著蛋啁啾又鳴囀，彷彿連蛋都能進食！當然，這個插曲既沒有悲劇性，也算不上有喜劇性。

某些鳥兒接近我們的房舍，在周邊建築上築巢，甚至在室內和房舍上面築巢，爲的是免遭敵手；然而，牠們也可能會因此把自己暴露給一些致命的瘟疫病菌。

我提到過害蟲經常聚集在鳥巢內，在幼鳥羽毛豐滿之前就殺死牠們。自然狀態下，這很可能從不會發生，至少我從未看見過或聽說過這種事情降臨在位於樹上或岩石下面的鳥巢裡。這是降臨在離人類太近的鳥兒身上的文明詛咒。害蟲，或者害蟲的細菌，很可能通過雌鳥的羽毛或者牠們在穀倉和雞舍周圍銜起的稻草和毛髮，傳染到了鳥巢。你的門廊上或者你的涼亭裡的知更鳥巢，會因爲擠滿一群群微小的害蟲變成無法忍受的討厭事。親鳥盡可能長久地阻擋惡運的到來，牠們常常被迫把牠們的幼鳥留給可怕的命運。

有一個季節，一隻東菲比霸鶲在屋檐下的一塊突出的石頭上築巢，一切都似乎順利；直到幼鳥幾乎羽毛豐滿的時候，這個巢突然變得有點像煉獄了。幼鳥堅守在那灼熱的巢中，直到再也不能堅持下去——牠們就向前跳躍，落到地面上死了。

過了一周或更長時間之後，在我想像中，親鳥用牠們瞭解的每一種手段來把自己弄乾淨，在離第一個巢穴幾碼之外的地方，牠們構築了另一個巢，開始飼養第二窩幼鳥。可是新巢卻跟第一個巢一樣，逐漸發展成同樣的痛苦折磨之窩，三隻幼鳥，差不多可以出去飛翔了，結果卻在巢中死去了。親鳥彷彿是遭到詛咒那樣，最終離開了這個地方。

考慮到我們本土有不少白足鼠，我想像更小的鳥有一個敵人，儘管我沒有足夠的證據來證明這一點。但是，有一個季節，我正在觀察的一隻山雀的巢，破碎在只有老鼠才能到達的位置上。這隻鳥兒選擇了在離房舍只有幾碼的蘋果樹大枝上的空洞內築巢。這個空洞很深，離地面十英尺，入口很小。當太陽在最佳位置上時，也仍然沒有足夠的光芒能讓人辨清在陰暗的洞底有六顆蛋。

當有人窺視裡面，試圖把自己的頭從陰影中移開時，這鳥兒就會發出一種奇怪的聲響來嚇唬他。牠不像大多數鳥兒那樣離開巢穴，而是真的試圖發怒來把入侵者嚇走；我經過重複實驗，在那種小小的爆炸聲從黑暗的內部傳上來時，我幾乎無法避免把頭猛然縮回來。

一天夜裡，當孵化大約完成了一半，這個巢遭到了掠奪。入口處留下輕微的毛髮或毛皮痕跡，這讓我推斷劫奪者是某種小動物。一隻鼬鼠可能幹這件事，因爲鼬鼠有時爬樹；可是，我懷疑一隻松鼠或一隻老鼠也有可能經過了入口處。

很可能只有極少數人曾經懷疑過北美貓鳥是吮蛋者；我不知道牠被指責幹過這樣的事情，但是有一些關於牠的怪誕和令人討厭的傳說。有一天，我當場發現牠所做的徹底搜查一個蛋巢的勾當，這時我就立即明白了。

一對最小的鶲，整日叫著「切貝克、切貝克」，是山鷸的小版本。一個季節裡，牠們在我每天觀察數個小時的地方築巢。那巢穴是一種非常舒適而緊密的構造，安置在離地面大約十二英尺的一棵小楓樹的分叉上。這個季節之前，一隻紅松鼠在同一棵樹上蹂躪了一隻棕林鶇的巢，我因爲牠可能對這一對小鶲施以同樣的詭計而感到非常不安；因此，當我拿著書本坐在附近的涼亭中，就把上膛的槍放在伸手可及之處。

一隻蛋生了出來——第二天早晨，我對巢穴履行日常檢查，發現裡面只有一塊空蛋殼碎片了。我拿走了碎片，詛咒著紅松鼠這個惡棍。因爲這個不幸，鳥兒受到了很大的驚擾；可是牠們並沒有像我所擔心的那樣遺棄這個巢穴，而是在對它進行了很多檢查之後，又一起協商了很久，得出的結論是重新嘗試。於是，又有兩顆蛋生了下來。

有一天，當聽見鳥兒發出銳利的鳴叫時，我抬頭仰望，看見一隻北美貓鳥棲息在巢穴邊沿上匆忙吞咽著那兩隻蛋。我很快就為自己魯莽地殺死牠而後悔了，因為這樣的干涉通常是不明智的；結果，那隻北美貓鳥在我的窗口附近有自己的巢，裡面還有五顆蛋。

然後，這一對小小的鶲做了我以前從未看見鳥兒做過的事情：牠們把巢穴扯成碎片，在不遠處的一棵桃樹上重新築巢，在那裡成功養育了一窩幼鳥。在這裡，巢穴暴露在正午直射的太陽光線下，為了在酷熱時遮護牠的幼鳥，母鳥會展開翅膀遮在幼鳥上面，就像我們已經知道的其他鳥兒在這樣的環境下所做的那樣。

北美貓鳥具體在哪種程度上是劫巢者，我還沒有證據；但是牠那貓一般的咪咪叫聲和牠那種玩弄柔韌尾巴的行為，都暗示出某種不完全像鳥的東西。

最黑暗的鳥巢悲劇，很可能是在一條蛇掠奪它的時候上演的。迄今為止，據我觀察，所有鳥兒以及其他動物都對蛇表現出一種特殊方式。牠們對蛇似乎抱有人類也曾體驗到的某種非常討厭的情感。一隻狗遭遇蛇時的吠叫，不同於其在任何其他場合發出的叫聲，這是一種警告、探究和厭惡的混合調子。

有一天，在離我坐著讀書之處的幾碼開外，一場悲劇上演了。兩隻歌帶鵐試圖抵禦一條黑蛇（Black Snake）對牠們巢穴的入侵。一隻小鳥在散步中突然碰到這個場景，牠那種古怪的、審訊的調子讓我中斷閱讀，抬頭仰望。歌帶鵐在那裡，以一種表現出特別恐懼和沮喪的方式揚起翅膀，在一片低矮的草叢和灌木周圍疾衝。然後，我湊近一看，看見黑蛇那閃耀的身體和頭顱急速運動，試圖抓住那鳥兒。

歌帶鵐穿過草叢和野草四處衝刺，試圖擊退蛇；牠們的尾巴和翅膀展開，激動地喘息，絕望地掙扎，展現出最獨特的一幕。牠們沒有鳴叫，沒有發出一絲聲響——很明顯，牠們因為恐懼和沮喪而無言。這讓我想起，也許就蛇而言，這是牠試圖迷惑鳥的一個例子，因此我繼續從籬笆後面觀看。

鳥兒從幾個方向朝蛇發起衝擊，騷擾牠；可是除了保衛巢穴的勇氣，牠們的努力顯然不奏效。每一刻，我都能看見蛇的頭和脖子對鳥兒掃動；那時，那隻攻擊的鳥會退回來，而另一隻鳥則從後面重新發起攻擊。看起來蛇抓住鳥兒的可能性很小，然而我還是爲牠們祈禱，因爲牠們如此大膽地接近蛇頭。

蛇多次朝鳥兒彈跳，可是都不成功。這對可憐的鳥兒喘著氣，哀求地揚起牠們的翅膀！然後蛇離開了，滑行到附近的籬笆旁邊；牠沒有逃過我對牠投擲過去的石頭。而鳥巢已經遭到了掠奪和騷擾，我不知道它裡面是否有蛋或幼鳥。很多天以來，那隻雄歌帶鵐對我歡躍地唱歌，而我自責沒有在狡猾的蛇壓制牠們的時候立即衝過去施以援助。在蛇迷惑鳥這個較爲普遍的觀念中，真實的事情可能很少。黑蛇是我們的蛇類中最微妙的，機警得和惡魔一般；但除了幼鳥和無助的鳥，我從未見過牠的嘴裡有過鳥兒。

我們有一種寄居的鳥，叫牛鸝。這樣稱呼牠是因爲牠喜歡在吃草的牛群中間四處走動，在牛群那行走時的沉重步態中抓攫昆蟲——那沉重的步態對於大多數更小的鳥而言是敵人。牛鸝把蛋產在歌帶鵐、棕頂雀、雪鳥、綠鵙和林柳鶯（Wood Warbler）的巢裡；作爲規則，牠的寄居蛋在巢裡最成功地得以孵化。巢穴合法擁有者要麼是蛋孵不出鳥，要麼是其幼鳥遭到這個寄生傢伙的踐踏和欺凌，過早地死去了。

我們鳥類的最大的敵人，就是那些所謂的「收藏者」，即那些以科學的名義來掠奪鳥巢和殺害鳥巢主人的人。這種人並不是真正的鳥類學者，因爲他比其他人更浪費鳥兒的生命；這些虛假的鳥類學者是些因爲其虛榮心碰巧轉向鳥類學的人。他被收藏鳥蛋和鳥兒的渴望所攫住，因爲那恰好是流行時尚；或者是因爲收藏賦予了他一副科學家的模樣。

但在大多數例子中，其動機都是唯利是圖的。收藏者們期待出售這些來自小樹叢和果園的掠奪物；對於他而言，劫奪鳥巢和殺死鳥兒成了一種事務。他系統性地從事這件事情，成爲捕捉和殺害我們歌手的專家。每個規模可觀的鎮都滋生出了一個或更多的這類劫鳥的強盜；在附近鄉間，這些壞蛋可以插手的每個鳥巢都遭到蹂躪。

他們對一窩蛋的專業術語是「一攫」，這是一個清晰地表達了他們那用以抓攫、謀殺性手指的工作術語。他們抓攫和毀滅林地的生命胚芽和音樂。我們的某些自然史定期刊物，成為這些「人類中的鼬鼠」之間通訊聯絡的主要工具；這些傢伙在他們的專欄中，記錄下自己對劫奪鳥巢和殺害鳥兒的開發利用。

有一個收藏者充滿趣味地述說他怎樣「以他的方式」，穿過一個果園、徹底搜尋每棵樹，並且就像他所相信那樣「沒有留下一個鳥巢」。他最好不要在我的果園中這樣做時被我當場捉住。另一個收藏者則得意洋洋地數落著他在一個季節裡，在麻塞諸塞州殺死的一種稀有鳥類康乃狄克鳴鳥鶯（Connecticut Warbler）的數量。還有一個收藏者自鳴得意地述說一隻小嘲鶇怎樣出現在新英格蘭南部，怎樣被他自己和朋友獵獲到，牠的蛋怎樣被攫取，那隻鳥怎樣被殺害。

誰知道新英格蘭的愛鳥者因為那種惡劣行為而喪失了多少東西？鳥兒的後裔很可能會回到康乃狄克州去孵化。還是在這同一份定期刊物上，又一個收藏者詳細描述了他怎樣用計獲取蜂鳥以及怎樣俘獲牠們的巢和蛋——一種令他非常驕傲的攫取。麻塞諸塞州的一個劫鳥者吹噓起他對那種靈巧的藍黃背鳴鳥（Blue Yellow-back）的攫取：一個季節裡，他第一次掏到兩窩蛋，第二次掏到五窩蛋，第三次掏到五窩蛋，除此之外，還掏到一些單獨的鳥蛋。接下來的一個季節裡，他掏到了四窩蛋，並且還說只要有更多時間，他就可能會找到更多的蛋——在那個季節，他大約在二十天裡就從一棵樹上掏到了三窩蛋。

我聽說過一個收藏者吹噓他僅僅在一天裡就掏到了一百窩長嘴沼澤鷦鷯（Marsh Wren）的蛋；另一個收藏者則吹噓在一天裡掏到了三十窩黃腹大金鶯（Yellow Breasted Chat）的蛋；還有一個收藏者聲稱他在一個季節裡掏到了一千窩不同鳥兒的蛋。在這種狂熱的收藏影響之下，一門大生意發展成熟了。一個鳥蛋交易者擁有五百多種鳥蛋，說他在一八八三年的生意是一八八二年的兩倍，一八八四年又是一八八三年的兩倍，如此等等。

收藏者在其收藏的範圍和種類上相互競爭：他們不僅獲得一窩窩鳥蛋，而且還把目光瞄準到擁有一定數量的同一種鳥蛋上，以此來顯示所有可能的變種。我聽說一個私人的收藏品包括十二窩北美食蜂鶲的蛋、八窩鶯鷦鷯的蛋、四窩小嘲鶇的蛋等等，一窩窩矮樹、高樹和中等高度的樹上的鳥蛋，同一種鳥的有斑點的蛋、深色的蛋、素色的蛋、淺色的蛋——而很多收藏是根據這後面的計劃去劫奪的。

就這樣，我們的很多鳥兒遭到獵殺和滅絕，而且這一切都是在科學的幌子下進行的；彷彿科學很久以前就因爲這些鳥兒而結束了。我在上面列舉的這些案例是真實的，然而，這些事實卻總是像被扔進了一隻水桶裡面，沒能引起重視。然而，如果能夠得到所有的事實，那麼水桶就會滿溢出來。這一天會到來的，因爲僅僅在一個收藏者發表的記錄背後，就有幾百人甚至幾千人像鼬鼠一樣默默從事他們的劫巢活動。

研究鳥類學的學生經常需要被迫去奪走鳥的生命，這是真實的。「不用槍就能給所有鳥兒命名」並不是一件容易的事情，然而，一台觀劇用的小望遠鏡確實能幫助他完全確定鳥兒的身份，並且使歌手不受傷害。所以一旦掌握了鳥兒的習性，真正的鳥類學家就讓自己留在家裡。這種觀察可能不會得到那被稱爲「壁櫥自然主義者」的枯燥的人的同意。但就我自己而言，那種「壁櫥自然主義」是不大可能得到我的同情的，他與那些乏味無用的資料有關。因爲他的一堆堆鳥皮、他的蛋殼、他那分裂羽毛的勤奮工作，使他不僅成爲鳥兒的敵人，而且也成爲所有正確瞭解鳥類者的敵人。

不單是收藏者要爲我們野生鳥類數量的減少而受到指責，而且相當一批不同階層的人也要負很大一部分責任。也就是說，例如那些設計、製造和銷售女性帽子的人——穿著上的錯誤趣味對我們那些有羽毛的朋友是毀滅性的，就像科學上的錯誤取向所導致的後果一樣。據說，鳥皮交易源於那些設計、製造和銷售女性帽子的人對它們的使用，每年的交易到達了千百萬張。

有人告訴我說，一個從我們這個地區的獵手中收集鳥皮的經紀人在四個月裡，就得到了七萬張鳥皮。渴望這種裝飾是一種野蠻的趣味——想想吧，一個真正優美的婦女或少女，戴著用我們歌手頭皮製成的頭飾出現在街上，那會是一種怎樣的情形呢！

鳥類數量遭到人類毀滅性的遏制，那是毋庸質疑的——儘管這數字只占其天敵毀滅數的小小百分比。這種額外的或者人爲的毀滅擾亂了自然的平衡。自然原因的作用控制著鳥兒，而收藏者和那些設計、製造和銷售女性帽子的人的貪婪，卻傾向於使牠們絕種。

對於私人用途而希望收藏鳥蛋和鳥的人，如果他自己擁有一種鳥的一兩件標本就滿足了的話，我就能原諒他——儘管他會發現任何收藏品都比他所想像的要不滿意、價值要小；然而對於職業劫巢者和鳥皮收藏者，應該通過法規、狗和霰彈獵槍來制止他們。

前面我說過，「蛇能夠迷惑鳥」這個大眾觀念中的真實成分可能很少，但是我的兩個通訊員分別向我提供了他們親身經歷的案例，似乎證實了大眾的信念。他們當中的一位在喬治亞州這樣寫道：

「大約廿八年前，我在加利福尼亞州的卡拉維拉斯縣從事伐木工作。有一天，我從營地或棚屋中一出來，注意力就被空中的一隻鵪鶉的古怪行動吸引住了。牠並不是像往常那樣低低地直接向前飛行，而是在離地面五十英尺的高處盤旋飛翔並哀鳴。我觀察這鳥兒，看見牠逐漸降臨下來；我的目光從牠盤旋的那裡垂直而下，看到地面上有一條大蛇，牠那高揚的頭離地面大約十或十二英寸，大張著嘴巴，在我極目可見之處專注地凝視著鵪鶉（我離蛇大約三十英尺）。

那鵪鶉逐漸降臨下來，牠的盤旋越來越小，不斷哀鳴著，直到牠的腳插進蛇的嘴巴裡面兩三英寸。我投擲了一塊石頭——儘管沒有擊中蛇，可是落到了離那條蛇很近的地面上，把牠給嚇住了，轉身逃離。然而，鵪鶉落到地面上，顯然毫無生氣了。我上前去把牠拾起來，發現牠完全被恐懼攫住了；牠小小的心臟劇烈地跳著，彷彿要穿過皮膚迸裂出來。我把牠拿在手裡好一陣之後，牠才飛走。然後我試圖找到那條蛇，可是找不到。

我無法辨別那條蛇是否有毒，是否像黑蛇那樣屬於蟒蛇家族。我還能清楚地記得牠軀體很大，而且記得牠相當緩慢地滑走的樣子。因爲我以前從未見過任何像這樣的蛇，牠在我的腦海裡留下了深刻印象；在過去了這麼長的時間之後，這個插曲猛然間如現眼前，彷彿就發生在昨天……」

其實，蛇張開嘴巴是不大可能的，但牠吐出的蛇信可能給人留下了那種印象。

另一個案例從佛蒙特州傳到我這裡。作者說：「一八七六年，當我從教堂回來時，我正越過一座橋……我注意到一條有斑紋的蛇正在迷惑一隻歌帶鵐。兩者都在橋下的沙灘上，那條蛇不斷把牠的頭從一邊慢慢搖晃到另一邊，連續吐出牠的信子。那隻鳥，離對手不到一英尺，雙腳變換著跳躍，發出一種不滿的微弱的啁啾。我看見牠們慢慢靠近，直到那條蛇抓攫住鳥兒。正當蛇抓住鳥時，我翻過橋側跳下去；蛇滑走了，我拿起蛇扔下的那隻鳥。牠當時已恐懼得不能飛了，我帶著牠走了整整一英里後，牠才從我的手中飛走……」

如果這些觀察者非常確信他們所看見的，那麼，蛇無疑就擁有把鳥兒吸引到牠們抓攫範圍之內的力量。記得我的母親告訴我說，她在採摘野草莓時，曾經有一次偶然遇見一隻鳥圍繞一條蛇的頭而振翅，彷彿被魔咒鎮住了。她一出現，那條蛇就低下頭逃走了；那隻喘著氣的鳥兒隨後也飛走了。我的一個鄰居殺死了一條黑蛇——牠吞吃了一條已經成年的紅松鼠，紅松鼠很可能是被蛇的同樣魅力給迷住了。

第十四章　牧歌似的蜜蜂

春天，蜜蜂從蜂巢出動，猶如鴿子從諾亞方舟上出動，直到很多天之後把橄欖葉帶回來。在這個例子中，橄欖葉就是黏在每隻蜜蜂臀部上的一粒粒金色花粉，通常是從榿木（Alder）或澤柳（Swamp Willow）上獲得的。

在盛產槭糖的鄉間，蜜蜂第一次從樹液中品嘗到甜蜜——樹液流淌在插管裡，或者乾枯後凝結在木桶側邊上面。有時，牠們會偶然熱切地來到煮槭糖的地方，被騰騰的蒸氣和煙霧熏倒。然而在春天，蜜蜂渴望麵包似乎甚於渴望蜂蜜。牠們給這篇文章提供的東西，也許並不像蜂蜜的故事那樣完整；因此牠們勤奮地尋找著那以新花粉形態出現的新鮮麵包。

我的蜜蜂從柳絮中獲得了牠們最初的供應，牠們那麼快就找到了這些供應品！如果在牠們可以到達的範圍內只有一簇柳絮開放，那麼，蜜蜂就會在那個非常時刻立即趕到現場去採集。在四月的某個溫和的日子，站在蜂巢附近，看見牠們飛回來把這春天的第一批收穫物傾倒在牠們小小的桶裡面，是最令人愉快的經歷。現在牠們將擁有新的麵包了，牠們非常誠摯地來到了磨房。看見牠們髒髒的外衣還有牠們帶回家的金色麵粉，也令人愉快。

當一隻蜜蜂把花粉帶到蜂巢裡面，牠就將其推進存放花粉的巢室，再用腳將其蹬掉——就像一個人脫掉工作服或蹬掉橡膠靴子那樣，用一隻腳幫助另一隻腳，然後，牠就頭也不回地離開了；另一隻負責室內工作的蜜蜂，前來用頭顱將花粉猛推下去，塞進巢室裡面——就像擠奶女工用勺子把奶油舀進一隻小桶那樣。

春天最初的野花，它們狡黠的面龐在枯葉和岩石間那麼受歡迎，蜜蜂們卻很少光顧它們。銀蓮花（Anemone）、獐耳細辛（Hepatica）、美洲血根草（Blood Root）、楊梅（Arbutus）、紫羅蘭（Violet）、春美草（Spring Beauty）、紫堇（Corydalis）等等花朵追求大自然的所有情侶，可是很少追求熱愛蜂蜜的蜜蜂。楊梅低垂著，整整一冬都常青，充滿芳香和蜜液，可是我只見過一次蜜蜂光顧它。

也許最初的蜂蜜是從紅花槭（Red Maple）和金柳（Golden Willow）的花上獲得的。後者散發出一種強烈的、美味的芳香。糖槭開花稍微晚了一點，從它絲綢般柔滑的纓穗上可以採集到豐富的花蜜。蜜蜂不會爲我標明這些不同的品種，可我真的希望它們會標明。楓樹如此乾淨而健全，所以採自楓樹的蜜無論在哪方面都具有同樣的優點，誘惑人們不由得伸出舌頭去品嘗。其他採自蘋果、桃子、櫻桃、穗醋栗（Currant）花的蜜，更是誘惑人們想把每個品種都品嘗一點，以瞭解它們的特性。

對於蜜蜂來說，蘋果花非常重要。已經瞭解到的是，單獨一群蜜蜂持續不斷地採蜜，就可以獲得二十磅重的蜂蜜。蜜蜂也熱愛成熟的果實——在八月和九月間，牠們自己就會沉醉在類似於暗紅色晚熟蘋果這類品種的果實上面。

在很多地區，果樹開花和苜蓿、樹莓（Raspberry）開花之間的間歇是以美洲皂莢（Honey Locust）來連接的。這些樹在這個季節發出令人多麼愉快的喃喃聲！我對蜂蜜的質量一無所知，可是知道它們應當被保存得很好。而紅色樹莓的開花，實際上像是開啓了一道豐富的噴泉，令蜂巢異常騷動，尤其是在廣闊耕耘的地區——就像在哈得遜河的沿岸地區那樣！

與此同時，精美的白苜蓿開始開花，卻被忽視了；即使是蜂蜜本身也因爲這謙遜的、沒有色彩的，且幾乎沒有氣味的花朵而被忽視了。六月裡，長滿此類漿果的田野發出一種連續的喃喃聲，猶如一個巨大無垠的蜂巢發出的喃喃聲。採自它們的蜜並不像採自苜蓿的蜜那樣潔白，可是很容易採集；它的蜜在淺淺的花杯裡，而苜蓿的蜜卻在深深的管道裡面。日出前，蜜蜂就飛到它那裡去採蜜——這些小精靈歡快地簇擁而入。

苜蓿稍晚才開花，而且會到處開放，成爲質量最佳的蜂蜜的主要來源。紅苜蓿的蜜僅僅提供給熊蜂（Bumblebee），因爲牠的長鼻子容易伸進去。如果不是這樣，我們的農業地區蜂場生產的蜂蜜就會顯得品種單一，就會不勻稱。

我不知道阿爾卑斯山著名的查莫尼蜂蜜是由什麼釀成的，可是它幾乎不可能超越我們這裡的最佳產品。在亞洲，土耳其的安納托利亞的雪白蜂蜜，常常被送往君士坦丁堡，供貴族及其閨閣中的情婦們享用；它是從棉樹（Cotton Plant）上獲得的，這使我認爲白苜蓿在那裡生長得肯定不茂盛。白苜蓿是我們本土的，它的種子似乎潛伏在泥土裡面；一旦使用某些土壤刺激物，比如木頭灰燼，就會促使它們發芽、茁壯成長。

玫瑰具有所有的美和芳香，卻從不把蜜出讓給蜜蜂，除非雄蜂找到了野生品種的玫瑰。

在更低下的植物中間，我居然一度忘記了蒲公英（Dandelion）。它們很早就點綴著陽光照亮的山坡，蜜蜂在它們上面懶懶地採蜜，雙膝在沒有過多肉質的金色牧草上打滾。蜜蜂從開花的黑麥和小麥上採集花粉，還會從玉米上採集花粉。野草中，貓薄荷（Catnip）是最受蜜蜂喜愛的，它幾乎整個季節都持續開花，提供豐富的花蜜。在某些地區，它無疑可以被有益地開發，因爲這種蜜匯入了從這種植物中派生出來的芳香，很可能成爲它的特性——看來貓薄荷的蜜會成爲市場上的新穎產品。

在仲夏前採集的蜂蜜貯存中，你可能偶然碰到一塊也許只有一兩平方英寸的蜂房，流體在裡面透明如水，具有美味品質，微微有點薄荷味——它來源自椴樹，在森林樹木當中，它是蜜蜂最喜愛的。樹林中的野蜂群從它上面頻頻獲得最優的蜜汁。我見過一處山坡密密麻麻地點綴著椴樹，那筆直、高大、光滑的淺灰色樹幹高高托起深綠色的樹冠，猶如美國鵝掌楸（Tulip Tree）或楓樹。

在某些西北部的州裡，有大片大片的椴樹林。據報導，在這個地區椴樹開花的時節，強大的蜂群所貯存的蜂蜜數量是令人相當難以置信的。作爲遮蔭和裝飾的樹木，椴樹完全與楓樹相同，如果對其廣泛種植並施以精心照料，那麼，我們的原始蜂蜜供應就會大大增加。在俄羅斯，著名的立陶宛蜂蜜就是椴樹的產品。

關於蜜蜂，這裡目前流行著一個親切的古老詩節：

值一車乾草；
六月裡的一群蜜蜂
值一把銀勺；
然而七月裡的一群蜜蜂
比一隻蒼蠅還賤價。

五月裡的一群蜜蜂的確是一種財富，牠就像四月裡的幼蜂，肯定要成長，而牠自己很可能在一兩個月之後就會繁衍出一群蜜蜂。可是七月裡的蜜蜂也不該受到輕視。牠不會給「貴族及其閨閣中的情婦們」提供苜蓿蜜或椴樹蜜，卻能提供繁茂而健全的窮人的花蜜，即源於普通蕎麥的那種棕褐色產品。

蕎麥蜜是白色羊群中的黑羊，可是它有自己的精神和特性，並不以含糊方式來佔有人們的口味。尤其是在冬天的早餐裡，它跟它那同根生的夥伴——枯葉色的蕎麥餅相遇；享用塗抹著源於同一根梗莖上的蜂蜜的麵包，可謂雙喜臨門。它並非黑色，也非栗色，它屬於同一個層次的物品，就像赫里克①所說的「栗色的歡笑和枯葉色的機智」。

蜜蜂那麼熱愛它，牠們把開花的植物香味帶到蜂巢；因此在最溫暖濕潤的薄暮，養蜂場裡總是充滿了蕎麥的芳香。顯然不是任何其他花朵的芳香都能吸引蜜蜂，牠們並不注意發出香味的百合（Lilac）或者天芥菜（Heliotrope），卻會在漆樹（Sumach）、馬利筋（Silkweed）和可惡的金魚草（Snapdragon）上面採蜜。九月裡，蜜蜂處境艱難，但如果牠們能採集到足夠的蜜來應付蜂巢的連續消耗，牠們的景況也照樣會良好，到處都有紫菀（Purple Aster）和北美黃花（Goldenrod）留給牠們。

蜜蜂經常要飛三四英里去採蜜，而把蜂巢移到良好的牧草場附近則有巨大好處，這從最早的時候起就成爲慣例了。某個在事業上很有進取心的人，也許是從在尼羅河上擁有流動養蜂場的古代埃及人那裡獲得了啓發，在密西西比河上進行了向北方流動好幾百個放蜂地的實驗。他從新奧爾良開始，遵循季節而逐次北上，這樣就實現了一種永久的五月或六月。

對於蜜蜂來說，主要的誘惑來自河柳（River Willow）的花朵，這些花朵具有優良得罕見的蜜，一些蜜蜂無疑被遺留下來，有保證的原始蜂蜜數量肯定非常大。到了九月，這些蜜蜂應該開始了歸程，跟著夏天撤退回南方。

蜂蠟的製作耗費了大量蜂蜜。就像形式耗費詩人一樣，蜂巢組織給予蜜蜂的麻煩要多於那充滿蜂巢的蜜——儘管可以確定，總是有或多或少的空蜂巢。蜜蜂可以通過採集來擁有蜂蜜；可是牠必須自己去製作蜂蠟，必須從牠自己的內心意識逐漸演化。當蜂蠟要完成的時候，蜂蠟製作者就用蜂蜜來充滿自己，後退到巢室之中去作個人沉思。這就像舉行某種莊嚴的宗教儀式：牠們管住自己的手，排成長長的隊列把自己鉤吊在一起，花彩般地懸掛在蜂巢頂上，等待奇蹟發生。

在大約廿四小時之後，牠們的耐心得到了回報：蜂蜜變成了蜂蠟，從每隻蜜蜂腹部的環節之間分泌出的微小鱗片蛻下來，蜂巢就是由它構築而成的。據計算，大約要使用廿五磅蜂蜜才能苦心經營一磅蜂巢，更不要說爲此而損失的時間了。因此，以經濟學的觀點來看，提取蜂蜜而又把蜂巢完好無損地歸還給蜜蜂的新方法日益重要起來。

可是，脫離了蜂巢的蜂蜜就是脫離了玫瑰的芳香，它僅僅甜蜜，並且很快就退化成了糖果。一半的美味就留在你自己拆毀的這些脆弱而精緻的牆壁裡面，你應該趁花蜜跟空氣接觸而失去新鮮之前品嘗它。因此，蜂巢就是一種盾牌或箔片，用來防止舌頭被花蜜最初最原始的甜香所陶醉。

雄蜂幾乎沒有時間來嫉妒，牠們在蜂巢中的地位很不穩定。牠們看起來就像巨人，像蜂群之君主，可牠們實際上只是工具。牠們那喧鬧的、威脅性的嗡嗡聲並沒有得到蜇針的支持和幫助，牠們的體積和噪音只會使牠們成爲鳥類尋找的顯著目標。牠們都是跟蜂后交媾的候選者，這種交媾僅僅是賜予一隻雄蜂的致命幸福。

我說致命，是因爲這是蜜蜂史上的一個獨特事實——蜂后的受精以雄蜂的生命結束爲代價。然而，雄蜂們日復一日義無反顧，穿過空氣的迷宮，希望遇見蜂后，而遇見蜂后即遇見死亡。蜂后只離開蜂巢一次，那是牠帶領蜂群離開的時候。牠從不跟雄蜂約會，而是到處流浪——這給雄蜂們提供了足夠的相遇可能性。

從以上這些事實中得到的一個好處就是：在這個理想國的雄性沒有機會縱欲！臨近季節結束，比如在七月或八月，雄蜂必須死去的命令就發佈出來——牠們再也沒有什麼用處了。於是這些極爲可憐的生物亂糟糟地到處擁擠成一團，試圖躲藏在角落和小道上！如今再也沒有那喧鬧的、挑釁的嗡嗡聲了，只有不幸的恐懼攫住牠們。牠們猶如受到追捕的罪犯那樣退縮。

我看見過十幾隻或更多的雄蜂擁擠到玻璃和蜂巢之間一個狹小的空間裡面，在那裡，蜜蜂們無法控制——牠們似乎處於死神俯視之下的集體大屠殺中。牠們也可以爬到外面，躲藏在蜂房邊沿下面；可是牠們遲早都會死掉，被清理出去。雄蜂沒有抵抗，只能抽身回來或試圖離開。可是設身處地想想，當一隻蜜蜂抓住你的衣領或頭髮，另一隻蜜蜂抓住你的一條胳膊或一條腿，還有另一隻蜜蜂用牠的螫針抵著你的腰——如此，形勢就對你極爲不利了。

蜂后是被創造的而不是誕生的，這也是一個奇特的事實。如果西班牙和大不列顛的整個人口都是一個母親的後代，那麼要去發現某種能把普通嬰兒加工製造成高貴嬰兒的方法，可能就是必需的了——要不然就得放棄高貴的分階。

蜂巢中的所有蜜蜂出身平凡，蜂后和工蜂在卵裡面及在幼年期間是相同的。高貴的專利權體現在巢室和食物方面，蜂后的巢室要大得多，食物是一種特殊的刺激性的果凍狀物。在某些偶然的方面，比如蜂后在高貴的巢室中沒有產卵就是損失；工蜂就會選擇一隻普通蜜蜂的幼蟲，再把兩間毗鄰的小巢室擴大成一間大巢室用來哺育牠，用食物填塞牠，溺愛牠，等到十六天後，這隻幼蟲就長成了蜂后。

通常來說，在事態的自然進程中，年輕蜂后始終囚徒般被關在牠的巢室裡面，直到老蜂后帶著蜂群離開。爲了安全，未孵化的年輕蜂后被隔絕於那還處於統治地位的蜂后，因爲居於統治地位的蜂后一心想找到機會來殺死蜂巢中的每個高貴胚胎。這時，蜂巢中將擁有兩個蜂后——一個是囚徒，另一個則無拘無束向對方叫囂挑戰，發出一種尖顫的、敏銳的、喇叭般的調子，任何耳朵都能立即辨別出來；這種不允許雙方共存的挑戰，在一兩天之後就接踵而來；其結果是那正當權的蜂后退位，牠帶領蜂群起舞，牠的繼承人則被看守者釋放——再後來，再同樣讓位給更年輕的蜂后。

當確定再也產生不了蜂群的時候，那當權的蜂后就被允許使用牠的短劍在那未孵化出來的姐妹身上戳孔。已知的例子是兩個蜂后同時出現，那時，工蜂們煽起一場隨之而來的生死搏鬥。這些工蜂會在兩個蜂后周圍形成一個圓圈，但並不表露出牠們的選擇，牠們只承認搏鬥獲勝者爲合法統治者。因爲這些和很多別的事實，我們對瑞士博物學家胡伯爾（Huber）表示謝意。

值得注意的是，蜂后巢室的位置總是呈垂直狀，而同時雄蜂和工蜂的巢室則呈水平狀。威嚴高懸在蜂后頭上，這個事實可能只是牠的威嚴的一部分秘密。

普遍與流行的觀點是：蜂群當中，蜂后是絕對統治者，可以對心悅誠服的臣民們發佈王室命令。因此，拿破崙一世把象徵性的蜜蜂點綴到具有他那個王朝紋飾的皇帝披風上面；而在有法老的國度，蜜蜂則被當作一個心甘情願順從於其國王的民族標誌。然而事實上，蜜蜂群絕對是民主的，國王或暴君在牠們的例證中沒有存在的正當理由。權力和權威完全屬於大眾——工蜂，這些工蜂把所有智力和遠見提供給群體，並且管理著群體的事務；牠們的話就是法律，蜂后也必須服從；牠們調節蜂群，發出信號讓蜂群從蜂巢飛出來；牠們在樹林中選擇好樹木，然後引導蜂后飛向牠。

蜂后的特殊職責和神聖之處，由牠是蜂群之母這個事實構成。蜜蜂們把牠當作母親而不是統治者來珍愛。牠是蜂巢中唯一的雌蜂，蜂群依附於牠，因爲牠就是牠們的生命。喪失了蜂后和那可以培養成蜂后的幼蟲，蜂群就會喪失所有信心並很快就會死去——儘管蜂巢中還有很多蜂蜜。

一般蜜蜂決不會用牠們的螫針來刺蜂后，如果蜂后是心甘情願的，那麼，牠們就會讓牠餓死；除非是特許，蜂后也不會去螫刺什麼——但假如出現一個敢於挑戰的蜂后的話，那就是另外一回事了。

我說「蜂后是蜜蜂之母」，把牠稱爲蜂后並且賦予牠帝王的權威，無疑是恭維牠；然而，牠的確是一種顯赫之物，沒有哪一點不像王者。當蜂群歇落時，在大群蜜蜂中，一眼把牠辨認出來可是件大事。在你看見蜂后之前難免會有些激動，你疑惑這隻或那隻比牠的同伴大一點的蜜蜂是不是蜂后；可是，一旦當你把目光放在蜂后身上，你就一點也不懷疑了，你知道那就是蜂后——那隻長長的、閃耀的、有些雌性特徵的動物高貴無比，牠的身軀多麼美麗，看起來多麼顯著，牠的動作多麼審慎！

蜜蜂們並不拜倒在牠的腳下，而是愛撫牠——觸摸牠的身軀。雄蜂，或者說是蜜蜂中的男性，也就是大蜜蜂，則顯得粗糙、遲鈍、肩頭寬大，樣子頗爲健壯。在那看起來如帝王一般頗具權威的蜂后生活中只有一個事實，胡伯爾曾這樣描述：當老蜂后被工蜂們限制活動以防止牠摧毀年輕蜂后時，牠就會採取一種特殊態度，發出一種調子，把每隻蜜蜂都給鎮住——牠們一動不動，一味地低頭鞠躬；這個聲音持續之際，沒有一隻蜜蜂移動，牠們的樣子無一不是窘迫而又謙卑。

然而，尚無法判定這是一種恐懼又或是崇敬的情緒，還是同情蜂后這位母親的悲痛情緒。這種叫聲片刻之後就停止了。當牠再次走向它那高貴的巢室時，蜜蜂們又一如既往地咬牠、拉扯牠、侮辱牠。

當蜜蜂分群的時候，如果我離開家，我就總是感到自己錯過了一些好運。那是一種多麼令人愉快的夏天的聲音呀！牠們從蜂巢中傾湧而出，那是兩萬或者三萬隻蜜蜂，每隻蜜蜂都那麼奮力爭先，這就像堤壩爲水流讓路的時候。

這是一股蜜蜂的洪流，衝上天空——對於眼睛，牠變成旋轉的黑線之迷宮；對於耳朵，牠形成一種由無數音樂之聲組合成的柔和之合唱。牠們飄向這個方向或那個方向，一會兒收縮著，一會兒擴展著，升起或下降，在某些樹枝或灌木周圍漸漸密集起來，然後又消散開去，聚集在某個別的地點，直到牠們再次熱切地歇落下來。

那時，整個蜂群在很短時間之內就聚集在枝條上，形成一個也許有兩加侖大小的包袱模樣的東西，牠們將在這裡懸掛一個小時到三四個小時，或者直到在樹林中找到一棵合適的樹。那時，要是在此期間沒有給予牠們一個蜂巢，那麼，牠們就會上下飛舞。在用蜂巢安頓牠們時，要是蜂后發生了任何意外，那麼牠們的事業就立即失敗了。

有一次，我從一棵小梨樹上抖動一群蜜蜂，把一個大盤放在鋪展於樹下的一塊圍巾上面，把蜂巢放在上面。不久，蜜蜂們就全都爬到蜂巢裡面去了，似乎順利進行了十分鐘或十五分鐘；當我觀察到有什麼不對勁的時候，蜜蜂們就開始嗡嗡叫，舉止迷惑地到處疾衝，然後牠們開始振翅飛翔，全都回到母巢去了。

舉起大盤一看，我在下面發現了蜂后跟三四隻其他蜜蜂在一起。牠是最先落下來的蜜蜂之一，牠在降落中錯過了盤子，我把盤子放在牠的上面了。我輕輕把牠放回到蜂巢中——這次意外有可能致命地結果了牠，也許年輕蜂后在過渡期間已被釋放了出來，牠們當中的一個非贏即輸，因爲這群蜜蜂十天後將進行第二次分群。

據我所知，沒有人見過蜜蜂在樹林中搜尋居所——牠們無疑在分群之前或者分群當天便開始尋找新的居所。所有蜜蜂都是野蜜蜂，無法馴養——意思是說，回歸自然和再次佔據牠們在樹林中的野外住宅的本能從來也沒有消退過。養蜂場上年復一年的生活，對於牠們最後的永久的馴化似乎沒有可觀效果。

每個新蜂群都打算遷移到樹林中去，這似乎是以下事實確定了的：牠們只會在有利於牠們這樣一個群體的好天氣裡才出來；蜜蜂在升空之後，一片馳過的雲或一陣驟然的風通常會把牠們驅趕回那作爲母體的巢穴之中。有時，沙子、礫石、鬆弛的泥土以及水對牠們的襲擊，將迅速導致牠們改變計劃。

我當然不會簡單地說，當蜜蜂離開的時候，居然還有不信科學的人們求助於那種荒誕的實踐——他們敲打錫盤，吹響號角，總之是發出一種喧鬧聲——自然不會有什麼好結果。現在養蜂人完全不信那一套了。要阻止蜜蜂逃走，當然不是通過限制蜂后，而是通過打動蜜蜂群。就像自然界中有某種不尋常的騷動一樣，蜜蜂很容易受驚和困惑。我聽說過，一個在田野上耕耘的農夫曾用一捧捧驟雨般的鬆軟泥土擊落逃走的蜂群。

我喜歡看見一個蜂群離開——如果不是我的蜂群；如果我的蜂群必須離開，我就想在現場看到這件有趣的事情——這是以一種非常直接的路線再次回歸到最初地方的原則。過去的季節裡，我目擊到了兩次這樣的逃亡。一個蜂群在前一天的白天出來，沒有歇落就回到了作爲母體的蜂巢——牠們的計劃出現了某種變故，也許是蜂后發現了牠的翅膀太虛弱了。

第二天，牠們又出來了，被放在蜂巢中。可能有什麼東西冒犯了牠們，要不然就是樹林中的樹——也許是某種高貴的老楓樹或樺樹把頭高高揚起在所有其他樹木之上，那舒適的、寬敞的、不規則的腔室和過道，對蜜峰產生了太多的誘惑；因爲不久，我就發現牠們充斥了花園的上空，激動地四處旋動。

牠們漸漸開始飄移過街道；再過片刻，牠們就與其他蜜蜂分離了，集中成一個更加緊密的群體或形成一片雲。牠們離開了，發出嗡嗡聲，形成蜜蜂的飛行漩渦——蜂后在中心，這個蜂群以牠爲樞紐而圍繞牠旋轉，飛過牧草場，飛過小溪和沼澤，逕直飛向山巒的心臟地帶，大約有一英里遠。

蜂群最初飛得緩慢，這樣年輕的蜜蜂才能跟得上；但是當看見一隻獵狐犬的時候，牠們就加速了。我看見牠們的追逐者奮力跑上山邊。我看見獵狐犬在進入樹林時，渾身的毛髮閃耀著；可是幾個小時後，獵狐犬無功而返——從一萬棵覆蓋山邊的樹木中，牠找不到有關那棵特別的樹的任何線索，而蜜蜂們就躲避在那裡。

另一群蜜蜂是在一個炎熱七月天的中午一點鐘出來的，立即引起養蜂人的警覺。但無論怎樣，養蜂人並沒有朝牠們投擲泥土或者潑水。他的房子坐落在一座陡峭山坡上，房子後面，地面以四十五度角隆起大約一百桿。如果人們要追趕蜜蜂，那麼在追逐牠們之前，至少應該對風向進行仔細測試；因爲很快顯出，牠們的路線是朝這個方向去的。

在蜂群完全組織起來和前進之前，我決定讓自己在追逐中輕鬆一些；於是就扔掉外衣，匆匆向前趕路。這條路很快就把我帶到一片佇立著黑麥的田野之中，每束麥穗都高過我的頭頂。我魯莽地向前衝著，觀察下面，讓那些被攪動的、倒向一邊的穀物在那裡留下了記號。我從這「微型森林」中現出身來，及時看見那群逃亡者消失在山頂上面，在我前面大約五十桿之處。

我盡可能確定牠們的位置，很快就到達了山頂。我完全喘不過氣來了，全身大汗淋漓。在另一邊，這片鄉土深深而寬闊地展開。一個大山谷延伸到北面，牠的頂上和側邊佈滿了樹林。我立即明白蜜蜂實現勝利大逃亡了——牠們到底是停在山谷的這一邊還是那一邊，或者穿過了對面的山巒而進入遠處的某片陌生森林，完全成了疑問。

我聽說鄰里的一個青年在相似的情況下比我自己要幸運。他似乎是順利地趕在了蜂群的前面，其線路也是在一座小山上，就像在我的例子中那樣。當他接近頂峰，手裡拿著帽子；蜜蜂剛剛才上來，在他四周到處飛舞。不久，他就注意到蜜蜂在他的草帽周圍盤旋，歇落在他的胳膊上；在短暫得難以敘述的時間內，整個蜂群就跟隨蜂后進入了他的草帽。

他靠近一道石牆，沉著地把他獲得的東西存放在石牆上面，讓自己從這些「善解人意」的蜜蜂中迅速抽身出來，回去拿來一個蜂巢。對於這個奇特例子有個解釋：無疑是蜂后不習慣如此漫長而繁重的飛行，累得精疲力竭，被迫歇落下來。因此在偏遠的田野上發現蜂群聚集在灌木或者樹枝上，並不是非常離奇的事情。

當一群蜜蜂以這種方式遷移到樹林中，並不是像一群鳥那樣以井井有條的隊列逕直向前移動；牠們旋轉不息，就像旋風中的穀殼那樣。牠們形成一個發出嗡嗡聲、旋轉著的星雲狀的集群，橫跨十英尺或十五英尺，僅僅保持著足以避開所有障礙物的高度——除了在飛越深谷的時候，那時蜂群當然可能會飛得很高。

蜂群似乎被一根信使之線引導著，這是可以看得見的。當牠們選擇直線時，就總是有某種機會去接近一棵樹，除非牠們要長途飛行。如果成功地跟隨蜜蜂到了牠們的隱蔽處，那麼有兩種方案是可行的：第一，要麼是砍倒那棵樹，要麼是試著把牠們放進蜂巢，也許還可以把那一部分容納蜂巢的樹木帶回家；第二，讓樹待到秋天，然後邀請你的鄰居去把它砍掉，讓蜂蜜流到地上。前一種方法更像商業化的方式，而後者則是一個人的朋友或鄰居通常推薦的方式。

多達三分之一逃走的蜂群是在周圍沒有人的時候離開的，因此牠們沒有被人看見和聽見。偶爾除了某個在遙遠的田野上勞動的人，或者某個在山邊耕耘的青年，他聽到一種不尋常的嗡嗡噪音，看到在頭上隱隱旋動，也許就會去追逐；或者他可能僅僅聽到了動靜，當他停下勞動，迅速四處環視，卻什麼也沒有看見。當他晚上回來時，他會講起他怎樣聽到或者看到一群蜜蜂掠過。也許在白天，一大群黑色蜜蜂一下子就從花園中的一個蜂巢下面消失了。

我的一群蜜蜂逃離了我給予牠們的新的專用蜂巢，逃到毗鄰的一片土地上，在那邊的一棵老蘋果樹的空洞樹幹中安了家。

入口處是靠近地面的一個老鼠洞。鄰里的另一群蜜蜂遺棄了牠們的養育者，進入佇立在住宅後面的常青植物中間、一幢外部附屬建築的簷板下面。可是對於蜜蜂的趣味卻沒有更多相關報導和敘述，就像參孫（Samson）②在他所殺的那頭獅子骨架中也發現了蜂群那樣。

在任何確定了的位置上，尤其是在多樹多山的地區，像這樣來維護其獨立性的蜂群數量形成了相當大的百分比。在北方的州裡，這些蜂群在春天之前非常頻繁地消亡；可是在像佛羅里達州這樣的鄉間，牠們似乎在繁殖，不斷找到自己棲居的樹，不斷向外擴展。在西部，也能經常採集到大量的野蜂蜜——我注意到，不久以前，一些伐木工人在海岸山脈的西坡上砍倒了一棵樹，裡面就有好多桶野蜂蜜。

一天夜裡，在波多馬克河③上，我們一幫人在一棵蜜蜂棲居的樹下紮營，盡享歡娛；第二天，大風把這棵樹吹倒了，我們至少讀到了預兆。還有一次，坐在四月樹林中的一道瀑布旁邊，我在一棵高大的山胡桃樹頂端發現了一群蜜蜂。這個季節之前，我就注意到了這棵樹很可能是蜜蜂的居所，可葉片的遮罩卻把牠們給隱藏起來。這一次，過去的預感對我顯現了——我敏銳地尋找，確信在一個不規則的大洞裡面一定會有蜜蜂出來。

六月，一場狂風暴雨毀壞了這棵樹，蜂蜜全都流失到這棵樹倒下的那條小溪裡了。在這場龍捲風過後的兩三天，我碰巧沿著那條路行走，看見蜂群的一點殘餘。無疑，當那場災難襲來時，那些蜜蜂逃離了洪水，或者不在現場；牠們聚集成一個黑色小團，靠近牠們的家曾經存在之處的一根高高樹枝上。牠們看起來夠淒涼的了——如果蜂后得救的話，這個殘餘蜂群很可能尋找到另一棵樹；否則這些蜜蜂很快就會死去。

在春天，當蜂巢滋生了蟲子，或者當蜂蜜耗盡——我見過蜜蜂放棄牠們的蜂巢——在這樣的時候，蜂群似乎在漫無目的地流浪，到處歇落，可能最後跟其他群體融合到一起。在這種融合的例子中，要瞭解雙方是否展開了談判——這些無家可歸的蜜蜂是否立即享有其恩主的所有權利和特權是令人好奇的，很可能是這些蜜蜂具有某種預先計劃和雙方都理解的能力。

蜜蜂能讓自己適應幾乎任何居所，似乎蜂巢並沒有像一棵空洞的樹那樣讓牠們如此愉快，就像牠們在甜樹膠生長的南部和西部所稱呼的那樣被稱為「樹膠」。在某些歐洲國家，蜂巢總是由樹幹製成的，一個通過鑽孔來形成適合的空腔。老式的稻草蜂巢生動而獨特，蜜蜂也非常喜歡。

一群蜜蜂的生活，就像一支軍隊那活躍而充滿危險；隊伍不斷減少，又不斷招募充實。牠們在洪水和田野中有那麼多的危險，逃避之路又細如髮絲！平均計算下來，在產蜜期間，一個強大的蜂群一個月就要損失四五千隻蜜蜂，也就是一天損失約一百五十隻。牠們被風雨壓倒，被蜘蛛捕捉，被寒冷凍得麻木，被牛群踩碎，在河流和池塘中淹死或其他以無數無名的方式而傷亡。

在春天，占死亡率第一位的源於寒冷。當太陽落下的時候，牠們在能夠回家之前被凍僵。很多蜜蜂掉到了蜂巢外面，無法載著牠們的重負進入蜂巢。你可以看見牠們精疲力竭地飛來，在正要接近家門時掉到草叢中；在牠們可以歇息之前，寒冷就把牠們凍僵了。我在四月和五月出去，一捧一捧把牠們拾起來——牠們的籃子裡面裝滿了花粉。

我在太陽下或者在房子裡面，也許僅僅用我的手來溫暖牠們，直到牠們能夠爬進蜂巢。熱量是牠們的生命，一隻表面上毫無生氣的蜜蜂可以通過給予牠的溫暖而復甦。當我在河上划船時，也把牠們從水中拾起來，目送牠們安全抵達岸上。

更有趣的是在一場雷暴雨臨近之際，看見牠們匆匆飛回家。牠們擁擠而入，雨水落到牠們身上。那些被暴雨趕上的蜜蜂，無疑會盡可能藏身於樹木或草叢中熬過去。牠們用牠們無數的眼睛（複眼）看見一切，牠們的定位感非常敏銳，這確實成為牠們的一種支配性的特性。當一隻蜜蜂確定牠的蜂巢位置，不論那是田野或沼澤中的一點優良牧草的吸引，還是山岡上或樹林中的獵蜂人的蜜盒誘惑，牠就都會像命中注定那樣準確無誤地回到蜂巢。

蜂蜜作為食品，對於古代人來說，比它現在對於我們要重要得多。當古代人似乎還不知道糖的時候，他們無疑就用蜂蜜來代替。對於現代趣味來說，它過於腥臭而刺激了，它很快就使味覺膩煩了。它需要青年人的食欲，也需要長期生活在野外的人們那種強勁的健康消化力。它是一種比糖更健康的食物；跟蜂蜜相比，現代糖食是毒藥。

除了葡萄糖之外，蜂蜜還含有木蜜、黏漿、花粉、酸以及其他有植物氣味的物質和汁液，它是一種加上了野生天然麵包的糖。木蜜本身就既是食物也是藥物，而刺激性的植物提取液具有罕見的優良品質。蜂蜜促進排泄，促進溶解消化系統中黏性的、含澱粉的包袱。

因此，古人說「一片流淌著牛奶和蜂蜜的土地應該意味著是富於所有好東西的土地」，並不是沒有道理的。處於育兒韻律中的王后，逗留在廚房中去吃「麵包和蜂蜜」，同時「國王在客廳裡數點他的錢」，這是一件非常有意義的事情。

據說，伊巴密農達（Epaminondas）④除了麵包和蜂蜜，就很少吃任何其他食物了。有一天，古羅馬的奧古斯都皇帝詢問一位百歲老人，問他怎樣把精神和身體的活力保持得如此長久；這位很有經驗的老人回答說，是靠「排出油膩攝入蜂蜜」。古羅馬雄辯家西塞羅在他老年時，就把蜂蜜同肉、牛奶和奶酪劃分開來，作為一幢管理良好的農舍供應的主要食物之一。

義大利和希臘……實際上是所有的地中海國家，好像都是著名的蜂蜜產地。海梅圖斯山（Hymettus）、海布拉山（Hybla），和伊達山（Ida）出產那可能會被稱為古典蜂蜜的東西；無疑，這種東西絕不優於我們的最佳產品。李•亨特（Leigh Hunt）⑤的「蜂蜜罐」主要是從西西里歷史和文學中提取出來的，特奧克里托斯（Theocritus）⑥提供了最佳產量。

西西里盛產蜜蜂。史文朋（Swinburne）⑦說這個島嶼上的樹林富於野蜂蜜，還說那裡的人們的房子附近有很多蜂巢。特奧克里托斯的田園詩就是在這個島嶼上寫的，蜜蜂──「鼻子扁平的蜜蜂」，就像他在第七首田園詩裡所稱呼的那樣──蜂房之蜜是最好吃的。他的牧羊人可以想像，沒有什麼比嘴巴充滿巢脾、或者被關在達佛尼斯（Daphnis）⑧那樣的櫃子裡面吃巢脾更有福氣了。在阿爾西諾用來珍愛阿多尼斯（Adonis）⑨的美味食物中就有「蜂蜜餅」和其他用「甜蜂蜜」製成的珍品。在特奧克里托斯的鄉間，據說這個習俗依然盛行：當一對夫妻結婚時，參加婚禮的人就把蜂蜜放在他們的嘴裡，以此來象徵他們希望這對新婚夫妻的愛情會甜蜜到靈魂，就像蜂蜜對味覺的甜蜜一樣。

據傳說，荷馬被一個乳房流出蜂蜜的修女哺育過；而在品達（Pindar）熟睡的時候，蜜蜂會把蜜塗到他的嘴唇上。在《舊約》中，上帝應允的以馬內利（the promised Immanuel）的食物應該是奶油和蜂蜜，那樣才使他能夠分別善與惡；約勒丹（Jonathan）的眼睛被某些樹木或野蜂蜜的加入所啓發：「瞧吧，我向你祈禱，我的眼睛受到多大的啓發，因爲我品嘗了一點這種蜂蜜。」因此，在施洗禮者約翰逗留荒野期間，當他在朱迪亞（Judea）山上和平原上的神學院的日子裡，就涉及到了他節食的這一部分，他的日子過得特別好。

關於另一部分像蝗蟲，或者坦率地說是蚱蜢——因爲不能說很多，儘管牠們是爬行和跳躍的東西，但以色列的兒童仍然獲得允許去吃牠們。他們很可能不是生吃，而是在最原始的火爐上烤熟了吃——那種火爐其實是地面下的一個洞，需要在裡面生火來烤炙。就像傳說中錫蘭的貝達斯用蜂蜜來給他們的肉調味那樣，蝗蟲與蜂蜜可能是放在一起享用的。

無論如何，蝗蟲常常是巴勒斯坦的一種巨大瘟疫，預言家在吃牠們時，找到了其在社會福利中、在牧歌似的蜜蜂益處中的價值和理由。更少的蝗蟲、更多的花朵，要歸功於無數野花和開花的灌木叢，巴勒斯坦是著名的蜂蜜產地。當蜜蜂逃離蜂巢時，就把牠們的蜜存放在有空洞的樹木和岩石裡面，就像我們這裡的蜜蜂那樣。在熱帶和亞熱帶的氣候裡，蜜蜂很喜歡躲藏在岩石裡面；可是，在像我們這些地方的冰天雪地裡，牠們待在一棵高高的森林之樹的樹幹中則會更加安全。

最好的蜂蜜是溫帶地區的產品，熱帶有太多繁盛而有毒的植物。食用來自土耳其某些地區的蜂蜜會導致頭痛和嘔吐，而來自巴西的蜂蜜則主要用於醫藥；海梅圖斯山的蜂蜜採自野百里香，質量優良；波斯和佛羅里達最好的蜂蜜是從橘花上採集的；法國南方納邦內最有名的蜂蜜是從一種迷迭香上獲得的；而在蘇格蘭，好蜂蜜釀自開花的石南叢。

加利福尼亞的蜂蜜潔白而精美，具有高度芳香，如今在市場上佔據首要地位。然而在全世界，蜂蜜還是蜂蜜，蜜蜂還是蜜蜂。一位年老的旅行者說，「人們可能會退化變質」，「可能會忘記他們獲取名望的藝術；加工業可能會失敗，商品貶值；然而荒野上的野花的甜蜜，蜜蜂的產業和自然結構，將毫無變化而又絲毫無損地繼續下去」。

【注釋】

①即羅伯特・赫里克（1591～1674），英國詩人。

②參孫，聖經中的人物，以身強力大著稱，曾經殺死過獅子。

③美國東部流經首都華盛頓的河流。

④古希臘底比斯將軍（西元前420？～西元前362），兩次擊敗斯巴達，建立反斯巴達同盟，稱霸希臘，後建軍伯羅奔尼撒，在曼提尼亞戰役中陣亡。

⑤英國詩人，散文家（1784～1859）。

⑥古希臘田園詩人（西元前310？～西元前250？）。

⑦英國詩人，文學評論家（1837～1909）。

⑧希臘神話中的美男子，被認爲是田園詩的創始者。

⑨羅馬神話中愛與美之女神所迷戀的美少年。

第十五章　蜜蜂的田園詩

沒有什麼動物像蜜蜂那樣——人類用牠來圍繞自己左右，像一種特殊行業和特殊領域發展的結果，像一種文明的產物。實際上，一個蜜蜂群體具有其整潔的秩序，牠們精細的勞動分工、牠們開誠而民主的精神狀態，牠們的節儉、牠們複雜的經濟原理、似乎遠離原始自然的環境，都像一座被圍牆封閉的城市或有著大教堂的鎮區。

另一方面，我們本土的蜜蜂，那「結實的、打盹的土蜂」，更像粗魯的、未受到教化的原始人那樣感染著人們。牠沒有從日常經驗中學到什麼，牠的生活僅夠糊口，牠在物品豐富的時候生活奢侈，在物品匱乏的時候又餓得要死。牠生活在一個粗陋的巢穴中，或者在一個地下洞孔裡的小小社區裡面；為了貯存一點蜜和蜜蜂麵包，牠為牠的兒女建造一些深深的密室——但作為製蠟的工蜂，則顯得原始而笨拙。

蜜蜂的勃勃雄心就是要去致富，囤積更多貯備物，佔有每一朵開放的花的蜜。牠非常有遠見，牠不會滿足；牠肯定要不擇手段去獲得牠所能獲得的一切。牠來自最古老的鄉間，在亞洲，在最肥沃和長久定居之地生長得最為繁盛。

然而事實不容否定，蜜蜂本質上是野生動物，從未被馴化，也不可能被徹底馴化。牠固有的家園是樹林，每一群蜜蜂都期望朝著那個方向飛去；很多蜂群不顧養蜂人的小心警惕而朝著那個方向飛去。如果任何特定地區的樹林因為其樹木有缺陷而缺乏舒適的空洞，那麼，蜜蜂就求助於各種臨時替代物——牠們進入煙囪，進入穀倉和外部附屬建築，到石頭下面，進入岩石，等等。

在我所在這個地區，一些已經停止使用的煙囪，幾乎每個季節都被一群群蜜蜂所佔據。有一天，當我搜尋蜜蜂之際，發現一隊蜜蜂飛往一座農舍，我有理由相信那戶人家並不養蜂。我跟隨這隊蜜蜂，詢問農夫他是否養蜂。他說他並沒有養蜂，而是一群蜜蜂佔據了他的煙囪，另一群蜜蜂則來到了他的房子山牆末端的護牆板下面。

前一年，他從這兩個地方掏出了很多蜂蜜。另一個農夫告訴我說，有一天，他的全家看見了一些蜜蜂在檢查他的房子側邊的一個節孔；第二天，當他們坐下來吃晚飯時，他們的注意力就被一陣喧鬧的嗡嗡聲吸引住了——那時，他們發現一群蜜蜂落在房子側邊，湧進那個節孔。後來的歲月裡，別的蜂群也來到同一個地方。

顯然，每群蜜蜂在離開母巢之前，都要派遣探測隊伍去尋找未來的家園。樹林和小樹叢被一遍遍徹底搜尋過了，看樣子，無疑是要尋找一個能保護群體免遭眾多松鼠和林鼠（Wood Mouse）入侵的安全之處。牠們找出舒適的角落和隱蔽處——比花園中那塗上油漆的蜂巢的誘惑要大得多——在夏天要涼爽得多，而冬天則要暖和得多！

蜜蜂基本上是誠實的公民：牠喜歡合法的事務，而不喜歡非法的事務；牠從來不是罪犯，除非是牠缺乏恰當的供應來源；只要還能找到提供蜜的花朵，牠就不會去動用蜂蜜；牠總是更喜歡飛向蜜的源泉，而不喜歡間接獲取牠的蜜。可是在秋天花落之後，牠可能會受到誘惑。尋蜂人就利用了這個客觀天性的好處——他用一點點蜜就讓蜜蜂暴露了行蹤；他想偷走牠的貯存物，先是鼓勵牠偷走他的貯存物，然後便跟上了這帶著戰利品回家的「小偷」。

這就是尋蜂人所使用的詭計，蜜蜂從不懷疑他的花招，否則牠們憑藉一條迂迴的線路就能輕易迷惑他。可見蜜蜂除了作為蜂蜜採集者和貯存者的特殊天賦之外，絕對沒有機智和圓滑。牠是頭腦簡單的動物，任何沒有經驗的人都可以利用牠；然而，並不是任何沒有經驗的人都能找到一棵蜜蜂棲居的樹。狩獵愛好者可以憑藉狗的援助而把獵物追蹤到其隱蔽處；可是一個人要搜尋蜂蜜，他就必須成為他自己的狗，通過一種獵物沒有留下蹤跡的元素來追蹤獵物。這需要一雙銳利的眼睛，而且還可能會對最佳森林知識的資源進行測試。

有一年秋天，我用更多時間來致力於這種追逐。作為愉快地掌握自然和野外知識的最佳手段，我的目光如此訓練有素，因此目擊蜜蜂幾乎易如目擊鳥兒——無論我去哪裡，我都能看見和聽見蜜蜂。有一天，我站在一座大城市的街頭，我看見卡車川流不息的交通線上空飛翔著一隊蜜蜂——牠們正在把蜜從食品雜貨店或者糖果店搬走。

當人們懷疑樹林容納著一個蜜蜂群體時，他就會以新的興趣來觀看樹林，這是一個多麼令人愉快的秘密——一棵具有蜂巢之心的樹，就是一棵腐朽的橡樹或楓樹，一些西西里或海梅圖斯山的蜂蜜收藏塡塞在它的樹幹或在枝條中；那隱藏著一萬隻「小盜賊」的財富的秘密腔室，那通過冒險勞動從周圍每片田野和樹林中收集到的巨大天然金塊和珍貴的礦石層！

如果你要瞭解尋找蜜蜂的樂趣，以及除了蜂蜜之外這樣一次旅行會產生多少糖，那麼，就請在九月下旬或十月初的某個明亮溫暖的日子跟我來吧。這是一年中的黃金季節，在這樣的時候，只要有那吸引我們上山、去如畫的林邊或者跟隨琥珀色溪流的使命和追求就足夠了。因此，帆布背包裡面裝滿葡萄、桃子、蘋果和一瓶牛奶，因爲我們不會回家吃晚飯。

我們配備一隻羅盤、一把手斧、一個桶和一個其中整潔地放著一塊蜂蠟的盒子——這個盒子的尺寸跟你的手大小差不多，有一個蓋子，這樣就備齊一個常去尋蜂的人的所有精緻巧妙的設備了。

我們出發前進。

我們的路線起初是在巨大的栗樹下沿著公路而行，樹上的栗子正在墜落；然後穿過一個果園，越過一條小溪，從那裡穿過一望無際耕耘過的連綿土地而緩緩上升，走向一片位置很高的土地——這片土地後面，隆起一道樹林覆蓋的崎嶇山嶺或山巒，是這個地區最令人悅目之處。這道山嶺後面，有好幾英里的土地都荒蕪著，佈滿樹林，岩石嶙峋，無疑是很多野蜜蜂群的家園。

我們經過的時候，知更鳥、雪松太平鳥、撲動鴷和北美貓鳥在黝黑的櫻桃樹中間發出一陣令人那麼愉快的喧鬧聲！浣熊也在這裡的黑櫻桃樹後面，我們在不同的地點看見牠們的痕跡。幾隻烏鴉在我們穿過的一片剛播種的麥田周圍行走，我們停下來記錄牠們優美的動作和具有光澤的外衣；我沒有見過其他鳥兒以那種跟烏鴉相同的姿態在地面上走動。

這種姿態不是驕傲，這種姿態中沒有炫耀和虛張聲勢，儘管也只有那麼一點點謙遜；這是一位君主在自己的領域上的那種滿足的、柔順而又忘我的步態。牠說：這所有的土地都屬於我，還有這所有的莊稼；人們爲我耕耘播種，而我無論在哪裡，留在這裡或走到那裡，都發現生活是美好的。鷹看起來尷尬笨拙，在地面上不恰當，受其捕獵的鳥匆忙躲避；只有烏鴉卻安閒自得，踏上泥土，彷彿那裡沒有人侵犯牠或使牠害怕。

我們身邊總是有烏鴉，可是我們並非每天和每個季節都能看見鷹，因此，我必須保存我對最後一天去尋找蜜蜂時所看見的那隻鷹的回憶。當我艱難地走上一道山谷口的沿上時，那隻高貴的鳥從我上面的一棵枯樹頂端飛騰而起，直接朝我飛來，掠過我的頭頂。我看見牠用眼睛俯視著我，我聽見牠的羽衣上發出低低的嗡嗡聲——彷彿在牠那強勁的水平飛翔中，巨大翅膀上每根羽莖都在振顫。

只要我的眼睛能看見牠，我就一直觀察牠。當離山巒相當遠了，牠開始了那種掃掠式的螺旋運動，一飛沖天。牠攀升得越來越高，絲毫沒有打破牠那種威嚴的平衡，直到牠好像目擊到某處遙遠而相異的地理環境，牠才折轉牠的路線，漸漸消失在藍天深處。

那隻鷹是一隻很有遠見的鳥，牠敞開胸懷進行長途飛行，大陸就是牠的家。我滿懷激情地一直觀看著那隻鷹，我盡可能長久地用我的眼睛追蹤牠。我想起加拿大，想起五大湖地區，想起落磯山，想起那荒涼而又發出洪亮聲音的海岸——水域屬於牠，樹林和難以接近的懸崖也屬於牠。牠從暴雨的面紗後面穿透而出，牠的歡樂來自高處和深處以及無比遼闊的空間。

我們離開我們行走的路，去觸摸一道奔流在林邊的泉水，很幸運地發現唯一的一株深紅色半邊蓮（Lobelia）就長在那裡。它似乎用它那一點點強烈的色彩照亮了陰暗。遠處，在一片田野上的水溝裡，我們發現了巨大的藍色半邊蓮。在它附近的一叢叢野草和紫菀中間，是所有秋花當中最美麗的縫裂龍膽（Fringed Gentian）。

龍膽在它那粗劣蓬亂的環境中，具有一種多麼罕見而精緻、甚至談得上是高貴的外觀！它並不引誘蜜蜂，可是它卻誘惑並且吸引了每一道掠過它的人類的目光。如果我們穿過那邊的樹林角落——地面被隱蔽的泉水浸濕，樹木中間有一條小通道——那麼，我們就會發現閉合龍膽（Closed Gentian）這樣罕見的花。

在偶然發現它的隱敝處之前，我曾經多次走過這條路。當時我在追蹤一隊蜜蜂。我丟失了蜜蜂，卻得到了龍膽。這種花看起來那麼奇怪，它有那麼緊密地疊在一起的深藍色花瓣——一個花蕾，然而，它就是一朵花！它是我們的野花中的修女——一種緊緊戴著面紗、穿著斗篷的形態。海盜土蜂有時試圖掠奪它的蜜。我見過其中埋葬著蜜蜂的花朵——牠強行進入那朵處女花的花冠，彷彿下定了決心要去瞭解那花冠的秘密，卻再也沒有帶著牠所得到的認知歸來。

我們爽快地走了幾英里之後，就到達我們將進行第一次試驗的地點——一堵高高的石牆，它跟前面提到的那道樹林覆蓋的山嶺平行延伸，它們之間又隔著一塊寬闊的土地。那裡有蜜蜂在北美黃花上勞作。要把一隻蜜蜂掃進我們的盒子，只需要一點策略。幾乎所有被突然粗魯地捕獲並被活活關進籠子的動物，都會顯示出極度的困惑與驚恐，蜜蜂也不例外。牠一般會驚恐片刻，但那只是片刻而已。因爲蜜蜂具有一種比牠對生活的愛或者對死亡的恐懼還要強烈的感情，即對蜜的渴望；牠不僅僅是去吃它，而還要作爲戰利品帶回家。

維吉爾①說：「對蜜的極度狂熱在牠們的胸中跳動。」蜜蜂及時聞到盒子中蜜的香味，迅速落下去讓自己飽餐一頓。現在，我們把盒子放在石牆上，輕輕移開蓋子——蜜蜂的頭顱和肩膀便會處在一個被充滿一半的巢室中，在這種情況下，很容易就會讓牠變得忘乎所以。

折磨來臨了，毀滅來臨了，牠將在勞動時死去。我們後退幾步，坐在地面上，讓那個盒子以藍天爲背景。兩三分鐘之後，我們就看見蜜蜂從盒子上緩慢而沉重地飛起來。然而，把那麼多的蜜留下來似乎是一件很難接受的事兒；牠會準確地記住這個位置，以急劇上升的螺旋形飛向高空，先是測量一下附近的微小物體，然後是遠一些的大物體，直到牠帶著所有的負荷物在這個地點上空盤旋了五六次之後，才疾飛回家。

緊緊看著蜜蜂飛遠並消失需要好眼力，有時爲了跟隨牠，你的頭顱會搖晃轉動，太陽經常照得你的眼睛什麼也看不見。這隻蜜蜂漸漸飄下山岡，然後開始朝半英里外的一幢農舍飛去——我知道，蜜蜂就飼養在那裡。然後，我們試驗第二隻和第三隻蜜蜂。第三隻蜜蜂讓我們很滿意，牠逕直飛向了樹林。我們在很多碼之外，都能看見深色背景上的那個棕色斑點。

常去尋蜂的人聲稱能夠通過色彩來辨別出野蜜蜂和馴養的蜜蜂之間的區別，他說前者的色彩要淺些。可是牠們並沒有差異，在色彩和舉止上都相似；年輕蜜蜂比老蜜蜂的色彩要淺，這就是關於這方面的一切常識了。如果一隻蜜蜂很多年都生活在樹林中，那麼，牠無疑就會有某些顯著的標記；可是一隻蜜蜂的生命最多只有幾個月，在這短暫的時間裡，發生不了什麼變化。

我們的蜜蜂很快都要回來，且更多的蜜蜂會跟牠們一起回來——因為我們用一個裝著茴香油的軟木瓶塞擦遍了盒子，這芳香而刺激的油味將散發到半英里或更遠的地方去吸引蜜蜂。當找不到花朵的時候，這是吸引蜜蜂的最快方式。

一個奇特的事實是：當蜜蜂剛一發現尋蜂人的盒子時，牠最初的感情是憤怒，就像一隻胡蜂那樣瘋狂——牠的聲調變了，發出牠那尖銳刺耳的打鬥聲，來回衝刺，以不確切的方式來發洩牠的狂怒和憤慨。牠這樣做，似乎是牠已經聞到了違反遊戲規則的氣味。牠說：「這裡發生了搶劫，這裡有某個蜂巢被毀壞了，也許就是我自己的蜂巢。」牠熱血沸騰。可是，牠那種支配性的情感很快就體現了出來，牠的貪財本性戰勝了牠的憤慨。牠似乎在說：「好吧，我最好佔有這些蜜，把它帶回家吧。」因此，牠發出喧鬧憤怒的嗡嗡聲，佯裝接近又疾飛而去，彷彿漠不關心；多次嘗試之後，蜜蜂就歇落下來讓自己飽餐一頓。

直到帶著戰利品回家兩三次，牠才會完全平靜下來開始嚴肅地工作。當別的蜜蜂到來時，即使所有蜜蜂都來自同一個蜂群，牠們也會在盒子上面爭吵不休，像雄矮腳雞（Bantam）那樣向對方猛然衝擊。顯然，那種一看見蜜就甦醒的邪惡情感，並不是嫉妒或競爭的情感，而是憤怒的情感。

通常，一隻蜜蜂要從尋蜂人的盒子來回旅行三四次之後，才會帶來一群同伴。我懷疑蜜蜂並沒有把牠的發現告訴牠的同伴，而是牠的同伴嗅出了秘密；牠的腳上或鼻子上無疑攜帶著牠曾經去過蜂巢而不是花朵的某些證據，牠的同伴就按照這個線索來進行跟蹤，而且總是在幾秒鐘後飛來。

毫無疑問，戰利品的質量和數量已經把秘密洩露出去，何況還有夥伴們關於那隻大蜂巢的諸多議論！於是，一切都明白了——「哦，你看見了嗎？佩吉·梅爾②剛才急匆匆進來，樓上的一個包裝工人說牠滿載而歸了。牠帶回來的蘋果蜜壓得牠一個勁地叫喚，剛剛把蜜放下，牠又瘋了似地迅速離開了。十月的蘋果蜜！噓！我聞到什麼了！讓我們跟去吧。」

大約半個小時之後，我們就認識了三隊蜜蜂，並準確摸清了牠們的飛行方向——兩隊飛向農舍，一隊飛向樹林，我們盒子中的蜜迅速減少了。大約每四隻蜜蜂中就有一隻飛向樹林，既然牠們完全熟悉了道路，牠們就沒有在盒子上面盤旋太久，而是從盒子上直接飛走。

樹林粗糙濃密，山岡陡峭，直到我們試圖去解決牠們進入樹林的距離問題，我們才跟隨自己喜歡的那一隊蜜蜂而去——無論是到山嶺的這一邊，還是進入另一邊的森林深處。因此我們在盒子擠滿了蜜蜂的時候就把它關上，沿著我們展開工作的那堵牆，把盒子搬動了約三百碼。當蜜蜂被釋放的時候，牠們就朝牠們原先飛去的那個方向飛去，好像根本不知道牠們被搬動過。

別的蜜蜂跟蹤到了我們的香味，沒過多久，第二隊飛向樹林的蜜蜂就排列起來了；我們可以把這稱爲交叉排列蜜蜂。新的隊列同那一隊蜜蜂形成一個銳角，我們立即知道那棵樹就在僅僅幾桿之外的樹林中。我們確定的兩隊蜜蜂形成一個以牆爲基礎的三角形的兩邊，在這個三角形的頂尖或者是兩隊蜜蜂交會之處，我們肯定就找到那棵樹了。我們迅速跟蹤這兩個隊列，在它們位於山岡邊上相互橫越之處，我們接近並掃視每一棵樹。

我停在一棵橡樹腳下，檢查靠近根部的一個洞孔。蜜蜂就在這棵樹裡面，牠們的入口就在靠近地面的上側，離我朝裡面窺視的那個洞孔不到兩英尺；然而，牠們的來來往往如此安靜而秘密，一開始我沒有發現牠們。我走上了山岡，再次回到橡樹那裡，然後察覺到蜜蜂是從樹上的一條小裂縫中出入的。

蜜蜂並不知道牠們被發現了，也不知道我們的計劃，甚至忘記了我們的出現，彷彿我們是螞蟻或蟋蟀。種種跡象表明，這是一個小蜂群，蜂蜜貯存量並不多。要「佔領」一棵蜜蜂棲居的樹，通常首先是用熏燒硫磺或煙草的煙霧來殺死或麻痹蜜蜂。但是這種方法在目前的場合是不可行的，因此，我們便用一把斧子來大膽而無情地攻擊這棵樹。

第一次打擊，蜜蜂們就發出一陣喧鬧的嗡嗡聲；然而，我們並不憐憫牠們，空腔的一側很快就被砍掉了，裡面露出大片的黃白色蜂巢之蜜——並沒有一隻蜜蜂爲了保衛這一切而發起攻擊。這也許看起來很特別，但我的經歷差不多一向如此。當一群蜜蜂遭到斧子如此粗魯的攻擊，牠們顯然認爲是世界末日來臨了；而且像真正的守財奴那樣，每隻蜜蜂都盡可能多地死抱著牠們的財富——換句話說，牠們都開始讓自己暴食蜂蜜，平靜地等待結果。

在這種條件下，牠們不作抵禦，不會刺人，除非是被捉住。實際上，牠們像蒼蠅一樣不具有暴力傷害威脅。要管理蜜蜂總是需要勇敢和決心，任何半途而廢的測試、任何膽怯的摸索、任何觸及蜂蜜的虛弱嘗試，都肯定要迅速招致憎惡。流行的大眾觀念是蜜蜂對某些人有特殊的反感，又對其他某些人有特殊的喜愛。這個觀念深藏著這樣一個事實：蜜蜂將螫刺一個害怕並且四處躲避牠們的人，牠們不會螫刺一個毫無畏懼地勇敢面對牠們的人。

牠們就像狗一樣：讓一隻惡狗投降的方式，就是向牠顯示出你不怕牠；這樣就輪到牠怕你了。我從未害怕過蜜蜂，也很少被牠們螫刺。我曾經爬上一棵大栗樹，它的一個空腔裡面容納著一群蜜蜂。我用一柄斧子把牠們砍了出來，不時被迫停下來從我的手上和臉上拂掉不知所措的蜜蜂，但並沒有被螫刺過一次。

六月，我曾經從一棵蘋果樹裡把一群蜜蜂砍出來，掏出一塊塊巢脾，把牠們安置在一個蜂巢裡面，然後用一把長柄勺把蜂蜜舀出來；在相當良好的狀態下，把這整個蜜蜂家園帶回家，幾乎沒有遭到來自蜜蜂的任何反對。直接用手伸進空腔去分離和搬動巢脾，你肯定會遭到螫刺；因爲當你觸及一隻蜜蜂銳利的一頭時，即使僅僅讓牠眩暈了，牠也會螫刺你。

蜜蜂具有化解自己毒液的解毒劑；遭蜜蜂螫刺的最佳藥品就是蜂蜜，當你的手塗遍蜂蜜，傷口就不再發疼，你的痛苦甚至比受到一根針的刺戳還要輕。因此，你用斧子勇敢攻擊那棵蜜蜂棲居的樹，會發現當蜂蜜暴露出來時，每隻蜜蜂都已經屈服了，整個蜂群都在無助的困惑與恐懼中退縮著。我們的樹只產生出幾磅蜂蜜，不足以使蜂群堅持到一月；可是沒關係，我們要搬走的重量也就更小了。

下午，我們沿著山嶺幾乎又走了半英里，最終去了一片玉米地。那片玉米地緊緊靠在這座山的最高點前面，景色壯麗，成熟之秋的風景朝西邊延伸而去，在平靜的大河邊橫越而過。在極北之處，卡茨基爾山脈之牆清晰而鮮明地突出；同時在南方，高地的山巒擋住我們的視線。這樣的日子很溫暖，蜜蜂在那片土地被忽略的角落裡非常忙碌，那裡長滿了紫菀、飛蓬（Fleabane）和北美黃花。

玉米已經割掉了，樹林從陡峭的高處直鋪而下，在一個離樹林只有幾桿的寬大低矮的地方，我們把蜜蜂盒安置好，再擦遍那刺激的油。不久，一隻蜜蜂就發現了它，跟隨著香氣飛到背風處。一離開盒子，牠就逕直飛向樹林。更多的蜜蜂迅速飛來，很快就形成了一個完整的隊形。

現在我們使用以前用過的策略，沿著山嶺走向另一片土地，去組織我們的交叉隊列。可是蜜蜂依然如同牠們曾經從寬大低矮的玉米地上空飛過那樣，差不多是飛向相同的方向。那棵蜜蜂棲居的樹要麼在山頂上，要麼在另一個山頂或它的西邊。我們為進入樹林、攀登那些峭壁而猶豫，因為眼睛能清楚地看見前面的東西，當下午的太陽漸漸西垂，就能非常清晰地看見蜜蜂。

牠們在太陽強烈的光芒下向前飛翔，而附近那形成背景的樹林卻處於深深的陰影裡面。這些蜜蜂看起來就像閃耀的大微塵，牠們那迅疾振動的透明翅膀，如同光輪圍繞著牠們的身軀，看上去被放大了很多倍。牠們橫跨我們和樹林之間的小小深壑，然後馱著牠們的負載物從樹端上升起來，既不右轉也不左轉。

看見牠們這樣勞累，我們心中頗為不忍，但牠們還是不知不覺就把我們引向牠們的財富。太陽落山的方向恰好與蜜蜂的路線如此相符，我們就決定冒險一試。攀登比我們所預料的還要艱難。山巒有一片不規則的斷裂岩面，我們把自己小心翼翼地拖上那片岩面。半個小時以後，我們大汗淋漓，到達頂峰。

這裡的樹木都很矮小，是次生林，我們很快就確信蜜蜂不在這裡。然後我們從另一邊下去，攀爬著岩石之梯，直到我們抵達一片形成了某種猶如這座山的肩頭之物的相當寬闊的高原。在這片高原的邊沿，有很多高大的鐵杉，我們可以接近並掃視它們，用斧子敲擊它們，可是聽不見也看不見一隻蜜蜂；我們似乎並沒有像之前在下面那樣接近一棵蜜源之樹。

要是有某個神祇向我們低語說出實情該有多好——那讓人垂涎的獎品就在我們周圍幾桿之內。那份獎品並不在吸引我們注意力的一棵高大的鐵杉或橡樹裡面，而是在一段不到六英尺高的老樹殘樁或樹墩裡面——我們看見過它，並且數次經過它，卻對它從未產生過任何想法。我們下山，走得更遠，左右搜索，糾纏在灌木叢中，行動被懸崖限制；最後天快黑了，我們放棄了搜索，很受挫折地離開樹林，但決定次日再回來。

第二天，我們回來，在我們頭天放棄搜索的山邊樹林空地上開始行動。我們的盒子很快就群集著渴望的蜜蜂，牠們朝著我們曾經去過的頂峰歸去。我們跟蹤牠們回去。在地面情況允許的情況下，又建立起一隊新的蜜蜂，然後確認一隊又一隊蜜蜂，然而這個謎仍未解開。我們曾經在牠們的南面，後來在北面，再後來蜜蜂們穿過樹木飛起來，我們無法辨別牠們飛向哪裡。

在一番搜尋之後，在感到埋藏點如此神秘，似乎深得難以顯露出來之後，我們碰巧停在一段老樹殘樁旁邊。從一個好像是螞蟻在腐朽木頭上挖掘出的小洞裡面爬出來一隻蜜蜂，揉揉眼睛，檢查觸角——完全按照通常蜜蜂們在離開蜂巢之前的起飛程式。同時，好幾隻蜜蜂負載著蜜經過我們，發出飽食的昆蟲那種特別低沉而滿足的嗡嗡聲，落到家園之中。瞧，這就是我們的田園詩——我們的維吉爾和特奧克里托斯的小小田園詩，在一棵鐵杉樹的腐朽殘樁裡面。我們可以用我們的雙手撕開它，我們從裡面取走了五十磅優質的蜜。蜜蜂們在這裡已經多年了，當然還多次分群，把一群又一群蜜蜂分散到了荒野之中。牠們保護自己不受天氣侵害，使用大量蜂蠟來加固牠們那搖搖欲墜的居所。

在正午，當一棵蜜蜂棲居的樹這樣被「佔領」時，當然會有很多蜜蜂遠離家園，並沒有聽到這個消息；當牠們回來時，發現地面上到處流淌著蜂蜜，到處散落著一堆堆流血的巢脾——牠們顯然不認識這個地方了。這時，牠們的第一本能就是開始讓自己飽餐一頓；飽餐之後，牠們接下來的一個念頭就是應該把這些流淌的蜂蜜帶回家，因此牠們穿過樹枝慢慢上升，到達一種使牠們能夠測量識別這個場地的高度。

牠們似乎在說：「怎麼了，這就是家嗎？」牠們再次降臨下來，又再次看見殘骸和廢墟，牠們還在想有什麼搞錯了——於是第二次接著第三次飛起來，然後像之前一樣可憐地降落下來。最可悲的，就是看見那些倖存而困惑的蜜蜂努力去挽救幾滴牠們那被浪費了的財富。

此時，如果樹林中有另一群蜜蜂，那麼搶劫者就出現了。你可能通過牠們那傲慢的、責罵的、可能會讓魔鬼也害怕的嗡嗡聲來認識牠們。這是一陣邪惡的風，吹得人極不舒服；這些傢伙使牠們的鄰居遭受了最大的不幸，從而也導致了牠們自己的毀滅。獵手記下牠們的路線，第二天就來尋找蜂蜜。

白天炎熱，蜂蜜很芳香，在這種情況下，在西南方向很快就確認了一隊蜜蜂。儘管老殘椿裡面有很多廢蜂蜜，儘管有一條條金色小溪從樹椿上面涓涓細流下山岡，附近的樹枝和樹苗都塗滿了蜂蜜，我們在那裡擦拭殺戮的雙手，卻沒有浪費一滴蜂蜜——因爲別的蜜蜂飛來將其搬走了。

蜜蜂並不只是這場盛宴的唯一來客，來客中還有土蜂（Bumblebee）、黃蜂（Wasp）、胡蜂（Hornet）、蒼蠅和螞蟻。土蜂在這個季節裡都是饑餓的流浪漢，沒有固定的居所；牠們會讓自己飽餐一頓，然後爬到空巢脾碎片或者樹皮碎片下面去過夜，第二天重赴歡宴。土蜂是尋蜂人經常見到的昆蟲，牠們的體積大小不一，同蜜蜂相比，牠們遲鈍而笨拙；牠們受到尋蜂人放在田野中的盒子的吸引，會隨風跟蹤芳香而來，以最愚蠢、最笨拙的方式匆忙地擠進盒子。

那些把我們留在老樹椿上的剩餘物舔起來的蜜蜂，是屬於在山嶺下面大約半英里之外的一個蜂群；幾天之後，同樣的命運就降臨到牠們身上，牠們的貯存物也成爲附近地區的另一群蜜蜂的獵物；而那另一群蜜蜂也招惹了「天災」，被制服了。我從幾個地點來吸引先前提到的那群蜜蜂，越過岩石、穿過溝壑來跟蹤牠們的線索，然後來到一棵幾年前被伐倒的高大鐵杉樹前——一群蜜蜂佔據了靠近這棵鐵杉頂端的一個空腔來作爲巢穴，依然還能看見老巢脾的碎片。幾碼開外，佇立著一棵蹲伏的矮小鐵杉，我認爲蜜蜂應該就在那裡。

當我在它附近停下來，注意到那棵樹離地面兩英尺處留下了多年以前斧劈的傷口；那傷口部分癒合了，但是，那裡有一個我第一眼沒有辨認出的洞孔。我正要走過去的時候，一隻蜜蜂發出刺耳的、不和諧的嗡嗡聲飛掠我——那種聲音是蜜蜂在塗滿蜜的時候發出的。我看見牠歇落在那部分癒合的樹木傷口中，朝家裡爬去；然後越來越多的蜜蜂飛來，成群結隊，重負著從盒子中採來的蜜。

那棵樹的直徑大約有二十英寸，根部形成了空洞，也許是因爲斧子劈砍的痕跡形成的。蜜蜂們用蜂蜜把這個空間完全給充滿了。我們用斧子砍掉這棵還活著的樹的外層年輪，把裡面的財富暴露出來——儘管劈砍時無比小心，可還是傷及了巢脾；一條條金色流體的小溪從樹根流了出來，涓涓淌下山岡。

十一月的一天，我們進入樹林。不到半小時就發現了一群蜜蜂。這棵樹也是鐵杉，佇立在一片三十英尺高的灰白色的、青苔覆蓋的岩面凹處裡。這棵樹還沒有長到懸崖頂端。蜜蜂們進入根部的一個小洞，那裡離地面七八英尺；這個位置很醒目，那蜂房外觀根本就不好看，內部環境也崎嶇不平。

我們的腳下有一片樹林圍繞的黑色湖泊，卡茨基爾山那漫長的全景盡收眼底，後面全是沙萬岡克山脈那具有更多斷裂的輪廓，四面都是懸崖和一派雜亂的岩石和樹木。蜜蜂佔據的空腔大約三英尺半長，直徑八或十英寸。我們用斧子砍掉樹的一邊，剝光它——這是最令人愉快的一幕！蜜蜂們多麼曲折而又偏僻地穿過牠們的宮殿！那裡有大塊的雪白巢脾！它在那裡被密封起來，呈現出微微凹損的崎嶇表面，看起來就像某種珍貴的礦石。當我們提著一大桶巢脾走出樹林，它看起來越發像礦石了。

本地的尋蜂人通過在蜜蜂第一次往返中所用的時間來預測樹的距離，但這並不是確切的指導。你可以保險地計算那棵樹在一英里之內，並不需要把你的蜜蜂在十分鐘內的來回作爲規則。有一天，我從樹林中的一個空洞中拾起一隻蜜蜂，把蜜給予牠——牠去了我的盒子三次，那之間的間歇大約是十二分鐘，牠每次都單獨回來——我後來發現了那棵樹，大約有半英里遠。

要讓蜜蜂排著隊穿過樹林，尋蜂人的策略就是每二十桿或三十桿就停下來，砍掉樹枝或者砍倒樹，讓蜜蜂再次陷入忙碌。如果牠們依然前行，尋蜂人也前行，重複觀察，直到找到那棵樹；或者直到蜜蜂在這條小道上掉頭回來，那樣尋蜂人就知道自己經過了那棵樹，他就會重新返回到一段不遠的距離上，再次嘗試。這樣很快就縮小了應該搜尋的空間，直到蜜蜂被追蹤到家園。

有一次，在野外的一片岩石嶙峋的樹林中，那裡的地表上，深坑和地縫交錯出現，長滿濃密的大樹，聳立著鋒利險峻的山嶺，猶如一片在暴風雨中顛簸著的大海。我把我的蜜蜂直接帶到牠們的樹下，讓牠們在一塊不到三十英尺遠的暴露突岩上面做出選擇。在這樣的環境下，人們會期待牠們逕直回家，因爲只有少數幾根樹枝遮擋牠們的線路；可是牠們並沒回家，卻穿過樹木飛起來，在樹林上空到達一個高度，彷彿牠們還要飛很多英里的路程——這樣迷惑了我好幾個小時。

蜜蜂總是會這樣做，牠們只是從上空來熟悉樹林，僅僅靠這裡的界標來辨認出家園；在每個例子中，牠們都高高飛起來確認自己的方位。想一想，牠們肯定非常熟悉森林頂端的外貌——一片綠樹成蔭的大海或平原，在那裡可以確定每個標記和地點。

另一個令人好奇的例子，就是當你離一棵蜜蜂棲居的樹半英里遠時，通常比你只離它幾碼遠的時候，能更快追蹤到蜂巢的蹤跡。蜜蜂猶如我們這些人類，對近在手邊的東西信心不足，卻期待在遙遠的田野上去獲得牠們的好運；牠們被遙遠和艱難所誘惑，因此忽略那就在牠們的家門前的花朵和蜜。

有好幾次，我證明了牠們這種遠香近臭的習性：我無意中把我的盒子放在離一棵蜜蜂棲居的樹只有幾步之遙的地方，久久等待蜜蜂出現，牠們卻沒有來；可是，當我把盒子搬到遙遠的田野上或者林中空地上，我就立即獲得了牠們的線索。

我有一種理論，即是當蜜蜂離開蜂巢時，除非是別的方向有某種特殊的吸引，牠們通常都迎風飛翔；這樣，當牠們滿載著重負回家時，牠們就會順風而行。對於這些小小的航行者，不同情形的區分是很重要的。滿載貨物時，堅挺的逆風就成爲牠們的巨大妨礙；但是當牠們精神飽滿和兩手空空時，就能更加從容地面對逆風。維吉爾說蜜蜂把礫石當作重物來承受，可是牠們唯一的重物就是牠們那裝滿蜜的袋子。當我去尋找蜜蜂時，我更喜歡到樹林向風的一面，蜂群應該躲避在那裡面。

蜜蜂猶如送奶員，喜歡靠近泉水。蜜蜂並不打濕牠們的蜜，尤其是在乾旱季節，因此這些蜜當然就更濃更甜。有經驗的尋蜂人就沿著小溪和靠近在林中奔流的泉水，而尋找蜜蜂棲居的樹。有一次，我發現一棵遠離水的蜜蜂棲居的樹，那裡的蜂蜜有一種特別的苦味；我確信，它混合了那腐朽而多孔的鐵杉樹所吮食的雨水。我砍到樹內部，發現它的北面浸潤著一種猶如泉水的水，它大滴大滴流出來，有一種苦味。蜜蜂們就在自己的房子裡面找到了這樣一道泉水或一個水槽。

蜜蜂常暴露於更多艱辛和危險之中。風和暴雨，就像對於其他航行者那樣，證明對牠們是災難性的。就像土匪強盜對於旅行者那樣，黑蜘蛛潛伏著守候牠們。有一天，當我在某一株北美黃花中尋找蜜蜂，我窺視到一隻蜜蜂的部分身軀隱藏在一片葉子下面，牠的籃子裝滿花粉──牠沒有移動。我抬起葉子一看，發現一隻毛茸茸的蜘蛛埋伏在那裡咬住蜜蜂的喉嚨──這吸血鬼顯然害怕蜜蜂的螫針，於是就咬住了牠的喉嚨，直到非常確定牠已經斷氣了才放開。

維吉爾提到的雜色蜥蜴（Painted Lizard），也許是一種蠑螈，據說是蜜蜂的敵人。我們這裡並沒有摧毀蜜蜂的蜥蜴，可是雨蛙潛伏在蘋果花和櫻桃花中間，猛然攫取大量蜜蜂，只要牠那難以捉摸而又黏濕的舌頭閃電般向前迅疾地吐出，那蜜蜂毫無疑問地就消失了。維吉爾還指責山雀（Titmouse）和啄木鳥獵食蜜蜂。我們的美洲食蜂也遭到過相似的指控，然而食蜂只吞食雄蜂；工蜂對牠來說太小又太快，要不然就是牠畏懼工蜂們的螫針。

附帶說一下，維吉爾對於蜜蜂的認識只比兒童多一點而已。他的《農事詩（Georgic）》的第四首裡面的事實很少，更多的是寓言虛構。如果他自己養過蜜蜂，或者拜訪過養蜂場，那麼我們就很難理解，他怎能相信到處飛翔的蜜蜂把礫石當作重物來搬運──

當空空的樹皮在巨浪上漂浮，
水手用沙的重物來保持小船的平衡；

因此蜜蜂承受礫石，礫石平衡重量，
穿過呼嘯的風來引導牠們穩定地飛行……

或者，在兩個蜜蜂群體發生戰爭時，牠們的國王率領牠們從蜂巢出發，在空中交戰，死傷遍野——

堅硬的冰雹並沒有密集地落在平原上，
橡樹也沒有搖落這樣一陣陣橡實之雨。

很確切，他從未去尋找過蜜蜂。如果他去過，那麼我們就應該有過《農事詩》第五首。然而，他似乎又很瞭解蜜蜂有時會逃向樹林：

蜜蜂並不單獨在蜂巢中，而是
在地面下找到牠們自己的房間；
牠們的拱頂懸掛在浮石中，
懸掛在空洞之樹的腐朽軀幹裡面。

野蜂蜜就在附近，野蜜蜂溫馴得就像牠們的那些在蜂巢中的兄弟。唯一的區別是，野蜂蜜是要靠你的冒險才能品嘗得到的，這使得它會比家釀的蜂蜜味道更美一些。

【注釋】

①古羅馬抒情詩人（西元前70～西元前19年），其主要作品有《田園詩》、《農事詩》、《伊尼德》等。

②作者虛構的名字，這裡指那隻不把其發現物告訴同伴的蜜蜂。

第四部　路邊筆記

幾乎是一周之後，另一個巢穴開始構築了。遠離那暗藏危險的水道，然而，建築師卻並沒有用很多心思來構築它——材料相當匱乏，凍結的冰阻礙著建造的進展，在巢穴的地下一層完全完成之前，冬天就統治了這個池塘……

第十六章　善測天氣的麝鼠

很大程度上，我已經相信了麝鼠（Muskrat）是一種聰明的小動物；牠具有一些預測天氣的秘密能力，讓我非常樂於去瞭解。在一八七八年秋天，我注意到牠異乎尋常地把巢穴構築得又高又大。我在多處不同地方注意到那些巢穴。

在我曾經每天散步都要經過的路邊，有一個凝滯的淺池；整個十一月，麝鼠都在那裡構築巢穴。牠們只在夜裡工作，我每天都能看到這件工作在無形地推進。當池塘上微微結冰時，那層薄冰卻在巢穴周圍破裂開來；一縷縷拖拽的痕跡橫越冰面，那是麝鼠從不同方向搬運各種材料時所留下的。

那房子離水道很近，它完全由一種生長在四周的粗糙的野草構成。據我觀察，迄今為止，麝鼠巢裡裡外外都是大團大團堅固的草，內部的空洞或巢穴應該是後來才挖掘而成的。當這些巢穴從池塘中露出來，就漸漸呈現出微型的小山狀，南面非常險峻陡峭，北面則長距離地緩緩傾斜到水面上。

你能看到，那小小的建築師從這個較為平坦的坡度把各種建築材料拖拽上去扔到另一面，非常醒目。牠每一次用嘴巴來構築巢穴，動作都明確無誤。在巢穴構築到水面上二英尺或更高之後，我每天都期盼著看到麝鼠盡其最後的努力來完成這件工作。然而構築者說，還要建得再高些。

十二月臨近了，寒意充滿威脅，我開始惴惴不安，因為冬天的來臨會使那些尚未完成的巢穴突然停工。然而，聰明的麝鼠遠比我清楚時局，牠們接受了來自麝鼠總部的秘密忠告，對此我一無所知。終於，在十二月六日，巢穴完成了；北面的傾斜面構築起來了，每個構造都形成一個堅固的巨大圓錐體，三四英尺高，是我見過的這類巢穴中最大的一個。

我疑惑——難道這就意味著嚴寒要來臨嗎？一個老年農夫說過這意味著「高水位線」；他說得一點沒錯，因為幾天之後，這個地區就遭遇到了半個世紀不遇的大雨。小溪上漲到了一個史無前例的水位，這個凝滯的池塘變成了一條沸騰湍流的水道，憤怒的水漸漸漲超這些麝鼠巢穴的邊緣。

大約到四點鐘，大雨停了，巢穴在洪水上面顯得只有帽子一樣大。夜裡，當急流在巢穴上面沖擊而過的時候，水道就轉移了，第二天，就看不見巢穴的一絲痕跡了；它們順流而下，就像其他充當臨時角色的居所那樣被沖走了。麝鼠聰明地築巢，能完全躲避任何普通的降雨，可是又怎麼能讓牠預見一場洪水呢？也許，在牠們這個種族的最古老的本性中，這樣的探察能力還不算強。

幾乎在一周之後，另一個巢穴開始構築了。遠離那暗藏危險的水道，然而，建築師卻並沒有用很多心思來構築它——材料相當匱乏，凍結的冰阻礙著建造的進展；在巢穴的地下一層最後完成之前，冬天就統治了這個池塘。

在其他地區，我注意到麝鼠巢穴構築在溪流岸上，安置在一小片灌木叢中，以防洪水的襲擊。當一八七九年秋天來臨，麝鼠非常緩慢地開始構築巢穴，大約在十二月一日才鋪設基角石或基角草皮，緩慢而又漠不關心地繼續進行這項工作。到這個月的十五日，巢穴的構築都還沒有完成。我說過，這表明了將要來臨的冬天是溫和的，足以確定這個冬季是很多年來最溫和的冬季，麝鼠的房子用途不大。

還有一次，在一八八〇年秋天，這些善測天氣的麝鼠擺動腦袋——有些麝鼠預示著一個溫和的冬季，有些則預示著一個難熬的寒冬。我對此很感興趣，觀察從麝鼠那裡傳遞過來的種種預兆。大約在十一月一日，牠們就開始築巢了，比前一年要早一個月，而且牠們構築得非常用心，好像剛剛得到了那正在臨近的冬天將是什麼樣子的最後訊息。

要是我接受了牠們所給予我這種可以感知的暗示，那麼，我的芹菜就不會凍結在地面上了，我的蘋果也不會處於毫無防護之地。當寒潮在大約十一月二十日向我們襲來的時候，我的這些「我告訴了你是這樣的」的小動物幾乎都完成了牠們的居所。可以說，只剩下脊板還有待完成，巢穴需要一個小小的頂蓋，那樣看起來就竣工了；可是剩下的工作並沒有完成。冬天來了，牠們留駐在這裡。

天氣越來越寒冷，到十二月的最後那幾天，史無前例的嚴寒肯定震驚了麝鼠，儘管牠們躲在舒適的避難所中。這時，我接近牠們的巢穴，那是深深地凍結在白色池塘表面上的一個白色土堆。我想知道那個顯然是墳墓的土堆裡是否還有生命存在，於是，就把銳利的拐杖插了進去——裡面立即響起了一陣沙沙聲，然後是跳到水中的濺落聲，好像是裡面的居住者正在逃跑。

我想，這房子有一個那麼潮濕的地窖，在這種天氣裡，把一個安靜的鄰居從牠的床上攆走、驅趕到水中是多麼不忍呀！水打不濕麝鼠，麝鼠的皮毛彷彿具有魔力，一滴水也滲不進去。

在地面良好的地方，麝鼠並不構築這些土堆般的巢穴；而是在岸邊挖長距離的洞，在裡面構築牠們的冬天居所。

基於以上這些事實，我們難道還能不認為這種小動物善測天氣嗎？兩次擊中目標可能純屬好運，可是連續三次正中靶心就不僅僅是巧合了；這證明了一種技巧。麝鼠有點獨特，舊世界①找不到牠，其實那些緩慢流動的英國溪流，岸邊長滿草叢，非常適合牠。歐洲水鼠（Waterrat）要小一些，牠的本性和習慣同麝鼠相似。麝鼠不像有些囓齒類動物那樣冬眠，相反，牠們在整個冬天都相當活躍。在十二月，我在散步時，注意到牠們跑到幾碼外的一個果園裡偷去吃凍結的蘋果。

有一天，我沿著一條小溪散步，在麝鼠的痕跡中發現水貂（Mink）的痕跡，於是就沿路追尋而去。不久，我就在一道石牆邊的積雪上發現了血跡和其他爭鬥的痕跡。我在石頭之間仔細查看，發現了一隻不走運的麝鼠的屍體，牠的頭和脖子都被吃掉了——水貂把牠當成了一頓美餐。

【注釋】

①東半球，與美洲大陸相對而言，尤指歐洲。

第十七章　哄騙松鼠

去年秋天，因爲我在林中收穫了最大最好的栗子，所以對灰松鼠（Gray Squirrel）欠了一份情。十月初的一天，當我穿過樹林散步，偶然來到一個地方，那裡的地面密密麻麻地佈滿了很大的栗子刺果，還沒有裂開。仔細查看，我發現每個刺果都是被弄成直角折斷的，上面還帶著一英寸左右的梗莖，樹上沒剩下一個栗子刺果了。這不是偶然的，而是蓄意所爲。

是誰這麼幹的呢？是松鼠。這種果實是我在林中曾經見過的果實中最好的，一些聰明的松鼠就把它們據爲己有。栗子刺果成熟後剛剛開始分裂，不是分裂成三倍，而是四倍，顯露出蘊藏在裡面的果實。因此，那煞費苦心的松鼠顯然是這樣來勸說自己的：「現在，這是些特別美好的栗子，我需要它們。如果我等到刺果在樹上裂開的話，那麼，烏鴉和鳥肯定會在栗子墜落之前來搬走很多很多；然後在風吹得剩下的栗子嘎嘎作響之後，豬、老鼠、金花鼠、紅松鼠、浣熊、松雞都要來分一杯羹，更不要說小男孩了。因此我要謹防這種事情發生，我要等刺果一成熟就把它們扯掉。這個乾燥的十月，只需要幾天，每個刺果就會在地面上裂開；那樣的話，我到現場收集栗子就正是時候。」

當然，這松鼠就像我描述的那樣，必須像一個覓食者那樣去冒險投機，偷偷摸摸地搶在了牠的鄰居之前，捷足先得。當我開始收集裂開的刺果，我就已經做好了一半的準備去聽到周圍的樹上傳來的抗議聲——因爲我經常幻想自己受到了那些傢伙膽怯而嫉妒地注視。松鼠是怎麼知道如果刺果落到地面上幾天之後就會裂開，這倒是一種有趣的探究。也許牠並不知道，而是認爲這種試驗值得嘗試。

灰松鼠是美國的一個獨特的品種，作爲國家標誌可能非常適合。舊世界可以在老鼠的品種上勝過我們；可是在松鼠方面，我們卻遠遠走在前面，我們有五六個品種對歐洲的一個品種。

第十八章　哈得遜河上的雲雀

在過去的季節我所記錄的筆記本上，寫滿了對一隻英國雲雀的不同尋常的描述——牠在埃索普斯溪畔牧場上空圓潤地歌唱。五月初的一天早晨，在一片低矮的田野上，我在一個沼澤般的地方四處閒蕩。那時，我穿過鳥語的迷宮——知更鳥的笑語、草地鷚的鳴叫、刺歌雀的歌聲、麻雀的小調、黃鸝的呼哨、燕子的鳴囀——空中充滿了這些聲音。

可是，我的耳朵突然被一種陌生的曲調吸引住了，我停步聆聽——我想我是聽見了一隻雲雀，還是在做夢？那歌聲來自空中，在幾百碼遠的一片寬闊低矮的牧場上。我倒退幾步，退到一個更高的位置上，把眼睛和耳朵朝那個方向搜索。是的，那種慷慨的、歡悅的、向上的、豐富的歌聲只能屬於雲雀！

我聆聽之際，我們的所有本土歌手都停止了歌唱。不久，我就有幸看見了那隻鳥兒。牠飛在上空，在一片小小的白雲下面，拍動著翅膀；在那片白雲的背景上，牠的形態顯得特別清晰。我在英國見過雲雀的樣子，也聽過雲雀的歌聲，要不然我還會懷疑這位歌手的身份。

當我攀緣到一道籬笆上時，我被迫把目光從雲雀那裡移開；而當我再次觀看時，歌聲停息了，那雲雀也消失了。很快，我來到那我聽見牠的歌聲的牧場上，我非常興奮我第一眼就又看見了那隻雲雀。

對於我的眼睛，牠多麼陌生；牠那鋒利的長長翅膀和牠的飛翔方式都暗示著牠是一種濱鳥（shorebird）。我在牧場上四處跟隨牠，聽到牠唱出一陣又一陣歌，可是再也沒唱出那向上翱翔的、那驟雨般的豐富音樂了。我裝作要經過牠的樣子，幾次在離牠幾碼內的地方觀察到牠；當我一接近，牠就會蹲在樹樁上，然後突然飛起來——當牠完全飛起來時，牠就短暫地歌唱，直到再次歇落在十五桿或二十桿之外的地方。

第二天，我到這個牧場上來了兩次，第三天又來了兩次，每次都看見了那雲雀或者聽見了牠從空中傳來的歌。尤其有趣的事情，就是這雲雀「帶著情感」挑選出了我們的一種本地鳥來接近——那種跟牠最相像的鳥，即栗肩雀，或者叫草雀（Grass Finch）。我看見牠對栗肩雀獻出了最大的殷勤，緊緊跟隨那栗肩雀，在牠上面盤旋，尋求通過各種溫和的間接方式來接近牠。可這栗肩雀卻有些膽怯，顯然不知道拿牠這位著名的異域情侶該怎麼辦。栗肩雀有時會躲避在一叢灌木中，而雲雀不善棲落，就歇落到灌木下的地上。

這栗肩雀看起來夠像雲雀的了，牠跟雲雀有一種很近的關係；牠的色彩恰好跟雲雀相同，牠的顯著標誌就是尾巴上那兩根側生的白色管羽。在你靠近時，栗肩雀也同樣有偷偷躲避到樹樁上或草叢中去的習性；牠是一種完全生活在田野上的鳥，牠的某個音調可能複製了雲雀的歌。

體積上，牠約比雲雀要小三分之一，而這就是牠們之間最明顯的差異。與雲雀這種更高貴的鳥兒在一起，牠們結合應該不會有任何障礙。在這個例子中，那雲雀顯然做好了相當的準備來忽略牠們之間的差異，可是栗肩雀堅持拒絕牠。無疑，栗肩雀在這方面的固執把雲雀趕走了，我找不到牠了，從此再也沒有看見牠或聽見過牠的歌聲了。

我祝願它在某個地方找到了一個伴侶，然而那似乎是很不可能的。這隻雲雀很可能是從籠子中逃出來的，要不然，牠就是好些年以前在長島上釋放的一些雲雀的倖存者。在美國，雲雀不像牠們在歐洲那樣繁榮是沒有道理的。在四月或五月，如果有幾百隻雲雀在我們的任何土地上被釋放，那麼我就毫不懷疑牠們很快就會繁榮起來。那將是多麼大的收穫！

作爲歌手，雲雀應該獲得我們賦予牠的所有讚美。牠不會給鳥兒的合唱增添更多和諧與旋律，卻會給鳥兒的合唱增添更多愉快、歡樂和力量。牠的嗓音是春天早晨的嗓音，歡樂而又令人鼓舞，猶如一種歡悅不息的掌聲。

一個朋友給我描述了他在海外聽到的第一隻雲雀的情景，我非常感興趣。這位朋友見過舊世界中如此多的奇觀，以至完全忘掉了雲雀。有一天，當他在海邊的某個地方行走，一隻棕色的鳥突然在他前面飛起來，升上天空開始歌唱，吸引了他的注意力。當這鳥兒飛上天空，傾湧出牠那迅疾而喜悅的調子，猶如一隻在分群時期從蜂巢飛來的蜜蜂，觀察者就立即悟出了牠的真實身份。

「天哪！」他驚歎起來，「那是一隻雲雀，一點沒錯，是那種鳥兒。」

正是這獨特而準確的特徵，還有那噴泉般的活力，成為雲雀的魅力的主要來源。

第十九章　夜間的昆蟲

夜間的昆蟲，如樹蟋（Tree-cricket）和紡織娘（Katydid），牠們的活力像熱量那樣衰退！牠們是音樂家，演奏得或快或慢、或強或弱，正如季節的熱量在上漲或衰落。只要生命還持續著，牠們就演奏；當牠們的音樂停止之時，就是這些小精靈死亡之時。

八月，紡織娘開始極其活躍而熱情的鳴叫——「卡蒂迪德」、「卡蒂迪德」、「卡蒂迪登特」。接近九月末，牠們收斂了許多，僅僅鳴叫「卡蒂」、「卡蒂」，充滿頻繁的停頓和歇息的音符。十月，牠們疲倦地喘息或粗厲叫著「卡特」、「卡特」；在這個月底之前，就完全聽不到牠們的聲音了——儘管我懷疑聽者的耳朵是否還敏銳得使他足以去捕捉到一聲微弱的低語，如「卡特」、「卡特」。

紡織娘的那些表親，咕嚕嗚叫的綠色小樹蟋，在同一個時候以同樣的方式衰落下去。當牠們的合唱最為圓潤的時候，溫暖的秋夜悸動著柔和的低聲。我注意到那聲音波浪式地襲來，那種拍子充滿了節奏。相比紡織娘笛聲似的、輕快活潑的音調，小樹蟋的鳴叫是一種多麼溫柔而謙遜的背景！

隨著季節推移，牠們的生命潮水般地接連退卻。你在這裡聽見一隻，在那裡聽見一隻，可是空氣中不再充滿那種有規律的聲音脈搏了——這些音樂家一個接一個停歇了，直到在十月底的某個溫和之夜裡，你聽見——僅僅聽見，就是那樣由最後一個小小豎琴家演奏出的最後一個微弱音符。

第二十章　狐狸與獵犬

一個秋日，我站在高高的山岡或山嶺上，看見一隻獵犬穿過田野追逐一隻狐狸。我想，那隻狐狸肯定是發出了什麼氣味，才這麼容易被追蹤；牠們的體味在空氣中沒有被微風如煙般地吹散多好啊！

狐狸沿著山岡一路長跑下去，在離一堵石牆幾英尺的地方直角轉向，朝山上進發，越過一片耕耘過的土地和一連串牧草地。大約在十五分鐘後，我就看到獵犬用鼻子全力嗅聞著空氣而奔來——牠從不用鼻子嗅聞地面。當牠來到石牆，牠就選擇了與狐狸相對的另一邊，與石牆保持相同的距離，這樣就同牠的追蹤目標分開了好幾碼。

獵犬和狐狸中間隔著籬笆。在狐狸迅疾轉向左邊的那個地點，獵犬多跑了幾碼；然後旋轉，用鼻子嗅聞空氣片刻，再次收到氣味，準確無誤地一路追蹤著離開，好像追蹤就是牠的命運。應該是狐狸在前行每一處留下了氣味，而且那種氣味是非常濃烈的惡臭，因此留在凹地裡面，頑強地依附在灌木上和籬笆的縫隙中。

我想我在幾分鐘後經過那條路時，應該能聞到一絲殘留的狐狸氣味，可是我沒有聞到。但是我猜測，這不是在地面上跑過時給人留下深刻印象的那種步伐輕盈的狐狸，而是獵犬的感覺對其極其敏銳的那種狐狸。對於獵犬敏感的鼻子，狐狸留下的蹤跡就像熱騰騰的糕點一樣，不會冷卻下去，好幾個小時無法散去。此時，獵犬只有一種感覺：牠的整個靈魂都集中在牠的鼻子裡面。

有趣的是，獵人會在冬天的早晨出發，去看他的獵犬在搜索狐狸之前留下的蹤跡，以確定那些蹤跡留下了多久。獵犬把鼻子深深插入到積雪裡面，因此排除了來自上面的空氣，然後長長地做深呼吸，有時發出一種聽得見的鼻息聲。如果還有狐狸散發的最微弱的惡臭存留在那裡，那麼獵犬就會探測到。如果氣味非常微弱的話，那麼牠就僅僅搖搖尾巴；如果氣味非常強烈的話，那麼牠就露出舌頭來。

這樣的事情讓人想起荒涼的曠野，即使是在生命的車輪最平穩地轉動時，衝突也會在我們四周發生。一隻狐狸不能沿著石牆頂端非常輕盈地前行，不得不把自己的路線給獵犬暴露得更多；獵犬在數小時後就追蹤而來了。當男孩們玩「野兔與獵犬」的遊戲時，野兔散佈一點點紙屑，給追逐者留下線索；要是我們的視覺和嗅覺敏銳得足以去探測出那些碎屑該多好。

魚即使是在水裡也會留下蹤跡，據說水獺就是憑藉這種蹤跡來追蹤魚的。鳥兒在空中留下痕跡，只有牠們的敵人才用視覺而不是嗅覺來進行捕獵。狐狸多半是在凍結的堅冰硬殼上來迷惑獵犬——因為氣味不會存留在光滑的、珠狀的顆粒上面。單憑眼睛來判斷，狐狸是奔跑的動物中最輕盈活潑的。牠的那件毛皮外衣隱藏著肌肉的跳動和勁力，這在牠的追逐者——獵犬身上也如此明顯。狐狸跳躍著前行，彷彿一陣輕風吹送著牠；牠長著一條大尾巴，彷彿牠的尾巴是憑藉自身的輕盈而飄浮在空中的。

獵犬的速度並不顯著，可是牠的耐力卻非常持久！牠常常奔跑到深夜，有時奔跑到早晨，從山嶺跑到山嶺，從山峰跑到山峰；一會兒在山上，一會兒越過山谷，一會兒四處跳動在向上延伸的牧草地大斜坡上。狐狸常常有一條相當明確的路線，因此獵人知道要到哪裡去截擊牠。牠像一顆彗星再次出發，遠遠離開那牠受到驚擾的一連串山岡和山嶺，牠的歸來則完全是一件憑藉推測來確定的事情；但如果白天還沒有度過一半的話，那麼獵人的機會就來了——狐狸將在夜晚之前回來，儘管獵人的耐心很少能堅持到那時。

獵犬是一種最有趣的狗。牠那麼莊嚴，面容長長的；牠那麼安寧，樂於助人！牠是狗當中的公誼會①教徒。似乎牠的身上排除了所有的邪惡和暴躁；牠很少像別的狗那樣爭吵，或者搏鬥、戲弄。兩隻陌生的獵犬初次相遇時，相互的舉止謙恭得猶如兩個人。我知道的一隻獵犬有一種古老的、有皺紋的、甚至顯得遙遠的外表，讓人想起埃爾金大理石雕②中間的荷馬半身像。那隻獵犬的樣子看起來就像那牠非常懷念的群山。

對於農場狗來說，獵犬是一個巨大的謎。前者受到獵犬吠叫的吸引，吠叫著而來，吼叫著穿過田野，有挑釁的傾向。牠截擊獵犬，盡其可能地怠慢和侮辱甚至折磨獵犬；可是獵犬對牠並不在意，而是盡可能離開，繼續去追蹤牠的獵物。那雜種狗則豎起鬃毛吠叫，四處炫耀片刻，再回到農舍；牠顯然認爲獵犬是瘋子，而目前牠自己則是偏執狂。

有一天，我看見一個獵人帶一隻獵犬出獵，他不得不全力控制住牠，好讓另一個獵人有足夠的時間到達某個動物的必經之路；那隻獵犬嗚咽著，掙扎著要擺脫出來，對牠進行威脅或者安慰都絲毫不起作用。我猜牠肯定是餓了，就把我的午餐給了牠，可是牠碰也不碰那些東西；於是我把食物放在牠嘴裡，而牠輕蔑地將其扔掉。我們撫哄牠，讓牠安下心來；可是牠彷彿處於一種魔法之下——除了那種去追蹤獵物的激情，牠喪失了所有別的想法和欲望。

【注釋】

① 基督教新教中的一個派別，又稱貴格會和教友派。

② 在十七世紀由埃爾金伯爵帶回英國的古雅典雕刻作品集，現收藏於大英博物館。

第廿一章　雨蛙

我們可以誇耀，我們的國家擁有的蟾蜍和青蛙比任何其他地方都要多。春天，牠們從我們的池塘和沼澤裡升起一片悠揚的合唱。太陽下，我們不可能在其他任何地方聽到同樣的合唱。在歐洲，這種情形當然影響了文學。如果你專注地聆聽，你就會發現第一種青蛙，然後發現另一種，每個種類都輪番演唱三四天到一周。

四月下旬，當小青蛙開始歌唱，在白日臨近結束之際，你乘車或散步來到這些地方，周遭的空氣完全隨著聲音而悸動；從每一片沼澤凹地和淙淙流淌的泉水都傳來尖顫悠揚的嗓音，形成那種難以深究的聲音迷宮。

雨蛙出現之後，接下來是咕咕叫的青蛙，牠是一種很小的深褐色青蛙，發出刺耳的、咕咕叫的調子——後來牠在這個季節中成爲著名的褐色林蛙（Brown Wood Frog）。牠們一邊把產下的卵存放起來，一邊合唱；但牠們只合唱幾天，不到一周就停止了，直到第二年四月才能重新聽得到。隨著天氣漸漸暖和起來，青蛙開始跳進水裡，發出那種拉長的悠揚的「tr-r-r-r-r-r-ing」調子。

根據男孩們的說法，牛蛙的叫聲是這樣的——「郎姆酒杯」、「郎姆酒杯」、「拉插頭」、「拉插頭」，在六月之前到處都能聽到。唯有雨蛙、咕咕叫的青蛙和牛蛙才進行合唱。最有趣、最容易受驚並且又跟我們所有的青蛙和蟾蜍離群的，是雨蛙（Tree Toad）。

雨蛙從老蘋果樹、櫻桃樹或者大金鐘柏上宣告雨的來臨，干擾你爲了看見或發現牠而做出的各種努力。牠恰好沒有變色龍的能力（就像一些人想像的那樣），無法讓自己的顏色變得同牠棲身的物體顏色一致來讓自己隱身；可是牠的棲息非常封閉而靜止，牠那斑駁的背上有不同的灰色調，幾乎讓牠同每棵樹的樹皮能夠完美地融合起來。

我曾經注意到牠的身體顏色的唯一變化，就是牠在像山毛櫸和楓樹那樣的淺色樹上時要淺些，在蘋果樹、雪松或松樹上這種深色樹上時要深些。因此，牠通常隱藏在樹木的空腔或空洞裡面，鳴叫時，牠的聲音就好像是從外面傳來的。

我對這種動物習性的大多數觀察，跟那些我可以就這個主題對其進行諮詢的權威們相反。首先，雨蛙就像普通青蛙，牠是夜行者。白天，牠靜止不動，隱匿著；夜裡，牠機警得猶如貓頭鷹，在樹木之間四處移動、覓食。我從未瞭解到一隻雨蛙在白天改變牠棲息的位置，也從未瞭解到一隻雨蛙在夜裡靜止不動。

去年夏天，我發現一隻雨蛙棲息在窗口的一根攀緣的薔薇植物上；那房子已有好些日子沒有人住了，當把窗簾拉起來的時候，牠就被發現了，接受我的密切觀察。牠的那種淺灰色跟房子不曾漆過的木製原料形成了完美的和諧。白天牠一動不動，可是第二天早晨卻消失了。

我的一個朋友捉住過一隻雨蛙，在夜裡，把牠放在桌子上的平底玻璃杯下面，把杯沿翹起來八分之一英寸，讓空氣進入裡面。夜裡，他被房間裡的一陣奇怪聲音驚醒了。那種聲音是在某個物體上的一聲聲輕拍，一會兒在這裡，一會兒在那裡——在家具中間，或者是在牆上或閘上。

經過探究，他發現被捉住的那隻雨蛙不知怎麼從玻璃杯下面逃走了，以一種非常活潑的姿態在房間裡到處跳躍。當牠落在門上、牆上或者其他垂直的表面上時，就發出了他所聽見的那種聲音。

我確信，雨蛙的家通常是在一棵空心的粗枝中，或者是在樹上的其他空腔裡面；牠在這裡安家，度過白天的大部分時間。有兩年，一對雨蛙頻繁出現在我的房子附近的一棵老蘋果樹上，偶爾棲息在那通往一根大枝的空腔入口邊——可是我通常聽見牠們的聲音是從空腔裡面傳來的。

五月初的一天，當我在林中散步，我聽見一隻離我只有幾碼遠的雨蛙在鳴叫。我小心翼翼追蹤那個聲音，耽擱了一陣之後，確定了那個聲音是從一棵小楓樹的樹幹中傳來的。那棵樹是空洞的，通往內部的入口處離地面有幾英尺。我沒有找到那隻雨蛙，可是卻非常確信牠們就隱藏在樹裡面；因此我就把洞口堵住，以便在我空閒的時候來把樹幹劈開。一周過後，我再次來到樹林，劈開樹的空腔，發現了一對雨蛙和一隻沒有外殼的大蝸牛。我不知道那蝸牛的出現是偶然，還是這些動物由於某種原因而伴生在一起。

要辨別雄雨蛙和雌雨蛙很容易：雄雨蛙的頭部較大、軀體纖細苗條、長著稜角，而雌雨蛙的形態和色彩兩方面則要美麗得多。這個空腔深長、不規則，顯然是牠們的家，被清理得很好，是一個舒適安全的寓所。

在一年中的這段時間裡，在這樣的環境下，發現雄雌兩隻雨蛙在一起，就暗示著要去探究牠們是否是不離開水而繁殖的，就像我們知道其他青蛙不離開水而繁殖那樣。在六月的驟雨之後，我好幾次看見了地面上擠滿了細小的青蛙，牠們的外衣被淋濕了，牠們當中的一些還沒有蟋蟀大，離水源有很長一段距離，顯然是在土地上孵化出來的，從未做過蝌蚪。雨蛙是在樹上還是土地上繁殖，這個問題尚有待解決。

在這種動物的自然史中，還有另一個沒有寫進書本的事實。那就是牠們在地面下或樹洞裡以一種蟄伏狀態過冬，而不是我們從書本上得知的那樣在池塘或沼澤的泥淖裡過冬。那一對我在十一月下旬的一個暖和濕潤的日子裡聽到的雨蛙，在四月初又被我聽到了。這一次，我把手伸進樹的空腔裡面掏出了其中的一隻。

我起初聽到了牠，我就確信牠在那塞滿部分空腔的泥淖般的腐木中過冬。這隻雨蛙有一種清新的、精緻的色調，彷彿牠在那個春天之前未曾見過光芒。西部一所學院的校長在《科學新聞》上提及，有一年冬天，他的兩個學生在拆開的一截老樹樁裡面發現了一隻雨蛙；一個我沒有理由懷疑其真誠的人給我送來了一個標本，那是他在十二月尋找印第安遺跡時從地下挖出來的——那個地方在一座山岡頂端，在一棵松樹下面，地表凍結了，那雨蛙當時處於蟄伏狀態。

在眼下這個季節，我獲得了更多的證據證明了雨蛙在乾燥的土地上冬眠的事實。十一月十二日是一個春天般溫暖的日子，西南風吹拂，午後下過微雨，這正是吸引動物們從冬天隱蔽處出來的日子。黃昏時，當我正要踏進家門，目光落在了一隻大雨蛙身上。牠棲息在露臺腳下某個低矮的石頭原料上，離房子幾英尺遠。因此我就停下來觀察牠的運動。不久，牠就開始穿越院落，朝著前面的草坪旅行，牠每次跳躍的距離爲大約爲三英尺，每次跳躍之間都要久久停頓。

天色暗了下來，我害怕丟失牠，就把牠捉了起來關在煤篩裡面，直到早晨。夜裡牠非常活躍，試圖逃走。早晨，我在廚房中愉快地逗弄了牠好一陣，發現牠能夠黏附在窗戶玻璃上面，可是不能向上爬。牠的黏附力漸漸鬆弛之後，牠就在窗戶外框上跳走。我觀察到：當牠在棲息在地板上或地面上時，牠避免讓自己的腳趾同表面接觸，彷彿牠的腳趾太柔軟和太脆弱，不能在粗糙物體上面接觸。牠的腳趾有一種非常愚笨的、尷尬的外觀，看起來就像戴著太大的不合手的灰色毛線手套；其腳趾圓圓的、扁平的末端，在不使用的時候，尤其具有那種喜劇性的無助的外表。

過了一會兒，我讓我的囚徒逃進曠野。天氣變得更加寒冷，還有霜降的預兆。雨蛙立即接受了這個預兆，牠跳躍了幾碼，從門口跳躍到一片長滿草叢的河岸之後，就開始準備過冬了。這是一個奇怪的過程：牠後退著進入泥土下面，用後腿的鋒利關節穿過草皮來推動自己，以螺旋的方式沉陷下去。

牠的進展非常緩慢，夜裡我抬起草叢還能看見牠；當天氣再次暖和，晨起有吹拂的南風，牠就完全停止了挖掘。第二天，我把牠掏出來，把牠放進一個沒有底的木桶裡面，沉陷到地面下，又塞滿柔軟的泥土、樹葉和樹葉黴菌——牠就在那裡安全地過冬；到了春天，牠又煥然一新，帶著一身明亮的色彩爬出來。

在這個季節的部分時間裡，小青蛙也過著一種樹棲生活，可是牠們卻跟以上描述到的雨蛙有很大不同。牠們好像在五月就離開沼澤，進入樹林或灌木叢。我從未見過牠們在樹上，而是依附在低矮的灌木上。牠們似乎不是攀爬者，而是棲居者。

五月，我在離沼澤幾桿遠之處某一片低矮的灌木中，捉到了一隻青蛙——牠就像鳥兒那樣棲息在小枝上面，不時在小枝條中間四處跳躍，每次都確信牠的抓附。我最初被牠的聲音所吸引，就把牠帶回家。牠在我的院落中的灌木裡面鳴叫了一個黃昏，然後就消失了。我並不認爲這些青蛙在離開水之後還會發出鳴叫。來年四月，我發現了牠們早早就來到林中地面上，而在秋天卻又發現牠們遲到了。

一八七九年十一月，暖和濕潤的天氣吸引了雨蛙大量出現，牠們在落葉上面到處跳躍。我在一個小小的空間之內就捉住了六隻，其中一些有黃棕色樹葉的色調，很可能是皮克林雨蛙（Pickering's Hyla）。由於地區的不同，一些雨蛙的色彩更深。當然，牠們並不到沼澤裡面去過冬，否則牠們就不會在這個季節裡等到這麼晚。我檢查池塘和沼澤，發現牛蛙埋在泥淖中，並沒有發現雨蛙。

第廿二章　勇敢的跳躍者

松鼠如此勇敢又一無所懼地穿過樹林而跳躍，其原因無疑就在於即使牠們沒抓住樹枝而落下來也不會受傷。對於每一種樹，松鼠似乎都能力進行一種退化了的殘留的飛翔，至少讓自己擁有一頂降落傘，從而減輕或者中止從極高處的墜落或跳躍的重力。北美鼯鼠（Flying Squirrel）是這方面的行家，牠展開牠那毛蓬蓬的外衣，躍入空中，從一棵樹的頂端直墜般地滑翔下降到另一棵樹的腳下，身輕如鳥。

其他松鼠也懂得這同樣的技術，只是牠們的毛皮外衣不夠寬大而已。有一天，我的狗把一隻紅松鼠驅趕到一棵高大的山胡桃樹上，那棵樹佇立在一座陡峭山岡側邊的牧草場上。為了看看松鼠在受到緊逼時會做出什麼，我就爬上了樹。當我接近時，牠躲避在最高的枝條上，然後牠勇敢地躍入空中，展開自己，隨著牠的尾巴和腿迅疾震顫運動，牠相當緩慢地降落下來，在我下面三十英尺的地面上著陸。顯然牠在跳躍時絲毫無損，因為牠在落地後還急速奔跑，躲過我的狗的追逐，逃到另一棵樹上。

最近，一個在墨西哥旅行的美國人提供了一個更為驚人的例子，展現了松鼠在跳躍或墜落時所具備抵消部分重力吸引的能力。當地的一些男孩捉住了一隻墨西哥黑松鼠（Mexican Black Squirrel），牠的身體幾乎大得如同一隻貓；在遭到追逐的時候，牠為逃避那些男孩，從一棵六十英尺高的松樹頂端跳躍到一幢房子的屋頂上，絲毫無損。

這項壯舉導致了一個男孩的祖母宣稱說松鼠被施了魔法；而男孩們提議對此事進一步測試，要把松鼠從六百英尺高的懸崖上扔下去。此時，我們的旅行者介入了，要看看這遊戲對松鼠是否公平。松鼠被關在一個枕套裡面，帶到懸崖邊上，枕套打開，這樣牠就可以作出選擇：要麼是繼續被關在枕套裡面，要麼就是跳下去。

牠俯視著那可怕的深淵，掉頭縮回來，想逃向一邊。牠的眼睛閃耀著，牠的身體蜷縮著；看見無路可逃——「牠就飛翔著躍入空中，墜向下面的深淵。牠的腿開始像一隻游泳的獅子狗的腿那樣發揮作用，只是越來越快；同時，牠的尾巴要稍微高一些，如同一把羽毛扇子那樣展開。一隻同樣重量的兔子會在大約十二秒鐘內完成這種旅行；而這隻松鼠則將其延長到超過了半分鐘」，並且「在一塊突出的石灰石上面著陸，我們能夠清晰地看見牠的後腿蹲著，整理牠那弄皺了的皮毛，然後揮舞著尾巴走向小溪，喝飽了水，蹦跳著跑進柳樹林中」。

乍一聽起來，這個故事似乎難以置信；但有一點是無疑的，既然我們的紅松鼠都能讓自己安全地跳躍，大黑松鼠的降落傘在比例上更大，那麼牠爲什麼不可以呢？

松鼠的尾巴寬長而扁平，不像衣囊鼠（Gopher）、金花鼠、花白旱獺和其他地面嚙齒類動物的尾巴那樣短小；在牠們穿過空氣跳躍或墜落時，牠們的尾巴就拱起來，急速振動。因此，松鼠的尾巴決不是裝飾品，決不是旗幟；牠不僅幫助松鼠飛翔，而且還發揮了一件斗篷的作用，松鼠在睡覺時用它來裹住自己。因此，不同動物的尾巴用途是不同的，而其中有一些動物的尾巴對於自己則毫無用處。

花白旱獺、鼬鼠和老鼠的尾巴又有什麼用處呢？鼴鼠（Mole）和田鼠（Meadow Mouse）的尾巴很短，老鼠無疑把自己的尾巴用於其他場合。同理，兔子的尾巴沒有用處，因爲牠睡覺時無需用尾巴來裹住自己的身體，就像浣熊和狐狸那樣。狗用自己的尾巴來交談；負鼠的尾巴則適用於抓住物體；豪豬的尾巴則用來攀爬和自衛；河狸（Beaver）把尾巴當作泥刀；臭鼬的尾巴則起到屏風的作用，遮罩著牠那可怕的火力點。

第廿三章　花白旱獺

那些寫到了英國鄉間及很多人熟悉的自然史的作家，並不注意旱獺（Marmot）或者花白旱獺。在歐洲，這種動物似乎被限制在高高的山區，就像被限制在我們這裡的太平洋斜坡上，在雪線附近挖洞。與牠們的美國同類相比，歐洲旱獺過著更爲群居化的生活，就像我們的草原犬（Prairie Dog）那樣生活在大家庭中。

在中部和東部的州裡，我們的花白旱獺在某些方面取代了英國家兔（English Rabbit）的位置，在每一處山邊、每一堵石牆、每一塊突岩和每一塊大圓石下面挖洞，從那裡牠們對草叢和苜蓿、有時甚至是對一些花園植物進行劫奪。

花白旱獺的習性相當孤僻，很少有超過一隻花白旱獺居住同一個洞穴裡面，除非是母親及其幼崽。現在，花白旱獺不再那麼像某些離不開田野的嚙齒類動物；不管怎樣，偶爾會有一隻花白旱獺似乎偏愛樹林，不受陽光明媚的山坡上多汁的草叢的誘惑，卻像牠的祖輩那樣以小樹的根、嫩枝和樹皮爲食。

一個夏日，當我在林中偏僻處的小溪中游過一個池潭，在離我打算游過去的水邊只有幾英尺的岩石中間，我看見一隻林棲花白旱獺。牠看見我臨近，把我當作了水禽或者把我當作了牠的表親——麝鼠；因爲牠繼續吃東西，直到我在離牠十英尺之處停下來、從水裡探出身來，牠才注視我。當時牠不認識我，也許是從未見過我這個赤身裸體的亞當，還扭動鼻子努力嗅聞我的氣味；就在牠完成嗅聞的那一刻，牠像做娃娃跳①那樣彈跳起來，以最快的速度鑽進了洞穴。

在我們的動物中，花白旱獺是真正的農奴；牠屬於土壤，品嘗土壤。牠同泥土有關，像泥土一樣。通常，在牠的洞穴和潛伏地周圍有一種確定的氣味；在充滿苜蓿香味的空氣中，這種氣味一點也不令人厭惡。在牠逃到自己的洞穴或者從石牆裡面激怒農場狗的時候，牠發出的尖顫的呼嘯聲是一種令人愉快的夏天的聲音。在形態和動作上，花白旱獺並不迷人。牠的軀體沉重而鬆弛，我以前從未見過這樣一具鬆弛的、流體般的袋狀胴體。牠絕對沒有強勁的張力或硬度，而是鬆弛地顫動，如同一張裝滿水的皮膚。當牠躺在傾斜的岩石上曬太陽時，一旦獵手朝牠射擊，牠的軀體就頹然倒下，滾動著摔下山岡，彷彿只是一大團內臟。

花白旱獺的腿短而粗壯，是用來挖掘而不是奔跑。牠的跑動是通過短促的跳躍來完成的，其間牠的腹部幾乎沒有擺脫地面。牠的短途跳躍非常有力，可是牠很少讓自己遠離洞穴；當牠在困境中受驚時，牠很少作出努力去逃走，卻把牙齒磨得嘎嘎響，直接面對危險。我認識紐約的一個農夫，他有一隻截短了尾巴的狗，名字叫庫夫，體形很大，從事攪拌工作。這農夫經營著一家大奶酪製品廠，生產大量黃油。庫夫要做的事情，就是在夏天每天幾乎要花半天時間來不停地推動攪拌機。在一天中剩下的時間裡，牠有足夠的時間來休息睡覺，蹲坐著眺望風景。

有一天，當牠就這樣坐著時，牠發現了一隻花白旱獺在離房子大約四十桿之外的一片陡峭山坡上，在一塊大岩石下的洞穴附近吃東西。這隻老狗忘記了自己已經四腳僵化了，想起了牠早年同花白旱獺做遊戲的情景，就以最快的速度衝出去，希望在這隻花白旱獺能夠逃回洞穴之前抓住牠。可是那花白旱獺看見了庫夫努力地跑上山岡，就跳到自己的洞穴邊上；就在庫夫離牠只有幾桿遠的時候，牠發出一聲嘲弄的呼嘯鑽到洞穴裡面去了。

這種情況已經發生過多次了——這隻老狗跑上山岡，然後又跑下來，牠的努力變成了痛苦。我猜測，即使在推轉攪拌機巨輪的時候，牠的腦海裡也轉動著這件事情；我還猜測，一次轉折性的成功讓牠非常快樂，因爲接下來的一次嘗試中，牠就顯示出了自己的策略。當牠最初發現花白旱獺，並沒有馬上跑上去追逐牠；而是蹲伏在地面上，把頭顱放在爪子上，觀察著花白旱獺。

那隻花白旱獺受到柔軟的苜蓿的誘惑，不斷遠離牠的洞穴；可是牠對自己的安全也並不是毫不留心，牠不時用後腿站立起來觀察四周的動靜。不久，在那隻花白旱獺暫停了觀察，埋下頭來繼續吃著苜蓿；庫夫趁機偷偷摸摸地迅速上山，牠的姿勢就像一隻貓在偷偷跟蹤一隻鳥。當那隻花白旱獺再次站起來時，庫夫就一動不動地半躲在草叢中。當花白旱獺再次繼續低頭吃苜蓿，庫夫像以前一樣加速跑上山。

這一次，牠在一個低凹處越過一道籬笆，行動非常敏捷，因此沒有被發現。花白旱獺再次站起來觀望，庫夫又再次貼在地面一動不動。當這隻狗在接近牠的犧牲品時，身體的一部分被隆起的土堆遮蔽著；這樣，花白旱獺從自己觀察的情況中所得到的資訊依然還是「良好」。就在這時，庫夫把所有的秘密和小心扔在一邊，以比那花白旱獺快兩倍的速度奔跑起來，直接衝向洞穴。花白旱獺發現了自己處於十分危險的境地，明白了這是一場生死競賽，因此就以一種我以前從未見過的速度跳躍起來。可是，牠遲了兩秒，牠的退路被切斷了，那老狗強有力的雙齶咬在了牠的身上。

下一個季節，庫夫再次以同樣的策略取得了類似的成功。但是當第三隻花白旱獺成功地回到了自己洞穴時，這隻從事攪拌工作的老狗就開始失去了機智和力量，每一次捕捉獵物的嘗試都受到了挫折。花白旱獺總是在山坡上掘洞，牠把洞穴的盡頭挖到比入口要高一些的地方，這樣就能使洞穴免遭淹沒而不致被迫離開。花白旱獺傾斜著掘入兩三英尺，然後直接轉向上面——根據坡度，幾乎與地表平行保持八英尺或十英尺的距離。牠在這裡築巢過冬，堅持著度過十月和十一月，四月再次出來。這是一場漫長的睡眠，僅僅是靠牠在夏天貯存的脂肪來維持，才使牠的冬眠成為可能。冬眠期間，生命之火依然在燃燒——只是很微弱很緩慢，就像氣流全被封閉了，灰燼堆積起來。呼吸在繼續，然而有長久的間歇，所有生命的過程幾乎停止了。

挖掘出一隻冬眠的花白旱獺（奧杜邦這樣挖掘過），你會發現牠只是一個毫無生氣的球體，移動牠和四處滾動牠，使牠遭受痛苦，卻沒有任何復甦的跡象。可是一旦把牠帶到火邊，牠的身軀就立即展開，睜開眼睛，虛弱地到處爬動。如果不管牠，牠就會去尋找某個黑暗的洞或角落，再次讓自己蜷縮成一團，恢復牠之前的狀態。

【注釋】

① 一種規定動作的體育鍛鍊。

國家圖書館出版品預行編目資料

清新的野外 / 約翰・巴勒斯(John Burroughs)作
; 董繼平譯. -- 初版. -- 臺北市：風雲時代,
2006 〔民95〕
面； 公分

ISBN 986-146-158-2 (平裝)

874.6 95008247

現代系列

清新的野外

作　　者　約翰・巴勒斯
譯　　者　董繼平
出 版 者　風雲時代出版股份有限公司
出 版 所　風雲時代出版股份有限公司
地　　址　105台北市民生東路五段一七八號七樓之三
網　　址　http://www.books.com.tw
電子信箱　h7560949@ms15.hinet.net
服務專線　（〇二）二七五六—〇九四九
郵撥帳號　一二〇四三二九一

執行主編　朱墨菲
封面設計　蕭麗恩

法律顧問　永然法律事務所　李永然律師
　　　　　北辰著作權事務所　蕭雄淋律師
版權授權　北京共和聯動圖書有限公司
出版日期　二〇〇六年七月初版

定　　價　新台幣一八〇元

總 經 銷　成信文化事業股份有限公司
地　　址　235台北縣中和市中山路二段三六六巷十號十樓
電　　話　（〇二）二二四九—六一〇八

行政院新聞局局版台業字第三五九五號
營利事業統一編號二二七五九九三五